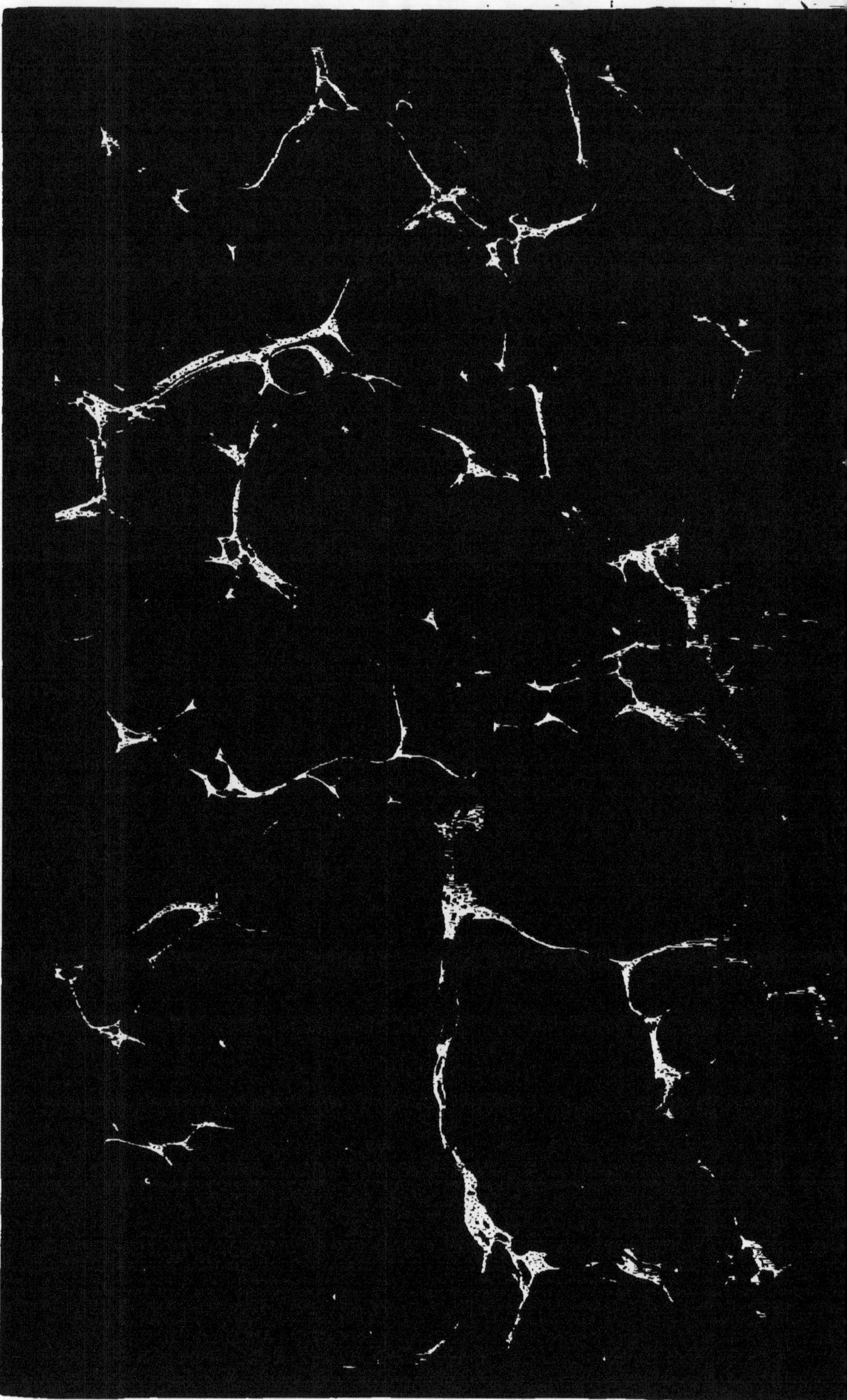

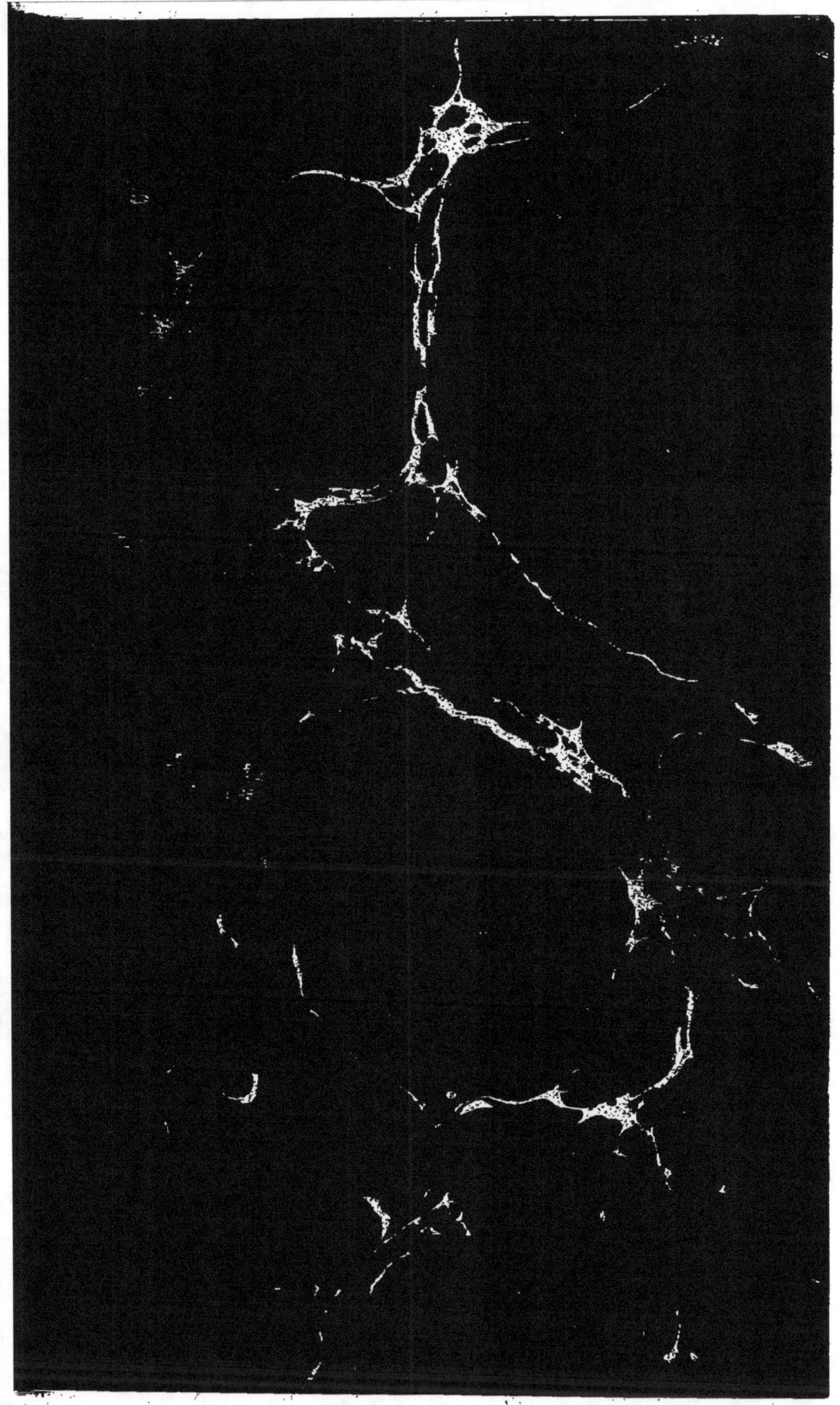

OEUVRES COMPLÈTES

PREMIER VOLUME

RÉCITS ÉPISODIQUES

I

MARIE OU UNE HISTOIRE DE TOUS LES JOURS

SOUVENIRS ET SITES

DE LA PROVENCE

RÉCITS ÉPISODIQUES

I

MARIE OU UNE HISTOIRE DE TOUS LES JOURS

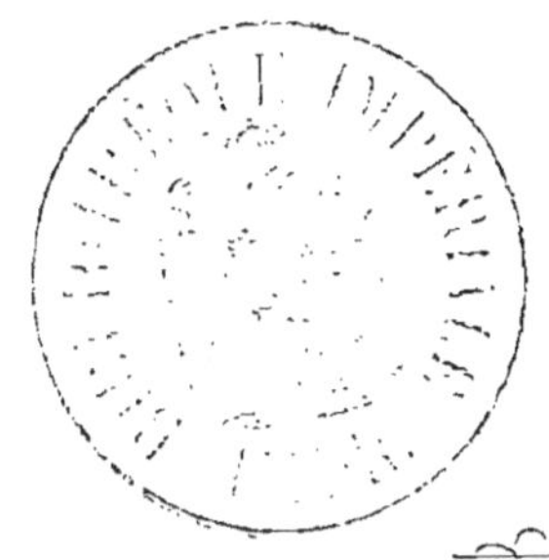

PAR

M.-L.-E. MÉRY

PARIS

MICHEL LÉVY FRÈRES, LIBRAIRES-ÉDITEURS,

RUE VIVIENNE, 2 BIS

1857

Nous n'avons pas écrit une fiction ; à peine nous sommes-nous permis d'inventer les accessoires exigés par le mouvement d'un récit d'une rigoureuse exactitude historique. Les événements dont ce récit se compose ont eu lieu. Au reste, à la simplicité du plan, au petit nombre des incidents introduits dans une trame bien mince, on verra que l'inexpérience de l'auteur ne pouvait, seule, expliquer des surprises peu adroitement ménagées, ainsi qu'une absence totale de complication dans les faits. L'histoire ne se plie pas aux caprices de l'imagination et aux fantaisies de l'art, elle ne suppose pas les faits, elle les accepte et les raconte.

C'est ce que nous avons essayé de faire. Nous avons voulu écrire une vie bien obscure, qui ne fût qu'une courageuse et sainte lutte contre les périls que la misère crée pour ces jeunes personnes pauvres et à peu près livrées à elles-mêmes, au milieu des embûches d'une grande ville. Il n'y a là rien de bien neuf, mais puisque la Providence nous a rendu le témoin ému d'un long combat contre les infâmes séductions dont un cœur chaste et pieux sût triompher, devions-nous écouter des scrupules littéraires et nous refuser à raconter les beaux exemples qui se sont produits au sein d'une infime existence, par la raison que l'originalité manquait à notre sujet ? Nous n'avons pas ressenti ces inquiétudes de l'amour-propre.

Une jeune fille née dans une condition bien humble, bercée sur les genoux d'un soldat de l'armée d'Égypte, nourrissant du travail de ses mains des parents pauvres et infirmes et ne se doutant pas des rayons dont la religion et la poésie doraient son âme et son cœur, fût, jusqu'à sa mort si prompte, l'admirable modèle du dévoûment et de la piété. Sa beauté angélique semblait, avec sa misère, comploter sa chute ; elle resta pure et elle s'alarma même d'un chaste sentiment que la religion aurait consacré, si le ciel n'eût pas réclamé cet ange dont le passage fut si rapide ici-bas !

C'est ce dévoûment, cette misère acceptée sans le moindre murmure, ces périls, cette victoire permanente, cet amour innocent, cette vie si pure, cette mort si sainte que nous venons vous dire.

Mais pour qu'elle fût remplie jusqu'au bout, notre tâche cachait un danger. Il nous fallait mettre en scène des personnages odieux et corrompus, exposer des mœurs déplorables, montrer tout entière l'âme d'un débauché, sous peine, si nous reculions devant toutes ces peintures, d'affaiblir l'éclat du triomphe et de tronquer notre récit. Nous avons accepté toutes les exigences de notre mission, malgré le dégoût que le tableau du vice inspire à une âme honnête. N'avions-nous pas toujours l'heureux et consolant avantage de retrouver, au sortir de ces scènes où la morale est outragée, la sainte héroïne dont la figure et le langage chassaient bien vite de pénibles impressions et purifiaient l'air pestilentiel qu'il nous avait fallu respirer ? Nous l'avons suivie jusqu'à ses derniers moments, cette pauvre enfant, et nous venons tenir la promesse que nous fîmes devant la croix que l'on voit encore sur l'étroit coin de terre où sa dépouille repose au milieu d'un cimetière de campagne.

Le récit épisodique suivant a été écrit en 1841.

MARIE

OU

UNE HISTOIRE DE TOUS LES JOURS.

PREMIÈRE PARTIE.

I

Charles Devilly venait de terminer ses études de droit à Poitiers, où ses parents, Parisiens de vieille roche, l'avaient envoyé pour le soustraire aux dangereuses distractions du Pays Latin, et il était rentré sous le toit domestique, la tête farcie d'articles de Code et la malle pleine des exemplaires de la thèse qu'il avait dédiée à son [illegible] père et à sa [illegible] mère. Pourtant, au lieu de lui ouvrir la carrière du barreau, les parents de Charles, charmés des bons renseignements que les professeurs de Poitiers leur avaient donnés sur la studieuse application et l'excellente conduite de leur fils, le firent accepter par M. Conte * comme surnuméraire dans l'ad-

* M. Conte a été, comme on sait, directeur des postes sous le règne de Louis-Philippe.

ministration des postes. Charles Devilly ne fit donc qu'un saut des bancs de l'école de droit de Poitiers dans les bureaux de l'hôtel de la rue Jean-Jacques-Rousseau, où on l'installa derrière un grillage et en face d'une longue table sur laquelle son prédécesseur avait laissé à des chiffres entrelacés et à des dessins de fantaisie, le soin d'attester les préoccupations frivoles qui charmaient les ennuis de son emploi.

Charles remarqua parmi ces dessins creusés dans la table, à la pointe d'un canif, ou plus fugitivement tracés à l'aide d'une plume, la silhouette d'une jeune personne portant un vaste carton de modiste. Le hasard avait voulu que l'auteur de ce dessin qui frappa les yeux de Charles, se fût inspiré d'une de ces vierges de Raphaël dont la suave expression semblait un reflet du ciel égaré au milieu d'un profane atelier.

Charles restait, des heures entières, absorbé par la contemplation de ce dessin, et sentait, à la vue de cè visage ravissant, s'éveiller en lui des pensées qui le décidaient à chercher dans les rues de Paris, l'original dont son prédécesseur avait si bien reproduit les traits.

Comme il le dit plus tard, il puisa, lui, esprit sérieux, lui, dénicheur de textes, commentateur des Pandectes, appelé à fournir honorablement la carrière administrative, une admiration singulière pour la jeune ouvrière dans ces lignes que le hasard avait mises sous ses yeux, au bureau des postes de Paris.

Il eut constamment devant lui, ce croquis qu'il tira à un nombre incroyable d'exemplaires, pour sa satisfaction particulière, sur toutes les premières feuilles de papier venues, sur les angles de toutes les tables devant lesquelles il s'asseyait au café, au restaurateur, partout.

Charles Devilly était naturellement mélancolique et rêveur ; il n'aimait à mettre personne dans la confidence de ses songes, soit par timidité, soit par orgueil. D'ailleurs, un brin de paille soulevé par la brise, un fil de la Vierge flottant sur sa tête, une feuille remuée attiraient tellement son attention, qu'il employait des heures entières à suivre dans l'air le vol de ce brin de paille, de ce fil de la Vierge ou à voir frémir cette feuille, sans qu'une contemplation aussi simple lui parût plutôt digne d'un lézard se chauffant au soleil, que d'une créature raisonnable, d'une intelligence servie par des organes. Mais qu'on ne croie pas que Charles eût adopté de pareilles fantaisies, parce qu'il avait pu entendre dire ou lire qu'elles dénotent l'instinct poétique, l'amour élevé des arts. Il n'y entendait pas malice, le naïf poète ; ce n'était ni sur la foi de René ni sur celle d'Obermann, que Charles s'était mis à regarder amoureusement la goutte de rosée suspendue à l'extrémité d'une fleur, l'aile diaprée de la demoiselle des ruisseaux, la mousse des murs et l'aubépine de la haie ; il suivait les mouvements de sa nature et ne prenait pas une attitude théâtrale, une pose superbe pour savourer ces petits bonheurs, heureusement si dédaignés dans ce siècle éminemment positif.

Son père et sa mère auraient bien voulu qu'il devînt un homme de génie, afin de faire de lui un député. Leurs modiques revenus les forcèrent à s'imposer de pénibles privations pour que leur fils pût recevoir une éducation brillante et terminer ses études de droit. Mais quand celles-ci eurent été achevées, ce couple honnête et prudent vit bien qu'un diplôme de licencié en droit pourrait, tout au plus, mettre Charles Devilly au début de cette longue et difficile route qui conduit à la fortune et aux honneurs ; aussi, le rêve présomptueux que les parents de Charles avaient si volontiers caressé, rabattit un peu de son vol, et ils pensèrent que la carrière de l'administration convenait mieux à leur enfant que celle d'une professsion encombrée, où le succès est si disputé et la renommée si difficile à conquérir.

Le jeune licencié alla donc ensevelir sa science dans un obscur bureau des postes. Le père Devilly disait : son droit lui servira toujours, il lui fera faire plus rapidement son chemin ; c'est l'avis de M. Conte. Il sera député plus tard.

Charles ne faisait aucune objection au désir de ses parents ; sa philosophie, qui provenait autant de sa tournure d'esprit que de son tempérament, mériterait d'être fidèlement analysée. Voici ce que ce jeune homme s'était dit de bonne heure : — « Dans ce monde il faut être balle de coton ou boulet de bronze ; pour être boulet, il faut un front étroit et je l'ai large ; des muscles de fer et les miens cèdent au moindre poids ; des nerfs de taureau et j'ai des nerfs aussi souples que la dentelle ; une poitrine forte et je ne digère que les aliments légers. Je ne puis donc pas être boulet. Je dois en conséquence m'arranger une existence cachée et chercher dans la solitude, dans ma propre intimité, ces jouissances qui, pour presque tous les hommes, n'ont quelque valeur que lorsqu'elles sont proclamées par les fanfares de la vanité. Les malheureux n'estiment le bonheur que par le bruit qu'ils font en le goûtant ; ils consentent à jouir, pourvu que tout le monde le sache ; ils enlèvent à ce bonheur le voile du mystère sous lequel on devrait toujours le tenir caché. Comme le loup de la Fable, ils écriraient volontiers sur leur maison : ceci est ma maison ; sur leur cheval : ceci est mon cheval. Ma délicatesse est telle, que la jouissance que j'éprouve est pour moi comme une glace qu'un souffle ternit, comme une fleur qu'un doigt grossier enlaidit et fane. Ne suis-je pas heureux devant ce dessin, qu'un inconnu, qu'un élève de Tony Johannot, peut-être, a, dans un moment d'inspiration rêveuse, esquissé sur cette table? Ce dessin n'a-t-il pas dissipé l'ennui bureaucratique qu'on reçoit ici par tous les pores ? Ne me suis-je pas créé une source intarissable d'émotions, depuis que, regardant toutes les jeunes personnes que je rencontre de la rue Bleue à celle de Jean-Jacques-Rousseau, je me suis mis en tête de trouver la femme charmante et décente dont j'ai peut-être là le portrait en pied et en raccourci, la femme qui entrera un jour sous mon toit, avec le titre béni de Dieu, d'épouse adorée ! Dimanche j'aurai mes papillons et mes violettes dans notre jardin de Passy. »

Vous commencez à connaître maintenant Charles Devilly. Il eut de l'avancement. On venait d'établir à Marseille des bureaux pour l'administration des paquebotspostes de l'Orient. Charles fut nommé commis dans ces bureaux. Sans la douleur qu'il éprouvait de quitter ses parents, il aurait été le plus heureux des commis.

Marseille a beau figurer sur la carte de France, elle a beau être un chef-lieu de préfecture, elle a beau envoyer un député au Corps législatif, un député qui ne porte ni fez, ni kaïk, ni yatagan, bien des Parisiens s'obstinent à penser que cette ville appartient plutôt au Grand-Seigneur qu'au gouvernement français. Les plus instruits consentent seulement à voir dans les Marseillais des Italiens et des Espagnols. J'ai lu une lettre d'un des plus beaux esprits de Paris, qui appelait les Marseillais des *moitiés d'Italiens*. On parle encore dans cette capitale du Midi d'une spirituelle actrice qui, le lendemain de son arrivée à Marseille, demandait si du haut des collines qui la ceignent on ne voyait pas les minarets de Constantinople.

Charles Devilly, qui savait par cœur les *Orientales*, déclama dans sa chambre, le jour où il apprit sa nomination, cette brillante strophe qu'il appliquait à Marseille :

> Ma sphère est l'Orient, région éclatante,
> Où le soleil est beau comme un roi dans sa tente ;
> Son disque s'y promène en un ciel vaste et pur.
> Ainsi, portant l'Émir d'une riche contrée,
> Aux sons de la flûte sacrée,
> Vogue un navire d'or sur une mer d'azur ! *

Son père se consola de la séparation de son fils avec cette phrase : « Quand vous appartenez à une adminis-

* *La Fée et la Peri*, de Victor Hugo.

tration, on vous envoie tantôt dans une ville tantôt dans une autre, c'est la règle. »

Mme Devilly pleura beaucoup, recommanda à son fils de se méfier des Marseillais qui avaient, tous, une mauvaise tête et de leurs plats à l'ail et de lui écrire toutes les semaines ; cette pieuse mère suspendit aussi au cou de son enfant, sous son gilet, de saintes images qui devaient le protéger. Charles prit sa place dans la diligence et roula vers Marseille. Entre Lyon et Valence, il adressa timidement la question suivante à un négociant de Lyon, qui, toutes les années, avait-il dit, faisait un voyage à Marseille.

— Monsieur vous connaissez donc bien Marseille, c'est une belle ville, n'est-ce pas, c'est l'Orient ?

Le Lyonnais répondit : — Je ne sais pas si c'est l'Orient, mais il y a tout de même un vent qu'on appelle le *mistraou*, le mistral, qui vous emporterait je ne sais où, si l'on n'avait pas la précaution de mettre en guise de lest, de gros cailloux dans les poches. Ils ont quelques belles rues, la *Canebière*, par exemple, mais quelles campagnes ! pas une goutte d'eau pour rafraîchir une salade ! * Les propriétaires de ce qu'ils appellent une bastide se mettent à l'ombre en tournant le dos au soleil ; vous verrez ça ; parlez-moi des belles plaines de la Beauce, qui ne finissent pas. Je n'aime pas les collines et la sécheresse ; n'êtes-vous pas de mon avis ?

— Ils ont toujours le soleil là-bas ?

* Il n'en est plus ainsi depuis qu'on a amené les eaux de la Durance à Marseille.

— Oui, un soleil brutal qui vous enflamme la paupière et un vent qui vous sable des pieds à la tête, avec la poussière des chemins et des rues.

— Ils ont la mer, c'est quelque chose !

— J'aime mieux un fleuve, une rivière, qui coulent entre des prairies à perte de vue.

— Et qui vous coiffent d'éternels brouillards.

— Monsieur est peut-être du Midi ?

— Non, je suis Parisien pur sang.

— Et vous ne connaissez pas la mer ?

— Je ne l'ai vue encore qu'au panorama de Daguerre.

— La mer n'est qu'une vaste étendue d'eau salée ; à Marseille c'est le grand chemin de l'Afrique. J'aime mieux la Saône et le Rhône, vous m'en direz des nouvelles quand vous l'aurez vue.

Le négociant de Lyon comptait beaucoup sur l'effet que les gorges de Septèmes produiraient sur son jeune compagnon de voyage, pour entonner avec lui un duo de malédictions contre la Provence. Mais Charles, par instinct, apportait d'autres préoccupations que celles du Lyonnais à l'examen des œuvres de Dieu. Le Lyonnais les contemplait en négociant, en économiste, il n'admirait qu'au point de vue de la production et de la richesse. Une colline où la vigne n'aurait pu enfoncer sa tortueuse racine, lui aurait arraché des gestes de mépris, lors même qu'elle se serait montrée à lui avec de molles inclinaisons et dans tout le charme dont l'auraient revêtue les teintes de la lumière adoucie et voilée par les ombres des pins et des chênes. Mais quand une plaine interminable s'offrait à sa vue. une plaine jaunie par les moissons, d'une solennelle monotonie, alors le négociant frappait des mains et disait : — c'est magnifique, c'est d'un excellent produit !

Charles avait le malheur de ne pas être un homme sérieux, du moins dans l'acception que donnent à cette épithète ceux qui mentalement la traduisent par le mot de calculateur. Bien qu'il fût grave et austère et qu'à son maintien froid et contenu, il eût pu passer pour un ingénieur ou un actionnaire de chemin de fer, il était, au fond, un véritable artiste, un poète, mais à peine si une légère contraction nerveuse, un mot échappé à sa réserve habituelle venaient trahir son esprit délicat et choisi. Nous l'avons dit, Charles ne mettait jamais, en parlant, des points d'exclamation à la fin de ses phrases, il ne croyait pas que pour être heureux, il fallait nécessairement agiter les bras et brandir la canne ; sous ce rapport, bien qu'il fût destiné à beaucoup aimer la nature méridionale, à se passionner pour ces aspects de terre et de mer, sur lesquels tombe la pluie éternelle des rayons du ciel, il ne ressemblait nullement à ces organisations du Midi, si vives, si bruyantes et si expansives ; le foyer qu'il portait en lui n'avait ni fumée ni lave.

La diligence traversa à sept heures du matin ces gorges de Septèmes immortalisées par la volte face que les pères des Marseillais de nos jours exécutèrent à l'approche de l'armée fantastique de Cartaux.*

— Que dites-vous de ces rochers et de cette nature,

* En 1793.

Monsieur, s'écria le Lyonnais, en montrant du doigt à Charles, ces croupes nues et noires où la fumée des fabriques de soude s'incruste dans la pierre?

— Mais, Monsieur, répondit Charles, ces rochers me paraissent très productifs!

— Comment l'entendez-vous?

— Ne voyez-vous pas là des usines, des fabriques qui doivent rendre le trente pour cent?

Cette observation frappa le négociant qui fit à l'industrie l'honneur de supprimer, cette fois, les épigrammes dont il criblait d'ordinaire, en passant, cette *solfatare* marseillaise.

Charles aurait pu prendre une revanche quand la diligence arriva au point culminant de la *Viste*, où la magnificence de la terre et des eaux éclata à ses yeux. Il se contenta d'admirer en silence cette mer inondée de soleil, qui se révélait à lui avec toute la grâce lumineuse d'un golfe de la Messénie. Le négociant, qui ne l'entendit pas proférer le moindre cri d'enthousiasme, décida que son compagnon de voyage était quelque ex-séminariste affligé d'un crétinisme complet.

Charles fut bientôt installé dans les bureaux des paquebots. A cinq heures du soir, il sortait et employait le temps dont il avait jusqu'au lendemain la libre disposition, à son dîner qui était fait court, à ses promenades qui étaient fort longues et à son sommeil que ses rêveries et ses lectures abrégeaient beaucoup.

Un matin, à huit heures, il regarda une enseigne de tailleur; ce qui lui suggéra l'idée de se faire faire un paletot d'été. Sur la foi de cette enseigne fraîchement peinte, qui s'étalait au dessus des fenêtres du second étage d'une maison de belle apparence, dans un des quartiers les plus réguliers de Marseille, *au Cours Saint-Louis*, Charles monta l'escalier qui conduisait à l'atelier du tailleur. Il ouvrit une porte vitrée et avança la tête dans un appartement médiocrement décoré. Au bruit de la porte, une jeune ouvrière qui travaillait, seule, près de la fenêtre, devant une table, tourna les yeux vers Charles. Celui-ci, au lieu de continuer à s'avancer, après avoir fait deux pas dans l'appartement, s'arrêta et fit un signe de surprise ; je crois même qu'il poussa un cri. La jeune ouvrière lui demanda s'il désirait parler au maître-tailleur ; un mouvement de tête affirmatif fût la seule réponse de Charles. Sur l'invitation que la jeune personne lui fit d'attendre le maître-tailleur, qui ne tarderait pas à rentrer, Charles s'assit et son front se chargea de ces plis qui décèlent le travail de la pensée, quand celle-ci se met sur la voie d'un vague rapprochement.

Le portrait de la jeune fille inconnue, esquissée sur la table du bureau des postes à Paris, lui revint, enfin, en mémoire.

Le hasard est un grand maître !

Il avait, là, devant lui, l'original charmant de ce croquis qu'il avait tant admiré et tant aimé ! A la vérité, cette jeune ouvrière marseillaise que je montrai un jour dans la rue, à un peintre romain, arracha à celui-ci cette exclamation :

— « C'est une tête raphaélesque ! »

Je garantis sur l'honneur l'exclamation.

Or, comme je tiens à ce que, rien, dans ce simple récit, ne paraisse toucher au merveilleux, je suis bien aise de faire connaître le jugement qu'un grand artiste porta sur cette figure marseillaise; ce qui prouvera que Charles, le jour où une tête semblable à celle d'une vierge de Raphaël lui apparaîtrait, devait trouver l'original de son croquis, par la raison bien simple que l'auteur de ce croquis avait métamorphosé en une modiste parisienne, une vierge de l'illustre peintre des loges du Vatican.

II

En retournant à son bureau, Charles croyait glisser depuis la Canebière jusqu'au chantier de construction, sur un chemin pavé de nuages; il pardonnait à la Rive-Neuve * son aspect anti-poétique, et il aurait consenti même à embrasser tous les courtiers qu'il rencontrait et à coller ses lèvres à tous ces *boucauts* de café et à tous ces tonneaux de sucre qui soumettent la course du passant à des zigszags perpétuels.

Marseille devenait pour lui une ville adorable; à peine y était-il arrivé, qu'il trouvait dans un atelier, où, à l'aide d'un gilet, d'un habit, d'un pantalon à commander, il lui devenait si facile de faire de fréquentes apparitions, la représentation bien vivante de ce dessin qui enchanta son

* Un des quais de l'ancien port de Marseille, le plus encombré de ballots de marchandises. A l'extrémité de ce quai se trouvaient à l'époque de notre récit les bureaux de l'administration des paquebots-poste.

noviciat postal à Paris. Et moi, pourtant, je dis à Charles : « Arme-toi de courage ! »

Le lecteur voudra savoir pourquoi je conseille le courage à mon héros, au moment qu'il vient de connaître une jeune ouvrière qui tout-à-coup lui a remis en mémoire le roman de Werther et les contes d'Hoffman.

La suite de cette véridique histoire sera une réponse à cette question.

Quoi qu'il en soit, Charles n'aurait pas éprouvé de si cruels désapointements, si son prédécesseur eût choisi, pour esquisser sa jeune modiste, un tout autre type que celui d'une vierge de Raphaël ; il se peut aussi qu'un tout autre type n'eût pas fait sur notre héros cette impression profonde qui pénétra si avant dans son âme et le rendit le plus heureux des commis français, le jour où une figure raphaélesque lui apparut dans le pénombre d'un atelier de tailleur.

Il y a là deux propositions à traiter.

1° Un tout autre type que celui d'une vierge de Raphaël n'eut pas causé à Charles de si amers désapointements.

Ceci est une haute question de physiologie et de psychologie à la fois. Mettez à la place de la douce et régulière figure de Marie (ainsi s'appelait en français la jeune ouvrière que ses compagnes nommaient *Miette*), un visage empreint d'une certaine impertinence railleuse et sûre d'elle-même, Charles, au lieu de ressentir ce trouble profond qui bouleversa son âme, aurait tout au plus enregistré fugitivement, dans sa tête restée calme, le souvenir de quelques traits assez agréablement tournés.

Mais cette suavité répandue sur l'ovale parfait d'une figure éminemment correcte, ce chaste et pieux regard ne permettaient pas de voir dans Marie une de ces jeunes filles de peuple qui, à Paris, courent les bals, les boulevards extérieurs, et à Marseille, laissent volontiers des paroles coupables et dangereuses se glisser, le soir, au sortir de l'atelier, dans une oreille trop complaisante.

Charles, cependant, ne se connaissait pas encore; il n'avait pas encore le secret de sa nature d'élite, de cette nature exquise et perfectionnée plus tard par le sentiment chrétien, pour laquelle la débauche fut toujours sans attrait. Il était trop Parisien pour avoir rêvé constamment des amours épurées, un doux échange d'aspirations poétiques. A Poitiers, il s'était souvent surpris à l'aspect de certaines lithographies du *Charivari*, enviant à l'heureux étudiant du Pays Latin, ses faciles et condamnables conquêtes. Sans modifier trop ses désirs, sans reconnaître à l'instant même que la figure de Marie, la première fois qu'il la vit, n'était pas précisément celle qui s'abrite gracieusement sous le bonnet et la simple dentelle, et qu'il n'y avait pas dans cette figure les promesses d'un amour peu rétif, Charles ne put s'empêcher, pourtant, d'éprouver un certain respect, qui, si la réflexion l'eût suivi, lui aurait fait craindre pour sa passion un tout autre dénoûment que celui d'une intrigue ourdie par un étudiant parisien.

Reste la seconde proposition :

2° Il se peut qu'un autre type n'eût pas fait sur notre héros une si profonde impression.

D'après le caractère de Charles, cette proposition paraîtra rigoureusement démontrée. Si les rêveurs ne sont pas de grands ravageurs de cœurs, c'est, qu'à une timidité insurmontable, ils joignent une extrême délicatesse de goût et un profond sentiment de la dignité de la femme.

Le poète amoureux des choses d'élite ne se prend pas aux mêmes piéges que les autres hommes. A force de rêver l'idéal, il veut en retrouver quelques reflets dans la figure de la personne aimée. Le louable rigorisme, les saintes exigeances de la poésie ne tardent pas, l'éducation chrétienne aidant, à lui faire complètement accepter le régime de la longue contemplation et de la vénération chevaleresques ; aussi, Charles subissait-il, pour le moment, à son insu, peut-être, la loi qui régit les natures exceptionnelles, les chercheurs d'idéalisation. S'il pouvait consentir à descendre du nuage que son imagination enfourchait volontiers pour parcourir la diaphane contrée des fictions poétiques, quand le hasard le mettait en présence d'une beauté bourgeoise et nullement sentimentale, il devait, pourtant, s'énamourer plus aisément d'un visage virginal, et sa tournure d'esprit le disposait mieux à ressentir une passion profonde et sérieuse, lui fallût-il même, dans le moment où l'humanité infirme et déchue reprendrait ses droits, tourner sa pensée vers ces liaisons aisément contractées que l'homme sensuel mène prestement et dénoue sans regret.

Charles se dit :

« Suis-je réellement épris de cette ouvrière marseillaise? »

Cette pensée le charma et le troubla à la fois ; de

quelque rare distinction de traits que Marie fût douée, la pauvre fille n'était pas moins une grisette, et un simple bonnet, souvent une coiffe, couvrait l'opulente chevelure châtaine qui formait au haut de son front si blanc et de ses tempes, un lisse et charmant bandeau. L'habillement de Marie était également d'une modestie qui pouvait choquer cet instinct d'aristocratie dont les esprits choisis sont, même dans les pays où l'égalité est le plus bruyamment prêchée, très largement pourvus. Or, Charles était au fond un jeune aristocrate, un dandy délicat qui regrettait que tant d'attraits, chez la jeune Marie, ne fussent pas couverts de splendides tissus. Hélas ! là où il aurait voulu du brocart, une étoffe lamée d'argent, il ne voyait que la trop modeste indienne.

D'un autre part, il n'aurait pas subi l'épreuve du feu, pour soutenir envers et contre tous, les vertus d'une grisette ; tout au plus aurait-il, en faisant encore ses réserves, consenti à placer Marie dans une position exceptionnelle, par la raison que la figure de Marie était, il fallait bien le reconnaître, pleine de candeur ; pourtant, il n'aurait juré de rien. Il y a tant de métaphores, telles que celle du serpent sous des fleurs ou de la mer cachant sous une surface azurée des abîmes sans fonds et des écueils redoutables, à l'aide desquels on a voulu, de tout temps, nous mettre en garde contre ces visages si purs, si candides et voilant des trahisons, des noirceurs, des penchants vicieux ! Charles se répétait ces métaphores, et il était parfois tenté de les appliquer à Marie. Comme à ces premiers moments de son amour, il n'était pas encore fasciné au point de ressentir les âcres tourments de la jalousie, Charles trouvait quelques consolations dans ces métaphores. — « Si elle ressemble à presque toutes les autres, se disait-il, eh! bien, la Sylphide descendra de son piédestal et je ne verrai plus en elle que la bonne fille de Béranger! Ce sera moins sérieux. Quand il était dans cette peu éthérée disposition d'esprit, Charles se disait : — « Quelle absurdité de songer à des extases poétiques, à la vue d'une ouvrière dont les doigts sont tous constellés de piqûres d'aiguille, qui dévide la soie et le fil sur des bobines et ourle des gilets et des pantalons. Je puis compter, ajoutait Charles, sur ma figure, sur mon extérieur et mon titre d'employé du gouvernement, pour faire quelque impression sur ma *fornarina*. Envolez-vous, extases d'amour! Un employé des paquebots devenir une façon de Werther, allons donc! on me rirait au nez et l'on me criblerait d'épigrammes! » Charles se trompait lui-même, ce qui advient souvent à ces généreuses natures.

Dans une des plus vieilles et des plus laides maisons de la rue de l'*Étrieu*, à Marseille, demeurait au quatrième étage, sous les toits, un vieux militaire qui après avoir battu la charge à la bataille des Pyramides, fut réformé pour cause de blessures et d'infirmités. Ce militaire était né en Champagne et s'appelait Saumon. Il retourna en France sur le même vaisseau que Napoléon, mais avec une destinée bien différente, car tandis que son glorieux compagnon de route s'élançait de Fréjus à Paris, pour y prendre une couronne, lui, François Saumon, se rendait de Fréjus à Marseille, pour y retaper des chapeaux. Saumon se maria, en 1800, avec une de ces femmes que l'on appelle à Marseille des *Gavottes*.* La digne moitié de ce brave militaire qui avait eu le secret d'attrapper des rhumathismes dans les sables du désert, fait anormal que la science médicale n'admettra jamais, était une de ces servantes qui portent des coiffes grossières à longues barbes et des robes de camelot. Mais le brave Saumon la prit volontiers pour la compagne de sa vie, parce qu'elle avait eu l'honneur de balayer la chambre d'un petit lieutenant corse nommé Napoléon Bonaparte, lequel logeait à Marseille, chez M. Clari, qui avait à son service la gavotte Jeanne, la future épouse du tambour de l'armée d'Égypte. Le lieutenant corse eut, un jour, l'air de trouver assez agréable, sous sa hideuse coiffe, la figure de la gavotte Jeanne, et il se permit d'appliquer légèrement deux tapes sur les joues fraîches et rebondies que celle-ci, son balai de Gênes à la main, lui étalait en souriant. Elle raconta au tambour Saumon, l'histoire de ses tapes ; il n'en fallut pas d'avantage pour exalter Saumon et pour lui donner l'envie d'en faire autant, aux joues de la sémillante gavotte, mais Jeanne demanda à être épousée, et le tambour se hâta de conclure un hymen avec la servante honorée des tapes d'une main impériale. Chaque fois qu'on racontait devant Saumon une victoire de l'Empereur, il disait : ce grand homme n'a pas moins tapé les joues de ma femme, qui croirait ça ?..... Saumon était fier d'être

* C'est le nom que l'on donne à Marseille aux habitants des Basses-Alpes et des Hautes-Alpes. Les savants prétendent que ce nom vient de celui de la tribu gauloise des *Cavares*

devenu l'époux d'une femme qui pouvait dire en montrant son visage : « la main de Napoléon a passé par là. »

Hélas ! il ne tira aucun parti, pour sa fortune, de cette distraction d'un illustre conquérant. Saumon n'avait pas d'ambition, il retapa des chapeaux toute sa vie. Les lecteurs marseillais se rappelleront avoir vu bien des fois, il y a quelques années, sur leurs quais, un homme grand, sec, décharné, portant une longue redingotte rapée, qui flottait sur des membres et un corps excessivement amaigris. Cet homme si mal en point étalait sur ses longs bras deux pyramides de chapeaux retapés et attendait, en parcourant les quais, qu'un marin allèché par le lustre équivoque de sa marchandise, lui acheta pour une très modique somme, un de ces couvre-chef que, dans sa candeur, l'honnête vendeur croyait avoir consciencieusement remis à neuf. Ce vendeur c'était François Saumon.

Hélas ! il ne gagnait presque rien à ce triste métier. Jamais plus affreuse misère n'affligea un vieux couple. Sa femme et lui occupaient, dans la maison que j'ai indiquée plus haut, deux étroites chambres où le plus triste dénûment de toutes choses serrait le cœur et affligeait la vue : Un fauteuil de bois, rongé d'humidité, sillonné de rides, recevait, près d'une cheminée basse et froide, le vendeur de chapeaux, au retour de ses longues et souvent infructueuses courses ; devant ce fauteuil était placée une vieille table sur laquelle les instruments dont Saumon faisait usage pour retaper, étaient empilés ; une planche suspendue vis-à-vis la cheminée supportait une rangée de hideux chapeaux, salis par les pluies, tachés de boue, pleins de crevasses et horriblement bossués. C'était le fonds de marchandises de Saumon.

Quand le fourneau était allumé, l'ex-tambour faisait chauffer ses fers, prenait un de ces chapeaux et se donnait un mal affreux pour redresser les imperfections de ces couvre-chef, sur lesquels Saumon faisait réellement un métier d'orthopédiste. Une odeur malsaine flottait dans ce réduit.

Au fond, derrière un rideau troué comme un vieux drapeau de l'Empire, deux bancs soutenaient des planches où le couple misérable s'enveloppait de quelques haillons, pour dormir. La chambre voisine, dont la porte s'ouvrait à côté du rideau troué, contenait un petit lit de sangles, surmonté d'un crucifix, une chaise et une table au-dessus de laquelle était suspendu un miroir ébréché.

C'était la chambre de Marie, la fille des époux Saumon. Quand Marie vint au monde, le vieux tambour et sa femme avaient dépassé la quarantième année.

III

Les époux Saumon à l'époque où leur fille venait d'atteindre sa dix-huitième année, étaient accablés sous le poids d'une vieillesse prématurée. La pauvre Marie n'avait jamais vu descendre dans le triste réduit où elle naquit, le moindre rayon de bonheur. Tant que le sang du vieux soldat qui lui avait donné le jour ne fut pas refroidi par l'âge, ni trop appauvri par la souffrance, Saumon faisait naître un peu de joie sur le front de Marie, en lui racontant sa campagne d'Egypte et en lui enseignant à battre avec ses petits doigts roses la diane et la retraite. Ce furent là les seuls paisibles moments de cette enfance si triste; ils étaient bien courts.

La *gavotte* Jeanne avait une humeur acariâtre, et les longues déceptions qui suivirent l'instant solennel où le jeune lieutenant corse lui avait pris le menton et caressé les joues, ne contribuèrent pas peu à aigrir un caractère naturellement irascible. La femme Saumon dissipait promptement les fumées de vanité qui montaient au cerveau de son mari, toutes les fois qu'il parlait de l'entrée des Français à Alexandrie et au Caire, en tête desquels il avait eu, comme tambour-maître, l'honneur de marcher; pour ramener le vieux soldat à son état présent, il suffisait à Jeanne de dire : Tu as fait un beau chemin avec ton tambour et ton camarade Napoléon, (car Saumon avait l'innocent orgueil de donner à Napoléon ce titre de confraternité militaire), tu n'as pas du pain à faire manger à ta fille et à moi; qui dirait que ça a été tambour-maître en Égypte?

Et la vieille femme dirigeait, en disant ces paroles, son doigt décharné vers la figure béate et ridée de son mari; car sauf une taille élevée, Saumon avait besoin de faire un grand étalage d'érudition égyptienne, pour qu'on pût se décider à voir dans ce visage somnolent et creusé, dans ces yeux éteints, dans cette humble attitude du corps, les glorieux débris d'un brave de la République française.

Saumon avait rapporté du bivac deux habitudes qui lui

valaient de la part de sa compagne des querelles interminables, assaisonnées de gestes qui remplissaient l'âme du vieux soldat d'une douleur amère. Notre ex-tambour aimait le petit verre et la pipe, et il n'était sorte de ruses qu'il n'employât pour déjouer la surveillance de sa femme, qui lui reprochait de dérober à leur maigre subsistance les petites sommes consacrées par Saumon à payer un horrible tabac et une eau-de-vie équivoque. Toutes les fois que Jeanne le surprenait, la pipe à la bouche et le petit verre en main, la pipe et le verre lancés au plancher par la main de l'impétueuse *gavotte* jonchaient bientôt le sol de leurs débris, et Saumon, comme un enfant pris en faute, baissait la tête et se mettait à retaper silencieusement un chapeau.

Un jour, Saumon avait chargé sa pipe jusqu'au bord et il était voluptueusemet étendu dans son fauteuil moisi, pour se livrer au délectable plaisir de sentir la fumée opiacée lui chatouiller voluptueusement les fibres du palais et du nez; il se délectait à voir se former devant ses yeux des vapeurs à travers lesquelles il prétendait distinguer les minarets du Caire, les pyramides de *Gizeh* et la cantinière de son régiment. A peu de frais, pour un sou, ce pauvre homme se créait un mirage dans son étroite chambre de la rue de l'Étrieu.

Tandis que les pyramides de *Gizeh* commençaient à danser sur les volutes de la fumée de la pipe, Saumon entend dans l'escalier le pas de sa femme. Saisi d'une incroyable terreur, perdant la tête, hors de lui, il fourre sa pipe entre le gilet et la chemise, dit à sa femme, qu'il trouve sur le palier, qu'il va chez une pratique, et descend l'escalier aussi vite que s'il se fût battu une charge à coups redoublés.

Dans la précipitation de sa retraite, Saumon activa le tabac allumé de sa pipe, et les passants étonnés, qui voyaient fumer une poitrine, ne savaient comment expliquer ce phénomène. Saumon marchait d'un pas furieux; sa pipe avait mis feu au gilet, des bouffées noirâtres l'annonçaient aux gens qu'il rencontrait ; il passait à l'état de volcan. Enfin, une douleur cuisante à la peau le force de s'arrêter net, il regarde le gilet et la chemise et se met à crier : *Au feu.* Un verre d'eau qu'un garçon de pharmacie était allé chercher, après avoir entendu le cri de détresse de notre tambour, éteignit complètement l'incendie, mais comme ce garçon apothicaire avait un naturel facétieux, il eut l'idée, en quittant Saumon, qui le remerçiait avec effusion, de lui conseiller de se faire assurer et de porter la plaque de la compagnie du Phénix sur la poitrine.

J'ai oublié de vous dire que Saumon a été l'avant-dernier des Marseillais qui ait porté la queue ; le dernier vit encore.

C'était donc entre ce père infirme, grondé, résigné et cette mère colère et chagrine, que grandit notre jeune Marie.

Les économistes qui élucident tant de choses, auraient été bien en peine d'expliquer comment, du sein de cette misère, était sorti un ange, comment il se faisait que tant de privations, que des scènes d'intérieur si tristes, n'avaient pas altéré l'éclatante fraîcheur et la délicatesse des traits de Marie. Celle-ci, malgré de longs jeûnes ou une nourriture grossière, conservait, dans son vif épanouissement, cette fleur de santé qui, il faut l'avouer, s'étiole ordinairement bien vite dans les réduits de la pauvreté.

Rarement on vit un plus singulier contraste : auprès de ces deux visages maigres, pointus et jaunis, à côté de ces tristesses morales et physiques, au milieu de ces meubles éclopés, devant ce rideau criblé de trous et tombant en loques, devant tout cet ensemble de choses qui donnaient le frisson du dégoût ou le serrement de cœur, souriait, un peu tristement, il est vrai, la plus suave figure de jeune fille que jamais artiste ait rêvée pour sa toile ou un poète pour ses chants.

Le bon militaire, et j'en ai reçu moi-même l'aveu, était tenté de croire que Marie lui était venue du ciel, et qu'un ange amoureux de la gloire française et désirant vivre auprès d'un tambour de la 32e demi-brigade, avait consenti à prendre les traits de sa fille et à se loger dans une mansarde de la rue de l'Étrieu, en compagnie des époux Saumon. Le naïf et honnête Saumon ne revenait pas d'avoir une si belle enfant ; il en était fier et pleurait de joie. Marie, par un tendre instinct et par l'effet d'une douce exaltation pieuse, inspirée par le christianisme, remplissait le rôle d'un ange ; elle calmait, d'une caresse, sa mère, et arrêtait par un baiser l'épithète dont Jeanne se disposait à cingler la figure de son mari ; elle ranimait l'espoir dans ces cœurs malades et découragés et faisait sourire son père en s'asseyant sur ses genoux, en passant la main sur ses joues flétries, en lui disant : — C'était un grand général, que Kléber ! L'amorce ne prend pas plus vite feu.

A ce nom de Kléber, le tambour relevait la tête et entamait pour la millième fois une histoire que Jeanne, qui se disposait à faire celle de ses tapes, écoutait, aussi, bouche béante. Marie avait, de plus, une foule de délicates ruses, d'ingénieuses combinaisons pour maintenir un peu de paix et éveiller un peu de joie autour d'elle ; mais là ne se bornait pas sa mission sainte et providentielle ! Elle accepta courageusement la misère et résolut, de bonne heure, de travailler, de fatiguer ses yeux et ses doigts, pour nourrir ses parents ; tâche pénible, mal payée, et qu'elle remplit jusqu'à la mort, sans murmurer, sans regretter que sa santé se perdît à un métier qui brûle le sang, sans regretter qu'avec une figure si belle, une si rare distinction de traits, il lui fût interdit de connaître les enivrements de la vie et de savourer de flatteuses adulations qu'elle n'aurait pu obtenir qu'au prix de son honneur, qu'en attristant l'ange gardien qui veillait sur une sœur !

Elle ne pouvait pas ignorer sa beauté. Dans une grande ville où l'éloge brutal, embusqué à chaque coin, tombe insolemment sur toutes les jolies filles du peuple, Marie n'était pas, ne pouvait pas être surveillée par son père et par sa mère. Pour les filles pauvres, le doux et chaste abri du foyer domestique n'existe pas ; pour elles, pas de mère vigilante et inoccupée, qui puisse protéger du regard et diriger de la main leur timide inexpérience ! Marie était la propre gardienne de sa sainte pudeur.

Placée dans un atelier de tailleur, elle y perdit seulement cette heureuse ignorance de pensées, cette naïveté pieuse qu'elle y avait portées, car ce n'est pas en présence des ouvrières qu'on réprime sa langue.

Je sais bien que Mme de Maintenon imposait à Louis XIV, quand ce prince, après avoir pris certaines familiarités, en sa présence, avec les dames réunies dans le salon du roi, s'inclinait respectueusement devant la veuve de Scaron, qu'il appelait *Sa Sagesse !* Mais la pauvre Marie ne pouvait pas produire un effet pareil ; les grands airs ne lui allaient pas ; son costume modeste, la douceur de ses traits, l'expression timide et rêveuse de ses yeux imploraient plutôt la retenue qu'ils ne la commandaient, et il était bien peu de gens qui comprissent la souffrance intérieure que causaient à Marie une grande liberté de propos et le tour scandaleux de bien d'ignobles anecdotes. Un front baissé, une attitude résignée, devenaient un sujet de risées et fournissaient un plus grand aliment à la verve libertine et impie qui révoltait tant sa pudeur souffrante et muette !

Ce qu'on appelait la pruderie de Marie, donnait du montant à cette verve impitoyable, et la jeune ouvrière devait comprendre qu'elle aurait, peut-être, mis un terme à ces impertinences licencieuses, si, au lieu d'imiter l'ange au moment qu'il se réfugie sous ses ailes, elle eût fait entendre le cri énergique de la pudeur révoltée. C'eût été trop exiger d'elle.

La misère dégrade ou intimide. Marie restait pure ; sa piété la protégeait autant que son excellent naturel. Elle aurait rappelé à un observateur épris de mythologie, cette fontaine de Sicile, dont les eaux ne perdaient, en traversant les flots amers, ni leur limpidité, ni leur douceur.

A cette époque de révélations minutieuses et trop hardies, qui a vu le grand et déplorable succès des *Mystères de Paris*, on ne me blâmera pas d'esquisser, avec la réserve que l'honnêteté commande, des tableaux où le lecteur ne trouvera pas, cependant, les énergiques et souvent cyniques peintures de quelques auteurs en vogue. Ceux-ci sont occupés à remuer les bas-fonds de la société, sans que la vapeur malsaine, qui monte de cette vase impure, soulève le cœur de l'écrivain, du lecteur et même de la lectrice. *

Quelques feuilles périodiques que cette licence indigne, ont beau s'élever, avec raison, contre ces descriptions de *Tapis franc* et de mœurs avinées et sanglantes, le feuilleton des journaux en crédit ne continue pas moins à être la terrible lanterne magique où passent sur des fonds terreux et livides les terribles silhouettes du *Chourineur*, du maître d'école, du notaire Ferrand ou celle de l'impudique créole Cecily. **

Comme nous sommes loin de l'Astrée, de Caton galant et de Brutus dameret ! Je sais bien, je sais trop que je n'ai pas le talent qui fait pardonner ou accepter des des-

* Ce livre a été écrit en 1841.

** Personnages des *Mystères de Paris*.

criptions aventurées, mais comme elles me révoltent profondément, je sens que je n'ai pas besoin de rassurer le lecteur honnête qui aurait été tenté de voir dans les lignes qu'il vient de lire, une rapide précaution oratoire placée en tête de quelque *Sproposito* littéraire. Écrivain véridique, témoin attendri de la vie sainte et souffrante d'une jeune fille, je voudrais ne rien omettre de ce qui peut le mieux signaler la lutte héroïque de la vertu en butte aux incessantes attaques du vice ; aussi ma fidélité d'historien me force, pour que cette lutte soit présentée dans tout son jour, d'exposer, avec franchise, un odieux travers bien connu à Marseille, ainsi que dans d'autres cités de ce bas monde. J'aurais pourtant moins insisté sur la peinture de ce travers, qui se modifie selon les localités, les habitudes, les climats et les mœurs, si tant d'exemples, venus de haut ou partis de bas, dont je ne serai, au reste, qu'un très réservé imitateur, n'avaient calmé d'honorables scrupules.

Je n'ignore pas, non plus, que Marseille n'a pas le monopole de ce vice qui s'y étale si effrontément, mais je crois qu'en le représentant tel qu'il s'y produit, on verra qu'il a extérieurement, du moins, des allures tellement locales, qu'il peut, à la première vue, paraître un fruit indigène du pays, une création spontanée de notre sol.

Ce travers consiste dans l'incessante poursuite dont la jeune fille du peuple est l'objet de la part de ces hommes riches et éhontés qui poussent l'impudeur jusqu'à donner à cet odieux et criminel passe-temps le nom de *chasse aux grisettes*. Ce mot m'inspire assez de mépris pour que je n'aie pas à craindre qu'on me reproche de l'avoir écrit.

La chasse au poste * semble prédisposer les jeunes Marseillais à cette autre chasse avec laquelle, sauf la rareté des victimes d'un côté et leur abondance de l'autre, il est facile d'établir de nombreux points de comparaison.

Le poste, dans cette seconde chasse, est l'angle ou le trottoir d'une rue. Si le chasseur aux grives et aux *palombes* se voit forcé de donner, sous son toit de feuillage, le spectacle peu sublime d'un homme aux prises avec le malheur d'une attente souvent trompée, l'autre se munit aussi d'une extrême dose de patience et tient des heures entières, le rayon visuel braqué sur une porte de magasin ou sur une fenêtre d'atelier.

Le chasseur au poste raconte, avec une complaisance vaniteuse, les fantastiques triomphes dont les échos cachés des collines et les pins silencieux ont été les témoins; il déroule, volontiers, le chapelet menteur des oiseaux qui sont censés avoir été atteints par son plomb meurtrier; sa tête, quand il parle, semble se parer d'une auréole de grives, d'une guirlande d'ortolans; dans ces récits, il ne compromet que sa véracité. L'autre chasseur éprouve une égale démangeaison à mettre ses amis et les indifférents dans les confidences de ses odieux succès. Lui aussi déroule une liste, dans laquelle, sous chaque nom, se place la date d'un entrevue obtenue.

* Chasse marseillaise dans une cabane de feuillages.

Quant aux appeaux, il a sa coiffure, sa barbe, sa moustache, son éclatant gilet où miroite la chaîne d'or et son costume de bon goût.

Marie ressemblait donc à cette douce volatile qui ne demande qu'à boire la rosée sur une feuille, qu'à chercher le grain caché dans l'herbe.

Jolie et n'ayant auprès d'elle qu'un père et une mère âgés, infirmes et pauvres, pouvait-elle écarter le péril et empêcher qu'on ne tendit des piéges à sa vertu? Sa beauté avait obtenu un retentissement bien dangereux pour elle. Charles Devilly fut saisi d'un inexprimable étonnement en entendant, un soir, le nom de Marie lancé par une douzaine de bouches au plafond d'un café. Il était venu prendre part à une partie de dominos, à laquelle l'avait entraîné un jeune Marseillais dont le père connaissait le sien à Paris. Charles ne prenait pas garde aux assistants rangés autour de sa table, quand le nom de Marie Saumon, cavalièrement prononcé, vint frapper son oreille ; il relève la tête et voit un monsieur d'une cinquantaine d'années, un vieillard un peu prématuré, avec quelques cheveux gris sur un front dévasté, aux traits fatigués, qui souriait malicieusement à la description que son voisin faisait en termes dépourvus de toute poésie, de toute idéalisation, de la beauté de cette ouvrière que Devilly aurait voulu mettre sur un piédestal, comme une statue grecque, ou dans une niche, comme une sainte.

Le monsieur de cinquante ans, voltairien effréné et qui mettait emphatiquement, comme on le faisait en 1782, le mot de *nature* à la place de celui de *Dieu*, continuait son hideux sourire qui épouvantait le candide Charles et laissait tomber négligemment ces mots : — « Elle passera dans une heure sur le trottoir de la *Canebière*, près de la rue *Pavé d'Amour*. »

Ces paroles dites avec suffisance et accompagnées d'un niais clignement d'œil, entrèrent, comme la froide lame d'un poignard, dans le cœur de Devilly, qui se dit : « Je serai dans une heure sur le trottoir de la *Canebière.* »

Charles n'accepta pas la revanche qu'on lui offrait, il sortit du café et courut à l'endroit où Marie ne devait pas tarder à passer. La nuit était venue ; à la lueur du gaz, il aperçut un groupe d'individus fort gais qui marchaient vers la *place Royale;* le groupe s'arrêta à l'angle de la rue du *Pavé d'Amour* et le monsieur aux cheveux gris, le voltairien effréné s'en détacha, après avoir joyeusement dit : — « C'est l'affaire d'une minute, deux mots et je reviens.» Charles s'appuya à la devanture d'un magasin et suivit de l'œil cet homme.

Une jeune fille descendait le long des magasins ; la flamme d'un quinquet qui brûlait au-dessus d'une porte, illumina sa figure.

Charles reconnut Marie.

Le monsieur de cinquante ans prit la main de la jeune fille, la secoua et échangea avec elle des paroles à voix basse.

— Oh ! mon Dieu, dit douloureusement Charles, qui disparut dans la rue voisine !

IV

Vernet, ainsi s'appelait le monsieur de cinquante ans qui avait si triomphalement et si cavalièrement abordé Marie, sur le trottoir de la *Canebière*, était au nombre de ces rares Marseillais qui, de bonne heure, prennent le parti de vivre de leurs rentes.

A la vérité, presque tous ceux de mes compatriotes qui cherchent à faire fortune à l'aide du commerce, se promettent de quitter les affaires, dès que le chiffre auquel ils bornent, en débutant, leur ambition, aura été atteint; mais bien peu se décident à rentrer dans la vie privée et à dépouiller leurs chapeaux gris ou noirs de l'auréole du négociant, quand ils ont enfin amassé la somme qui leur sembla, longtemps, devoir être le *nec plus ultra* de leurs vœux. Tant de liens les enchaînent à cette vie qui leur donne toutes les émotions du jeu et satisfait l'immuable vanité du cœur humain!

Le mot de négociant a quatre syllabes dans le dictionnaire, il en a cent dans la bouche qui le prononce à Marseille. Dans ces phrases proverbiales: être vêtu comme un négociant, manger comme un négociant, le Marseillais a démocratiquement substitué l'adoration de l'homme du commerce à celle du Roi.

Comment se résoudre, quand pendant quinze ou vingt ans, on a eu l'oreille agréablement caressée d'un titre dans les rayons duquel se noient et disparaissent les féodales appellations de duc, de comte, de marquis, à prendre celui de propriétaire, de bourgeois, ou de rentier? Voilà pour la vanité.

Le désir d'accroître sa fortune, de tirer un bon parti de ces circonstances inattendues qui amènent des hausses ou des baisses inespérées, ne contribue pas peu, aussi, à river la chaîne, plus ou moins dorée, qui lie le négociant à son état ; quand même ces motifs n'existeraient pas, l'ennui, l'horrible ennui qui saisit à la gorge l'homme d'affaires, lorsqu'une activité permanente et des habitudes laborieuses disparaissent pour faire place à une monotone et oisive succession de moments, attend le négociant qui parodie à la bourse l'abdication de Sylla ou de Dioclétien.

Cette bastide où il rêvait de si belles parties de mer, d'éternelles chasses au poste, des sommeils délicieux sur le divan, des repas homériques, des causeries avec les poules et les pintades, des admirations devant la garenne et le pigeonnier, une vie horizontale sous les pins, où il se représentait la casquette inclinée sur l'oreille, la veste blanche sur le dos et la main armée d'une serpette, se livrant voluptueusement au plaisir de réprimer le vagabondage des branches parasites ; cette bastide qui lui gardait, entre la mer et la *pinède*, tant de jouissances, lui devient bientôt odieuse ; il y passe à l'état d'une âme en peine, il y prend les allures d'une bête fauve qui tourne dans sa cage. Les sentiers trop foulés l'excèdent de leurs parfums de thyms ; les pins, il les maudit et les crible d'épigrammes ; ce n'est plus que par un reste de pudeur et par l'effet de sa vanité de propriétaire, qu'il vante encore à ses amis les charmes d'une retraite où les baillements le suffoquent ; bientôt il cherche des prétextes plus ou moins ingénieux pour légitimer ses fréquentes apparitions à la Bourse ; là il reçoit de sincères félicitations sur l'excellent parti qu'il a pris de renoncer aux affaires et de s'ensevelir dans une solitude champêtre ; ces félicitations cessent le jour où l'on apprend qu'il a encore ouvert son comptoir et donné un ordre à un courtier. Ce jour luit bientôt sur le front soucieux de ce campagnard improvisé.

C'est justice! à chacun son lot sur cette terre : les hommes d'affaires doivent vivre et mourir hommes d'affaires, ce n'est pas à eux que la solitude se plaît à dévoiler ses charmes secrets ; les poètes, les artistes seraient bien malheureux, s'ils partageaient avec ceux que la fortune comble de ses faveurs, le privilége des plaisirs délicats et choisis ! L'équité de la Providence éclate dans cette inégale répartition de dons. Ainsi se maintient l'équilibre social.

Vernet avait été, de vingt à quarante-cinq ans, un rude et infatigable négociant ; son nom pénétra dans les comptoirs les plus reculés, des bords de la Méditerranée à ceux de la mer Blanche. Il mit à la poursuite de la fortune, une persistance vraiment héroïque : sa santé de fer, sa tenacité le servirent à merveille et lui permirent d'entreprendre des voyages dans les parties les plus lointaines du globe, que de longs hivers et une horrible nature semblaient avoir interdites aux explorations de l'homme. Il avait compris tout le parti que le commerce pourrait tirer de ces marchés éloignés devant lesquels s'étend la barrière neigeuse de l'Oural ou que dominent les pics des monts Altaï.

Vernet s'élança d'Arkangel à Irkoust, d'Irkoust au Kamthschahka, il trafiqua même au pied de la grande muraille chinoise et fit venir, le premier, les garances de Saint-Remy * et d'Avignon à Berlin et à Varsovie. Vernet avait hâte de faire fortune, non pas dans le bucolique but de pêcher à la ligne dans la Méditerranée, au pied des rochers d'une *bastide*, mais avec la ferme et criminelle résolution d'organiser dans sa ville natale, un vaste plan de séduction à l'encontre de ces jeunes ouvrières dont les bas jaunes et les petits souliers le firent rêver, bien des fois, dans les solitudes glacées des gouvernements de Kazan et de Tobolsk.

Il tomba, un jour, non pas du ciel, mais d'une des cimes de l'Oural, au milieu de Marseille et annonça à ses amis qu'il ne travaillait plus et que ses longs voyages étaient finis. Il avait alors quarante-cinq ans et un rhumatisme attrapé à Tornéo.

Riche, égoïste, doué d'un esprit de suite, familiarisé avec les calculs, il commença à dresser de formidables batteries contre cette intéressante portion du sexe féminin qui peuple les ateliers de tailleurs et de cordonniers ; la fin justifiait, à ses yeux, les moyens. Ce Gengiskan de la gent ouvrière ne tarda pas à être proclamé le plus habile des stratégistes, il fit école, on le consultait comme un oracle, lui au front duquel la pudeur publique révoltée aurait dû attacher les stigmates de la honte !

Son intelligence nette et positive trahit toujours son

* Petite ville du département des Bouches-du-Rhône.

instinct et ses habitudes de commerçant, dans la sphère nouvelle où il la transporta ; il menait une intrigue de la même manière qu'il dirigeait autrefois une affaire mercantile. Éclairant ses démarches et ses discours de profondes combinaisons, il se ménageait d'infinies satisfactions d'amour-propre, par la raison qu'une infâme victoire obtenue n'était jamais que le résultat des plus habiles manœuvres, d'une savante et adroite diplomatie.

Vernet dépensait dans ce jeu obscur et si profondément immoral, autant d'efforts, autant de finesse que s'il se fût agi de créer une seconde fois sa fortune ou de se maintenir dans un poste éclatant, mais entouré d'embûches et de sombres et dangereuses rivalités. Comme il aimait à se faire écouter et qu'il ne dédaignait pas les éloges, Vernet consentait parfois à développer devant de jeunes adeptes, les plans inflexibles auxquels il soumettait sa conduite de séducteur ; il recommandait surtout à ses élèves de ne pas s'exposer à subir la dénomination d'*arlèri*, qui, d'après lui, suffisait, à Marseille, pour vous perdre dans l'opinion des grisettes. A ce sujet, il tenait le discours suivant :

— « Il est fort possible, disait Vernet, que ce mot *arlèri* ne soit connu que dans notre ville ; aussi, ai-je toujours pensé qu'en le créant, le Midi a voulu se venger des dédains dont le Nord l'accable. Il est bien rare qu'un méridional mérite cette énergique épithète, tandis qu'il est peu d'individus nés dans les brouillards du Nord, qui n'en provoquent justement l'application. Le mot français de pédant n'en est que l'équivalent imparfait. Un pédant est un savant plein de suffisance, qui fait la roue avec une érudition souvent bien équivoque, tandis qu'un ignorant peut fort bien passer pour un *arlèri*. Un exemple éclaircira le mot *arlèri*.

« Un jeune homme rassuré et excité par sa chevelure fluviale, ses favoris que le peigne et la brosse ont soigneusement disciplinés, sa barbe en pointe et la virgule de sa moustache, muni d'une forte dose de présomption, veut improviser une intrigue sur une de nos promenades; il avise une jeune grisette sur le large trottoir de la Canebière; cette grisette porte le bonnet en arrière, et tient les coudes en dehors; une petite moue impertinente, qui fait rengaîner tant de déclarations prêtes à s'élancer du fourreau, rend plus piquante encore sa physionomie mutine et alerte. Un jeune lion qui a lu Paul de Kock et qui s'est persuadé que les grisettes marseillaises ressemblent aux grisettes parisiennes, étreint vivement sa canne à pomme d'or guillochée, et s'avançant vers la jeune ouvrière, lui décoche à bout portant, obliquement, une œillade expressive que la grisette accueille d'un air parfaitement dédaigneux; le coureur d'aventures en plein vent ne se déconcerte pas, il se penche vers la jeune fille et glisse dans ses oreilles une phrase sentimentale. La grisette avance la tête, la ramène en arrière, l'incline de gauche à droite, pousse un soupir nullement poétique, et dit : *tè, qué mi voou l'arlèri!* * Le mot terrible est lâché; l'épithète produit son inévitable effet; le jeune lion sent un froid mortel

* Tiens, que me veut cet *arlèri*!

s'insinuer dans ses veines; il reste foudroyé. Baissant la tête, il se retire dans une inexprimable confusion, poursuivi par ce mot *arlèri* qui a glacé son courage. »

Après cette dissertation sur le mot *arlèri*, Vernet ajoutait que les grands airs, le ton plus ou moins gauchement imités de la bonne compagnie paraissaient, à tort, sans doute, fort ridicules aux grisettes et qu'il valait mieux singer auprès d'elles les allures et le langage de l'homme du peuple connu sous le nom de *nervi*.* Il y avait alors de grandes chances de succès.

Ce formidable théoricien n'éparpillait plus ses feux depuis le jour où il aperçut Marie se rendant à l'atelier de son tailleur. Ce fut pour lui une révélation inattendue de grâces et de pudeur naïve; il ne concevait pas qu'une beauté pareille lui fût restée si longtemps inconnue et que le hasard qu'il aidait tant de ses courses sans fin dans la ville, de ses interrogations du regard à toutes les fenêtres, eût tardé à l'amener sur ses pas.

Il suivit Marie jusqu'à l'atelier et rassuré par l'enseigne, il s'élança dans l'escalier et parut devant le tailleur, avec une physionomie grave et préoccupée. L'idée lui était venue de se faire passer pour un docteur en médecine arrivé depuis peu de Saint-Pétersbourg, où il avait guéri un nombre incroyable de boyards. Il paya comptant le drap dans lequel il fallait qu'on lui taillât promptement un habit et des pantalons noirs et l'étoffe de satin qu'il choisit pour un gilet décent et honnête. Le tailleur ébloui

* Les *nervi* sont les *lazzaroni* marseillais avec plus de pétulance dans le geste et autant de poltronnerie dans l'action.

lui fit un accueil extrêmement poli et reconnaissant. Vernet se permit à peine de jeter un regard, à la dérobée, sur Marie qui s'était assise près de la fenêtre, à sa place accoutumée, pour achever un gilet.

Vernet demanda la permission de surveiller la confection de sa toilette doctorale, habitude un peu minutieuse et importune qu'il avait rapportée, disait-il, de Nisni-Novogorod ; on la lui accorda avec empressement, et ses fréquentes visites à l'atelier furent ainsi amplement justifiées. Dès lors il s'attacha à passer pour un homme rangé, méthodique, mais payant sans demander le moindre rabais. C'était dans ses principes.

En suivant, un soir, Marie, sans que celle-ci s'en doutât le moins du monde, Vernet connut la demeure de la jeune fille. Le lendemain, en passant dans la rue de l'Étrieu, il vit, au-dessus d'une fenêtre du troisième étage de la maison de Saumon, un chapeau pendu à un clou; c'était la bien modeste et très peu provocatrice enseigne de l'ex-tambour de l'armée d'Égypte. Cette enseigne pourrait bien, se dit Vernet, indiquer la profession du père de Marie. Il se proposa d'éclaircir ce fait chez le tailleur auquel il demanda de vouloir bien lui indiquer un ouvrier qui pût remettre à neuf plusieurs de ses couvre-chef que leur forme condamnée par la mode actuelle, avait malheureusement mis hors de service. Le tailleur lui nomma Saumon, le père d'une de ses ouvrières, et lui donna l'adresse du vieux militaire.

Vernet acheta chez un fripier un chapeau phénoménal dans le genre de celui dont Eugène Sue a si complaisamment coiffé le portier Pipelet; muni de ce chapeau, il se rend chez Saumon, qu'il trouve, courbé sur son fer et retapant devant sa table boîteuse, près de sa cheminée où pétillait un petit feu. A la vue d'une personne somptueusement vêtue, à la vue de la chaîne d'or qui brillait sur le gilet du visiteur, Saumon, qui avait également aperçu deux chapeaux, l'un sur la tête et l'autre à la main de Vernet, se redressa de toute la hauteur de sa longue taille et fit à cette pratique inattendue un salut militaire.

— Mon ami, dit Vernet, vous êtes M. Saumon?

— C'est bien mon nom, répondit l'ex-tambour.

— M. N..., tailleur, m'a beaucoup vanté l'art que vous mettez à réparer, sur les chapeaux, des ans l'irréparable outrage.

Ne comprenant pas trop, mais soupçonnant un éloge dans cette phrase sonore, Saumon se contenta de sourire d'un air modeste.

— J'ai, ajouta Vernet, une effroyable quantité de chapeaux à faire retaper, ce sont des chapeaux russes.

— Russes ? dit Saumon.

— Russes, sibériens et même tartares ! J'ai la manie de les faire restaurer de temps en temps ; quand on peut leur donner une forme un peu moderne, je les porte, sinon, je les garde dans une armoire, comme souvenirs de voyage, car j'ai beaucoup voyagé, M. Saumon !

— Êtes-vous allé en Égypte ?

— Pas encore ; on m'y offre la place de premier médecin du Pacha. Je ne sais pas si j'accepterai.

— Ah ! Monsieur est médecin ?

Je l'ai été longtemps pour gagner honnêtement de l'argent, mais maintenant je ne fais plus de la médecine que par charité et dévoûment.

— Tel que vous me voyez, j'ai attrapé un rhumatisme en Égypte !

— En Égypte !

— Oui, j'en suis revenu avec mon camarade Bonaparte, qui avait donné des tapes à ma femme quand il n'était que sous-lieutenant. C'était un bien aimable camarade, Bonaparte ! Sans mon rhumatisme, je ne l'aurais pas quitté.

— Mais, je vous en délivrerai, de votre rhumatisme ; je viens du pays des rhumatismes, de la Sibérie, et j'ai pour cela un remède infaillible. Mon brave, je vous guérirai ! En attendant, voici le chapeau dont le grand-duc Constantin me fit présent à Varsovie.

Saumon prit ce chapeau-tromblon et promit de lui rendre le lustre qu'il avait le jour où Vernet le reçut des mains du grand-duc Constantin.

Un coup-d'œil suffit à Vernet pour lui faire juger la profonde misère de la famille Saumon.

Le vieux tambour, encouragé par les manières affectueuses et l'air ouvert du prétendu docteur, eut bientôt mis celui-ci au fait de tout ce qu'il désirait savoir.

Le prétexte, comme médecin et comme possesseur d'une grande quantité de chapeaux, ne pouvait plus lui manquer, pour légitimer ses fréquentes visites au vieux Saumon et à sa femme, qui lui raconta son histoire des tapes. Il affubla ces deux époux d'une foule de maladies que leur ignorance leur avait fait négliger et dont il leur garantissait la guérison radicale. A peine était-il entré dans la mansarde, que ces deux vieilles et crédules personnes lui montraient la langue et lui tendaient le pouls. Vernet jetait sur leur table une grande quantité d'herbes propres à des infusions et leur remettait des boîtes remplies d'innocentes pastilles de jujube. Le tout était destiné à faciliter l'expectoration des époux Saumon.

De temps en temps, un nouveau chapeau était apporté par Vernet, ce qui permettait à celui-ci de remettre à Saumon de petites sommes d'argent reçues avec une indicible effusion de reconnaissance.

Marie ne se doutait de rien ; son instinct de jeune fille ne la tint en garde contre aucune des ruses infernales de Vernet, elle le prit pour un médecin, pour un propriétaire d'un nombre considérable de chapeaux, et elle fut bien loin de croire, le soir où elle tendit la main au monsieur de cinquante ans qui l'aborda sur le trottoir de la Canebière, qu'il y avait là un groupe de jeunes gens à qui l'innocente familiarité de cette rencontre fournissait la preuve d'une nouvelle infâmie de Vernet, tandis qu'un autre jeune homme, Charles Devilly, la flétrissait d'un nom odieux.

V

Un général en chef, occupé à faire le siége d'une citadelle, se plaît quelquefois à annoncer d'un ton prophétique le jour et l'heure où cette citadelle lui ouvrira ses portes ou implorera sa merci par les bouches béantes de ses larges brèches. Vernet écrivit sur son calepin le jour et l'heure où Marie consentirait à joindre un nom de plus à tous ceux de ses nombreuses victimes.

Pour ne pas se donner un désobligeant démenti et ébranler en lui-même cette confiance qu'il avait dans ses moyens de réussite, l'ex-négociant sibérien, sortit, un matin, plus tard qu'à l'ordinaire de sa chambre, après qu'il eut demandé à l'oreiller où sa tête s'enfonçait dans un édredon inspirateur, des conseils et de savantes combinaisons. Vernet ressemblait à Cromwell, qui ne donnait presque rien au hasard. Dans son immense égoïsme, il n'avait fait tourner qu'à son profit les facultés calculatrices dont il était doué; et depuis que la fortune lui avait fourni la preuve que l'homme de résolution qui veut la posséder, n'en obtient les faveurs qu'à force de méditations, d'efforts habiles, de sages prévisions, il admettait à peine que cette occasion si célébrée par les poètes jouât un rôle aussi important que tant de songes-creux l'ont prétendu, dans les affaires de ce monde. L'occasion, disait-il, est là, et il montrait sa tête. Vernet consentait bien à faire au hasard l'honneur de quelques accidents qu'il n'était pas au pouvoir de l'homme de créer. Une fois, assurait-il, ces accidents réunis, une intelligence adroite et patiente, attachée sérieusement à la poursuite d'un but nettement indiqué, est toujours sûre de tirer de ces premières et heureuses circonstances fournies par le hasard, un incontestable profit.

— Ce n'est plus qu'une question d'horloge, disait-il !

Le nez dans l'oreiller, Vernet arrangea avec une méthode dont un cartésien l'aurait félicité, son plan de séduction ; il connaissait maintenant le terrain sur lequel il allait manœuvrer.

Marie s'abritait, hélas, sous des ailes paternelles qui traînaient, brisées et alourdies par l'âge, dans une fange de misère. D'une bravoure hypothétique et calculée, Vernet voyait avec satisfaction qu'aucune colère fraternelle ne pouvait s'abattre sur sa tête, puisque la jeune fille n'avait au monde pour protecteurs, qu'un vieux père et une vieille mère ; l'ombre d'un cousin ne se dessinait pas même à l'horizon. Avec sa longue expérience, Vernet avait vite su à qui il avait affaire. Un grand calme, un calme virginal régnait dans la tête de la pieuse Marie ; il l'avait compris. Cette jeune fille, si belle, si gracieuse, guidée par les nobles et secrets instincts de son cœur, accomplissait, dans le silence, une tâche dont elle ne comprenait pas même la grandeur touchante.

Deux êtres infirmes et même rebutants, recevaient d'elle dans une hideuse mansarde, des soins que le vieux militaire seul accueillait avec un attendrissement presque enfantin. La misère avait affaibli sa tête, et il exprimait sa reconnaissance par une sorte de cantilène pleurante. Jeanne, qui avait fait tant de rêves, reprochait amèrement à son mari d'être resté ignoblement occupé à retaper des chapeaux, après avoir eu l'insigne honneur de tutoyer, presque, le général en chef de l'armée d'Égypte, et d'épouser une femme dont les joues avaient été caressées par la même main qui signa le traité de *Campoformio.*

De pareils sujets de récriminations la rendaient même insensible aux attentions de sa fille.

Celle-ci ne se décourageait pas ; jamais sa voix et son geste ne trahirent l'effort de sa vertu et pourtant sa patience était mise à de rudes épreuves.

Marie aimait l'ordre et la propreté ; la vue d'une tasse ébréchée, d'un linge négligemment étalé sur le dossier d'une chaise, d'une couche de cendre grisâtre répandue sur le foyer, blessait sa délicatesse instinctive. Douée d'une sensibilité exquise, elle aurait voulu poser son morceau de pain-bis sur une nappe bien blanche, boire l'eau fraîche du puits dans un verre soigneusement lavé et se servir d'un couteau dont la pierre du remouleur eut entretenu la blancheur bientôt disparue. Ces sortes de minuties bien surveillées lui auraient composé une suite de petits bonheurs et lui auraient rendu plus agréable encore l'étroit et long réduit où ses parents semblaient prendre à tâche de laisser, partout, les stigmates d'une misère sordide. C'était une lutte non avouée, non reconnue même, d'un laisser-aller immonde, d'une insouciance fébrile, contre un persistant amour de l'arrangement et de la propreté.

La pauvre Marie se levait, de grand matin, pour réparer les désordres de la veille, pour laver ce sol si maculé, pour nettoyer les ustensiles d'un ménage si besoigneux, pour remettre à leur place les instruments du métier humide et malsain de son père. Après une heure donnée à ces soins nombreux, la chambre des vieux époux prenait un tout autre aspect. Les assiettes jaunes, le plat à barbe, les deux tasses et leur unique soucoupe ne présentaient, sur la planche qui les recevait, que le côté le moins endommagé par le temps; les trois verres étaient devenus reluisants de propreté; le foyer débarrassé de toutes ses scories n'offrait plus un amoncellement de charbons éteints avec l'eau, de cendres et de débris de sarments, dans l'état où la veille les avait laissés; la table du travail et le fauteuil ne se tournaient plus le dos; près de la chaise de Jeanne, Marie posait, dans toute sa hauteur, la quenouille qu'elle avait trouvée jetée dans un coin; ensuite, elle préparait le café que Jeanne se réservait de sucrer dans des proportions microscopiques.

Mais le soir, quand elle quittait l'atelier où elle avait fait son repas du midi avec un morceau de pain, elle ne pouvait maîtriser un mouvement de chagrin, en retrouvant ce hideux pêle-mêle que la turbulence ennuyée de deux vieillards avait fait succéder à l'ordre que la jeune fille s'attachait à mettre, dans la mansarde, avant son départ. Pourtant, pas la moindre plainte ne lui échappait, elle montrait à ses parents un visage serein et ses paroles douces et caressantes faisaient descendre à un diapason moins aigre la voix habituellement criarde de sa mère.

J'ai eu besoin de donner ces détails insignifiants peut-être, pour qu'on connût bien le milieu où Marie vivait, les cruelles épreuves de sa jeunesse et les accablantes privations qu'elle endurait. La religion et l'amour filial la gardaient de toute mauvaise pensée et lui faisaient accepter avec un cœur content cette vie amère.

Il n'y avait pas la moindre joie autour d'elle, dans le réduit paternel. La jeune mère qui partage ses pénibles soins entre son mari et ses enfants, voit de petites figures joyeuses lui sourire, tandis que de petits bras se suspendent à son cou et que de petites lèvres roses se posent sur les siennes; son mari trouve dans son travail le moyen de soutenir sa jeune famille; elle a des moments d'un bonheur doux et riant. Marie, elle, avait devant les yeux, deux figures que la misère avait vieillies avant le temps. Saumon s'enfermait souvent dans un silence stupide et somnolent; ses yeux éteints suivaient péniblement les évolutions de sa femme qui tournait dans la chambre, en répétant les phrases patoises et injurieuses que la pauvreté, la maladie, une espèce d'antipathie excitée par cette insouciance habituelle aux vieux soldats abrutis par la misère et l'eau-de-vie, ramenaient, sans cesse, sur ses lèvres.

Le matin, quand Marie se rendait à son atelier, elle laissait ses parents prolonger un sommeil mêlé de quintes de toux et troublé par de pénibles songes. Le soir, en rentrant, si l'on était en hiver, elle croyait soulever, dans cette chambre froide et nue, un manteau de glace; des regards éteints par la misère l'accueillaient d'un triste sourire. C'était elle encore qui préparait le modeste et unique repas de la journée ; mais sa présence procurait un peu de calme à son vieux père, qui, protégé par Marie, n'avait plus à redouter, de la part de sa femme, si la fantaisie lui venait de raconter une de ses vieilles histoires, qu'une improbation manifestée par des monosyllabes étouffés entre les dents.

Le dimanche, Marie, à qui son père avait appris à lire, passait après les offices de l'église, une partie de son temps, dans sa petite chambre où se trouvaient rangés sur un coin de sa table : Paul et Virginie de Bernardin de Saint-Pierre, Gonzalve de Cordoue, Estelle de Florian, un volume dépareillé des victoires et conquêtes de la Révolution et de l'Empire et deux livres de piété, une Bible de Royaumont et l'Imitation. La jeune grisette avait fini par savoir à peu près par cœur tous ces ouvrages, à force de les relire. Pourtant, elle ne se lassait pas de s'attendrir avec Paul et Virginie, de se monter un peu la tête avec le vainqueur des Maures, de rêver le village et le vallon avec Estelle et de suivre les Français sous les murs de St-Jean-d'Acre ou aux plaines d'Esdrelon, dans ce volume où son père était surpris de ne pas trouver le nom du citoyen François Saumon, tambour-maître dans la 32me demi-brigade. Une petite et maladive plante, un géranium qui s'était résigné à vivre dans un vase placé sur la fenêtre de sa chambre, permettait à Marie d'avoir sous les yeux un odorant échantillon des œuvres de Dieu, enfoncé dans quelques pouces de terre et ravivé par l'eau dont elle l'arrosait. Ces livres et ces fleurs lui faisaient adorer sa chambre, où la tête penchée sur le feuillage embaumé de la plante, elle donnait à son imagination la clef des champs.

Vernet avait tout deviné ; la résignation sans trop d'efforts de Marie, lui paraissait un obstacle sérieux à ses projets, bien qu'il comptât beaucoup sur l'assistance de M. de Florian, dont il avait aperçu les trois volumes sur la table de la jeune fille. Les grisettes marseillaises lisent peu, quand elles savent lire. Une jeune fille qui, ainsi que Saumon le répétait sans cesse à Vernet, connaissait parfaitement l'église des Pamplemousses * et l'Alhambra de Grenade,** offrait quelques chances de réussite à l'humeur entreprenante de Vernet ; celui-ci le croyait du moins. Pourtant, il ne songea pas à jouer la passion auprès de Marie, qui aurait pu se défier de ses protestations d'attachement. A l'âge de cinquante ans, le rôle d'un adorateur qui affiche la prétention de plaire, n'était pas le fait de Vernet ; il aimait mieux, avant, essayer si la vanité, l'amour de la parure, la lassitude de la pauvreté ne lui feraient pas trouver des côtés vulnérables dans cette vertu si douce et si saintement résignée.

Sous cette misère acceptée sans murmure, l'imagination avait pu fleurir, elle s'était arrangé un petit coin du ciel où elle trouvait quelques extases et quelques enivrements. Vernet surprenait des paroles et des regards qui révèlaient une intelligence au-dessus d'une condition aussi humble. Des descriptions poétiques, des récits de che-

* Paul et Virginie.

** Gonzalve de Cordoue.

valerie, des bulletins de victoire n'avaient pas été lus sans laisser quelque trace profonde et persistante, dans cette intelligence naïve et sincère. Il y avait là un fonds à cultiver dans de perverses intentions, des fibres endormies pour le moment, mais qu'un doigt habile parviendrait à faire soudainement vibrer. Le monde et ses enchantements n'étaient entrevus, n'avaient pu l'être par cette enfant malheureuse, qu'à travers quelques pages romanesques ; c'était un magnifique et vaporeux lointain, déjà soupçonné, peut-être aimé et souhaité. Vernet rapprocherait ce lointain, en rendrait l'abord facile et dissiperait les nuages qui en cachaient la splendeur décevante. N'avait-il pas cet or qui suspend des pierreries aux oreilles, les fait étinceler aux poignets, qui donne à la beauté cette parure dont elle est si fière et si heureuse!

Marie ne commençait-elle pas déjà, une douce expérience de ce que la fortnne sait faire! Depuis qu'un hasard heureux avait amené Vernet chez son père, n'y avait-il pas un peu plus de contentement et un peu moins de gêne dans cette chambre, où la bienfaisance avait pénétré, avec toutes les précautions que lui fait prendre la crainte de blesser des délicatesses respectables?

Les chapeaux russes ne tarissaient pas, Vernet s'était créé une collection unique et bien originale. A la vérité, pas un de ses nombreux amis, c'était sa manie, disait-il, ne s'était refusé à lui laisser un chapeau usé, comme un souvenir d'une liaison contractée sous une latitude lointaine. Il s'était décidé à faire remettre tous ces souvenirs à neuf, à les numéroter, à y suspendre une étiquette qui rappelât à la fois le pays où le don avait été fait et l'ami qui en était l'auteur. Il aurait pu empailler des oiseaux, piquer des papillons sur des morceaux de liége, nettoyer la rouille des médailles et rassembler des coquillages ; il avait mieux aimé réunir des chapeaux ; il ne désespérait pas d'avoir un jour un des couvre-chef de Napoléon ; en attendant, il demandait à Saumon celui qu'il avait rapporté d'Égypte et le lui payait cent francs.

— « Quel aimable farceur que ce M. Vernet, disait Saumon à sa femme ; il a tout de même une bien fameuse idée ; rien ne ressemble à un homme, ainsi qu'il le dit, comme son chapeau ; qui voit le chapeau, voit l'homme ! Mettez le petit chapeau de mon ami Bonaparte au bout d'un bâton et vous le croirez voir à la tête de son armée ! »

Vernet, comme on peut en juger par les paroles de Saumon, avait expliqué à ce dernier sa théorie sur les chapeaux et donné, pour justifier sa manie, des raisons que le vieux tambour trouvait excellentes. De cette manière, Vernet portait, presque tous les jours, un chapeau à Saumon ; pour suffire à une telle provision de couvre-chef, il épuisait les provisions des fripiers et mettait tous ses amis à contribution. Saumon et Jeanne étaient aux anges et Marie pouvait enfin se faire de belles robes qu'elle se mettait à ravir.

Mais le grand coup devait être porté par une femme.

Vernet avait vu, un soir, une jeune actrice sur une des deux scènes marseillaises, opposant un front calme à la plus formidable tempête qui se soit jamais abattue sur les planches d'un théâtre. Cette actrice, malgré sa figure, taillée dans le moule romain et sa taille de reine, n'avait pu conjurer un orage dont les symptômes menaçans éclatèrent dès qu'elle eut dit les premières lignes de son rôle. De la bouche de cette Junon métamorphosée en une ingénuité de vaudeville, s'était élancée une voix aussi grêle que celle d'un fantôme virgilien. Ses bras, d'une perfection qu'un statuaire aurait admirée, dessinèrent les gestes les plus gauches; ce fut bien pis quand le couplet obligé vint dévoiler toutes les horribles imperfections d'un gosier où les notes semblaient être arrêtées, à chaque aspiration, par les dents d'une lime qui les déchirait. Il n'y eut alors plus de bornes à la foudroyante hilarité des spectateurs, dont les plus indulgents convenaient seulement que la place de cette malheureuse actrice était dans un musée et non pas sur les planches d'un théâtre.

Vernet, qui tenait fort peu à ce que le vaudeville fût bien joué, se montra ébloui de la beauté monumentale de cette ingénuité tant sifflée, et charmé de la voir nullement sourciller sous les éclats de la joyeuse colère des spectateurs. Il courut aux coulisses, non pas pour prodiguer des consolations à une femme qui avait l'air de prendre si bien son parti, mais pour contempler de plus près un si majestueux extérieur, une actrice si souverainement maîtresse d'elle-même! Il trouva Mlle Amélie Desnoyers, arpentant, après sa disgrace, le foyer, et disant :

— « On m'a trompée sur le compte des négociants marseillais, je les croyais, d'après leur origine grecque, plus enthousiastes des arts plastiques. Ce sont de piètres connaisseurs! »

Cette façon originale d'exprimer un dépit plut grandement à Vernet, qui, engageant une conversation avec l'imposante ingénuité, avoua que Marseille était bien dégénérée depuis Protis * et déclara, de plus, qu'il avait été sur le point de lancer des cartels à tous les coins de la salle, pour venger Mlle Amélie de l'impertinent et injuste accueil qu'on lui avait fait. Amélie abaissa ses grands yeux, ses yeux de Niobé, sur le Marseillais, et lui tendant la main, elle dit :

— « Monsieur, vous me pénétrez. Je sais bien que je n'ai pas toutes les qualités de mon emploi ; mais les rôles de Reines que j'aurais pu prendre, vous fatiguent trop la poitrine, et vous brûlent le sang. D'ailleurs, comme vous venez de vous en assurer, j'ai une voix d'enfant au berceau, dans un corps d'une assez belle apparence : c'est une fâcheuse bizarrerie de la nature. Mais enfin l'exhibition d'une femme comme moi a bien sa valeur, et je m'étais volontiers persuadée que dans une ville du Midi, dans une ville d'origine grecque, on me saurait quelque gré de ressembler à une statue qui consent à descendre de son piédestal, pour entrer dans un salon de M. Scribe ! Les mal appris ! »

Vernet ramena à son hôtel cette statue vivante et s'en déclara l'admirateur enthousiaste ; il disait à ses amis qu'il commençait sa collection de déesses.

Depuis cette soirée mémorable, Mlle Amélie Desnoyers se consola, avec l'admiration de Vernet, des disgraces

* Le jeune Phocéen qui bâtit Marseille 600 ans avant l'Ère chrétienne.

qu'elle avait essuyées sur un des théâtres de Marseille. Cette grosse et belle femme n'avait qu'un souci, celui de maintenir son extérieur dans l'état de splendeur où il arriva dès qu'elle eut atteint l'âge de dix-huit ans ; aussi n'était-elle ni querelleuse, ni jalouse, ni chagrine ; pourvu que sa table fût abondamment garnie, que ses sommeils fussent longs et parfaits, que ses toilettes eussent toujours une grande fraîcheur et une grande élégance, Amélie ne s'inquiétait nullement de l'humeur mobile de Vernet, et devenait même volontiers sa gaie confidente.

Celui-ci la fit beaucoup rire aux dépens du ménage Saumon ; elle trouva l'invention des chapeaux délicieuse, et manifesta un vif désir de connaître cet intérieur où Vernet empilait tant de couvre-chef de toute forme et de tout âge. Quant à Marie, elle lui fit l'effet, d'après le portrait que Vernet en traça, d'une petite précieuse, qui ne se ferait pas trop prier pour distraire agréablement cet éternel mauvais sujet de Vernet.

— Je vous accompagnerai, demain, chez les Saumon, dit-elle, en prenant une pose théâtrale, sur un des coins de son divan.

— Mais, il me vient une idée, dit Vernet, si je vous faisais passer pour ma sœur, la veuve de.....

— Oh ! je ne veux pas être veuve, ça vieillit et maigrit.

— Eh ! bien, non, la fiancée d'un capitaine qui attend son congé pour recevoir votre main !

— A la bonne heure ! qui sait, votre idée me portera bonheur ; le capitaine fait la guerre en Afrique,

— Où il se bat comme un lion contre Abd-el-Kader.

— Il s'appelle Ernest,

— De Font-Noire.

— Non, de Font-Blanche, c'est un plus joli nom.

— Il a vingt mille livres de rente.

— Cinquante mille.

— Soit! il est chevalier de la Légion-d'Honneur,

— Officier de la Légion-d'Honneur, vous voulez dire.

— A propos, faisons-en un chef de bataillon.

— Je veux bien; il sera colonel, et en quittant le service, il recevra le titre de maréchal de camp; c'est convenu entre lui et le ministre.

— Mais pourquoi Ernest de Font-Blanche quitte-t-il le service?

— Parce qu'il vous adore, qu'il est jaloux et qu'il aime mieux renoncer aux honneurs militaires et à la gloire que de ne devoir qu'à des congés le bonheur de vivre auprès de vous.

— Et je prends Marie Saumon pour ma lectrice.

— Que lui ferez-vous lire?

— Mes almanachs et autres ouvrages amusants; c'est un titre que je lui donne.

— Admirable, vous êtes la plus aimable des femmes!

— Il faut bien vous vouloir du bien, mauvais sujet. Et cette petite est donc bien jolie?

— Un peu maigre, mais une figure fort avenante et un cœur neuf.

— Et vous prétendez qu'elle n'a pas la moindre amourette en tête, grand connaisseur?

— J'en mettrai la main au feu, c'est la vie la plus monotone que l'on puisse mener : elle balaye la chambre de cinq à six, travaille jusqu'à six heures du soir, soupe à huit, fait ses prières à neuf et se couche.

— Il y a dans les deux sexes des individus de ce genre; c'est comme ce jeune homme qui occupe la chambre n° 6, au second étage de cet hôtel; je m'amuse parfois à lui faire mes belles mines, comme disait Mme de Coislin, en parlant de Louis XV; lui, me tire une révérence et s'élance vers sa chambre, comme si j'avais voulu lui faire jouer le rôle de Saint-Antoine dans son désert.

— Et vous êtes un si beau démon cependant!

— Je n'en reviens pas, vous le connaissez, ce beau ténébreux du numéro six.

— C'est un petit Parisien, employé aux paquebots d'Orient.

— Que vous nommez?

— Charles Devilly. Il est fou de toilette; il fait faire un gilet chaque semaine, chez mon tailleur, qui est le sien; c'est une inexplicable manie.

— Il est fou de gilets, comme vous de chapeaux. Peut-être a-t-il quelque maîtresse mystérieuse qui tient à ces changements à vue de gilets.

— Cela se peut; c'est d'ailleurs un sérieux original qui ne paraît guère amusant. Ainsi, c'est bien convenu, vous savez votre rôle sur le bout du doigt!

— Je suis votre sœur, je dois épouser M. le colonel Ernest de Font-Blanche, qui va quitter le service avec le titre de maréchal de camp. Sacrifice qu'il fait à l'amour, ajouta la colossale ingénue en minaudant.

— Parfait ! demain, je vous conduirai chez les Saumon, où je vais vous annoncer ; donnez-moi mon chapeau et l'autre.

VI

— « Est-ce que je l'aimerais, cette malheureuse enfant, s'était dit avec effroi Charles Devilly en quittant ce fatal trottoir de la *Canebière*, où il avait vu Vernet aborder Marie avec l'aplomb d'une familiarité compromettante ! Il ajouta : « Non, c'est impossible, je ne l'aime pas, c'est un caprice d'artiste qui m'a passé par la tête. Moi, aimer une fille si pauvrement vêtue, qui ne comprendra pas un mot de ce que je lui dirai, qui m'écoutera avec de grands yeux stupides, quand je lui peindrai mon amour, oh ! non, je me suis abusé, étrangement abusé. Elle a une jolie figure, une figure pleine de distinction, voilà tout ; la nature s'amuse à ces anomalies : elle met sur le cou de la fille d'un marquis, une tête lourde et commune, et place sur celui de la fille d'un savetier, une tête ravissante ; ce sont ses jeux. »

« Mais le sentiment des choses délicates, l'élévation de la pensée, bien fou qui les chercherait dans ces filles du peuple, condamnées à perpétuité au travail et à la misère ! Absurde enchaînement de circonstances bizarres, qui m'a fait retrouver dans la figure d'une ouvrière de Marseille, le type gracieux dessiné sur ma table de surnuméraire parisien ! Aurais-je, sans cela, consenti un seul instant à occuper ma pensée de cette petite grisette que je surprends à me regarder, bien timidement, il est vrai, du coin de sa prunelle? Oui, cela lui arrive; ces grisettes laissent aller leurs yeux où ils veulent; et, ce qui est bien plus significatif encore, c'est ce que je viens de voir! Imbécile que je suis, je n'osais pas adresser la parole à cette ouvrière dont la renommée virginale trouve tant d'échos dans les cafés de Marseille, à cette ouvrière qui serre la main à des ci-devant jeunes-hommes, à la clarté des reverbères!»

«Marseille vaut Paris, je reviens à mon projet. Oh! cette fois, en retournant à l'atelier, je ne paraîtrai pas devant elle avec mon air gauche et emprunté et ma contenance infiniment respectueuse. Qu'elle a dû se moquer de moi! Je n'aurais pas été autrement devant une jeune personne bien élevée, que j'aurais surprise, un matin d'été, dans les allées d'un parc châtelain. Je l'intimidais et la faisais rire intérieurement; je compromettais notre réputation parisienne. »

Devilly finit ce long monologue par cette phrase qu'il prononça en pâlissant : Le misérable lui a serré la main! Or, il avait commencé son soliloque par se demander s'il aimait réellement Marie et il le terminait par une imprécation contre Vernet qu'il ne connaissait pas encore. Le lecteur pourra juger de l'état du cœur de notre héros; il lui en coûtait tant de s'avouer son amour pour une fille si *pauvrement vêtue,* qu'il s'obstinait à donner le nom de caprice, de fantaisie de jeune homme, à un sentiment dont il ignorait encore la force. Devilly voulait se distraire, sans que le cœur s'engageât; c'était commode et divertissant! Le projet avait des côtés charmants; une passion pleine de mystères et d'abîmes, avec une petite ouvrière, l'effrayait et le révoltait! Est-ce bien avec ces sortes de femmes qu'on prend l'amour au sérieux? Que lui faisaient les infidélités de Marie. Tout au plus pouvaient-elles amener entre eux quelques scènes d'une jalousie comique, arrangées d'avance, et qui lui permettraient de grossir la voix et de singer Othello! Ensuite, un pardon arraché par de petites mains suppliantes et quelques larmes suspendues aux cils dorés de deux beaux yeux, descendrait sur la coupable Desdemona en bonnet de mousseline et en fichu étroit! Ce serait délicieux! Il y aurait, dans son indulgence calculée, profit et économie. Lui n'avait pas cinquante ans, les traits fatigués, le ventre obèse et le dos un peu voûté. Sa bourse assez mal garnie, ne pouvait payer que des fantaisies peu coûteuses; le monsieur de cinquante ans ferait le reste, ce monsieur qui remplissait, sans doute, toutes les conditions de son état. Lui, Devilly, aurait l'air de soupçonner, seulement, l'existence probable et les fonctions paternelles de cet individu, mais il se garderait bien de le savoir au juste. C'était convenu; quant à Marie, elle jurerait ses grands dieux, qu'elle n'aime que Charles. Et Charles se couchait en se disant : — Pourquoi lui a-t-il serré la main? Ah! ceci devient affreux. — Il rêva toute la nuit un monsieur de cinquante ans qui serrait la main à toutes les grisettes de Marseille.

Marie n'avait jamais cru qu'elle pût, un jour, être aimée. Les rares et pénibles loisirs de sa vie ne lui permettaient guère de se préparer, par de douces et longues rêveries, au rôle charmant que la jeune fille oisive caresse si volontiers dans l'attente d'un amour entrevu. Elle aimée, et par qui? Soit parti pris à la suite de quelques lectures, soit, ce qui était plus probable, effet d'une nature délicate, Marie frissonnait à l'idée de devenir, un jour, la femme de quelque ouvrier brutal et sale, qui remplirait la maison de cris et y laisserait un parfum de bête fauve. Cette étrange appréhension qui fera sourire bien des lecteurs, la pauvre fille l'avait malheureusement, et je n'ai pu la taire ; aussi s'était-elle saintement résignée à sa destinée. Soigner ses parents, les soutenir de son travail, consoler et égayer parfois leur vieillesse, veiller à leur chevet de maladie, recevoir leur dernier soupir, et tout cela, sous l'œil de Dieu, sans autres témoins que les anges, telle était sa mission sur la terre ; elle l'acceptait avec joie et la remplissait avec héroïsme.

Agenouillée devant le petit crucifix placé à côté de son lit, Marie puisait dans de ferventes prières, son tranquille courage et sa résignation invincible. Dans cet aride avenir qui s'étendait devant ses yeux, elle ne se promettait ni les enivrements de la femme aimée, ni les joies chastes de l'épouse, ni la sainte allégresse de la mère. Le monde était un lieu d'exil pour cet ange, le monde où elle naquit et vécut dans les larmes.

Avec une intelligence moins exquise, Marie aurait moins souffert, car elle souffrait beaucoup, la pauvre enfant; elle était malheureuse par l'âme et par le cœur. Les pleurs la suffoquaient à la naïve et fraîche peinture de ces délicieuses amours que Bernardin de Saint-Pierre fait éclore comme une couvée de colombes, dans les rochers de l'Ile-de-France. Une vive rougeur, une rougeur, hélas ! déjà maladive, colorait ses joues, quand elle se représentait Paul, passant ses bras autour de Virginie, la soulevant de terre et portant sur son dos la douce charge pour traverser la rivière. Ce livre devenait alors bien dangereux pour elle. Paul ne lèverait jamais les yeux, se disait-elle, sur cette triste fenêtre de la rue de l'Étrieu.

Sa beauté qu'elle ne pouvait ignorer, lui paraissait un don funeste; à quels propos qui lui tenaillaient l'âme, ne l'exposait-elle pas, à l'atelier, au coin des rues? Elle, si pudiquement fière, elle entendait vanter cette beauté avec des termes qui lui mettaient la rougeur au front et le désespoir dans l'âme. Un jour, et ce jour ne tarderait pas, elle devait se trouver, seule, dans cette chambre, d'où la bière emporterait les corps de ses vieux parents!

Mourir en même temps qu'eux, peu de temps après eux, c'était l'ardente prière qu'elle faisait à son crucifix, ses petites mains jointes, les genoux à terre et ses beaux yeux pleins de larmes. — « O mon Dieu ! que deviendrai-je, qui me défendra des méchants, qui me protégera ! » Ces paroles, elle les prononçait avec une grande terreur; mais elle se rassurait ensuite, parce qu'elle était pieuse et que le vice lui inspirait un dégoût mêlé d'horreur.

Le vice ne prend pas toujours un aspect rebutant. Marie savait bien qu'elle n'avait rien à craindre de ces hommes à la parole et au regard cyniques, qui sont tellement corrompus, qu'ils trahissent, sans s'en douter, le fond de leur âme, même quand ils cherchent à masquer leur dessein ou à le couvrir du faux semblant d'une affection désintéressée! Mais si un sentiment réel, noble et délicat se manifestait à elle, que deviendrait-elle, surtout si un peu de cet idéal qu'elle rêvait, se dévoilait dans une surprise faite à la rigidité de sa pensée chrétienne? Son cœur était-il suffisamment armé contre une si douce attaque? Son cœur, où pas une image vivante ne s'était encore gravée, resterait-il obstinément fermé à la rosée inattendue qu'un amour chaste et rêvé demanderait à y répandre? Repousserait-elle la douce et dangereuse étreinte de Paul? Alors, saisie d'un grand trouble, d'une confusion semblable à celle qu'éprouve une jeune fille que sa mère surprend, un roman défendu à la main, Marie ne trouvait à ces pressantes interrogations de son âme, que cette réponse :

— Paul ne peut exister pour moi!

Elle se trompait, la belle enfant! Les visites fréquentes que Charles Devilly faisait à l'atelier du tailleur, prirent bientôt pour elle une signification que son cœur tendrement agité rejeta quelque temps. Elle avait vite remarqué cette distinction d'une figure rêveuse, cette élégance de taille, cette sobriété de gestes et de paroles. Tandis que le tailleur raillait, en l'absence de Charles, la manie que paraissait avoir ce jeune homme de porter le nombre de ses gilets à un taux fabuleux, Marie craignait d'avoir trouvé le mot de cette bizarre énigme de toilette. Assise à sa place accoutumée, la figure à demi-cachée dans la pénombre d'un demi-jour, son profil si pur et si gracieux, doucement éclairé par le reflet de la vitre, Marie lançait un furtif et oblique regard vers la porte, dès que Charles toujours ému y paraissait. Charles surmontait sa timidité excessive, encouragé par la bruyante et irrespectueuse familiarité des pratiques, et s'essayait à un peu plus d'audace, en adressant la parole aux autres ouvrières, qui, le trouvant extrêmement gauche et raide, lui décochaient des épigrammes patoises et des rires moqueurs ; ce qui achevait de lui faire perdre un reste d'assurance, d'autant plus que Marie paraissait souffrir de l'idée que Charles avait eue de vouloir se mettre à l'unisson de la folâtrerie de ses compagnes.

Les gaies compagnes de Marie déclarèrent un jour que M. Charles était bien et dûment atteint du mal d'amour, et tirèrent au sort entre elles pour savoir laquelle des ouvrières de l'atelier il préférait. Le sort désigna une grosse fille, appelée Madon. Celle-ci demanda à Charles si elle avait l'honneur de lui plaire ; Charles eut l'air de se prêter à cette plaisanterie d'atelier, mais il ne tarda pas à voir Marie détourner la tête, après avoir jeté sur ce jeu ridicule, le regard d'une fierté souffrante et irritée.

Le moment de s'interroger était donc venu pour Marie.

— C'est un Parisien ! se dit-elle.

Elle savait qu'il était employé dans une administration; elle voyait que c'était un monsieur, dans toute l'acception du mot, tel que la grisette le prononce et le comprend à Marseille ; un monsieur, jeune, bien fait, d'un visage agréable, et s'exprimant avec un accent qui était, au reste, à peu près le sien, puisque le père Saumon, né en

Champagne, avait été son unique instituteur. N'importe, elle n'était, elle ne pouvait être pour Charles, qu'une grisette marseillaise bien ignorante, ne rachetant pas même son humble condition par ces airs assurés, par ces phrases extraites des drames de la Porte-Saint-Martin et des légendes des gravures du *Charivari*, ainsi que le font les grisettes parisiennes. Marie sentait cela confusément. D'ailleurs, eut-elle pu rivaliser de gentillesse, de mutinerie bien apprise, avec la grisette parisienne, elle n'aurait jamais cherché à plaire à Charles, à l'aide de toutes ces roueries étudiées d'une modiste de la capitale! Ah! loin d'elle une pareille idée! Elle voulut d'abord ne pas croire à l'impression que Charles avait produite sur elle; sa pudeur s'en alarma; le sentiment de sa position se réveillant en elle avec force, elle regarda ces murs jaunis et éraillés, ce misérable lit de sangle, ce réduit où s'abritaient deux malheureux vieillards, et elle se demanda si la pauvre habitante d'une aussi hideuse mansarde, si la fille d'un soldat qui tendait presque la main aux passants, pouvait aimer un brillant Parisien! Où la mènerait, d'ailleurs, une telle passion? Elle, si chaste, si pieuse, pouvait-elle la ressentir? Oh! elle mourrait avant une pareille honte. Sa femme devant Dieu et les hommes, n'était-ce pas un rêve irréalisable, le seul, cependant, qu'elle pût se permettre? Que devenir?

Oui, que devenir? car Marie se l'était enfin avoué, elle aimait Charles! Elle distinguait le bruit de ses pas dans l'escalier; elle croyait recevoir dans les yeux un rayon du ciel, quand le regard de Charles s'arrêtait sur elle ; son âme se suspendait à sa voix. Le visage de Charles se penchait vers elle, dans les froides nuits de sa chambre. Elle l'aimait et elle n'avait pu, l'infortunée, empêcher ses longs regards de le dire à Charles. A moins que celui-ci n'eut la vue troublée par l'excès de l'émotion, il avait dû remarquer cette pâleur subite qui se répandait sur la figure de Marie, dès qu'il paraissait dans l'atelier. A l'approche de Charles, la jeune fille semblait atterrée ; le travail restait interrompu sur ses genoux, son regard se voilait de langueur, et à une question du jeune Parisien, elle gardait un long silence ; on eut dit qu'elle était anéantie. Se révoltant contre elle-même, honteuse de telles faiblesses, elle ressaisissait son ouvrage, mais l'agitation fébrile de ses doigts, les mouvements saccadés de sa tête trahissaient davantage encore le trouble de son âme.

Et si Charles se décidait, enfin, à parler, à lui dire : je vous aime, que ferait-elle ? Toute autre aurait pu se sauver par un éclat de rire, ou un grand dédain, mais Marie aimait déjà trop pour improviser une de ces réponses qui tirent d'embarras. Tout ce qu'elle pouvait se promettre, c'était de baisser la tête sous l'aveu attendu, et de recevoir la confidence aimée, avec l'attitude silencieuse d'une coupable ! Charles aurait été bien malheureux, ainsi, n'est-ce pas, et son affaire du cœur bien compromise ? Que voulez-vous, Marie n'en savait pas davantage.

Vernet était venu chez son père, sur ces entrefaites ; la disposition d'esprit de Marie était telle, qu'elle ne pouvait guères appliquer aux visites de cet homme cette faculté d'observation instinctive dont toutes les femmes sont douées, et qui les aide à découvrir, derrière un prétexte plus ou moins plausible, le motif véritable de certaines démarches. Elle crut à toutes les inventions de Vernet, et se réjouit de voir qu'avec l'argent que le faux docteur faisait gagner à son père, elle pouvait mieux soigner sa toilette de jeune ouvrière. Charles avait remarqué cette amélioration de toilette, et il en avait éprouvé une vaniteuse satisfaction. Son naturel timide lui faisait sans cesse différer le moment d'une déclaration sur laquelle, malgré la sorte de vénération que lui inspirait Marie, il ne comptait encore que pour se procurer un agréable sujet de sentimentales rêveries.

La délicatesse, en amour, n'était point inconnue à Charles, mais l'idée qu'il avait d'une grisette, bien qu'elle fût combattue, à l'égard de Marie, par l'impossibilité où il était de la confondre avec ses compagnes, lui faisait craindre de s'exposer à de cruels mécomptes, au danger d'être raillé ou mal compris, s'il s'avisait de découvrir à cette jeune fille, qu'il était parfois sur le point d'éprouver pour elle des sentiments d'une nature choisie et élevée ! — Elle me rira au nez et me bafouera ; ce n'est, au bout de compte, qu'une grisette, se disait Charles !

— « Oh ! s'écria Charles, en sortant du sommeil pénible qui lui avait montré si souvent l'homme de cinquante ans donnant des poignées de mains à toutes les grisettes qu'il rencontrait, mon parti est bien arrêté ! La nuit porte conseil. Je vais me déniaiser complètement. Je saute de mon lit, je m'habille, je fais un peu de toilette, et paf, je vais trouver Marie, ma pseudo-sentimentale grisette, et lui serrer la main à la façon du monsieur d'hier soir! Filer le parfait amour avec cette fille-là! oh! ce serait à en mourir de honte! Je me posais en Céladon dans l'atelier d'un tailleur; j'avais des soupirs qui me coupaient net la respiration, des tremblements dans les jambes, des papillons noirs devant les yeux, quelle stupidité! Allons, Charles, mon ami, songe que tu es né dans le quatrième arrondissement de Paris, et que ton père est capitaine de la garde nationale. »

Et Charles, comme pour s'étourdir davantage, se mit à exécuter, au milieu de la chambre, une danse effrénée.

Une voix de soubrette vint lui dire à la porte, que ses gambades empêchaient de dormir Mlle Amélie Desnoyers, qui, n'ayant pu fermer l'œil de toute la nuit, avait besoin de reposer. — C'est juste, pardon, mille pardons, répondit Charles, qui se mit, en silence, à faire sa toilette. Tout en nouant sa cravatte, il se disait:

— « Je suis, vraiment, le plus naïf des enfants du siècle! C'est comme cette actrice sifflée, qui a sa chambre sous la mienne, et que j'ai tourmentée tantôt, avec mes gambades; elle doit se faire l'effet de la femme de Putiphar et attendre que je lui jette mon manteau au nez. Lui faire faire une telle dépense de mines et de soupirs à fendre un rocher! C'est bête et absurde! Mlle Amélie Desnoyers, peste! quelle femme pompeuse! Voilà deux aventures qui se présentent: *la Sylphide et la Junon!* le ciel d'Odin et l'Olympe, deux mythologies, rien que çà! Marie et

Mlle Amélie, l'une toute d'air et de rayons, ange qui glisse sur des vapeurs dorées, l'autre de chair et d'os, qui crèverait tous les nuages du ciel, si ceux-ci s'avisaient de vouloir lui faire un trône de brûmes épaisses ! Je me spiritualiserai avec Marie, je m'humaniserai avec Mll Amélie ! Si avant d'aller serrer la main de Marie, je m'informais de la santé de Mlle Amélie ; non, elle dort, aujourd'hui ; plus tard, je la verrai. Si je rencontrais le monsieur d'hier soir, je lui casserais le nez d'un coup de poing ; je crois l'avoir aperçu quelque part, ce monsieur, mais avec ma manière distraite de regarder les gens, je ne sais jamais bien au juste où je les ai vus. Il me semble... Allons donc... Mais pourtant il me semble qu'un dimanche, en jetant par hasard les yeux dans la chambre de Mlle Amélie dont la porte était ouverte, j'ai vu cet homme-là dans cette chambre ; je l'ai même revu aussi au café. Pendant la partie de dominos, je me disais : — Tu connais cet individu ! Mais c'est donc un rival, un rival précieux,

Qu'on n'obtient qu'une fois de la bonté des dieux !

Je vais donc le trouver partout sur mes traces ; diable, tout ceci se complique.

Puisque je suis en verve de citations je m'écrirai :

A vaincre sans péril, on triomphe sans gloire ! »

Après s'être dit tout cela, Charles se rendit à l'atelier de Marie.

VII

Charles entra dans l'atelier au moment même que Vernet disait au maître tailleur : — Ainsi, c'est convenu, Marie Saumon ne viendra pas aujourd'hui ; son père l'a retenue sur la prière d'une dame qui s'intéresse beaucoup à elle.

Puisque Charles aimait les citations classiques, il aurait pu s'écrier :

> Trouverai-je partout un rival que j'abhorre !

Vernet, que le hasard lui fesait remarquer pour la première fois chez son tailleur, le pétrifia. L'homme de cinquante ans, plus avant que Charles dans les confidences du tailleur et des ouvrières, savait que le jeune employé des paquebots défrayait, sans qu'il s'en doutât, les conversations de l'atelier, où sa manie des gilets, son air sérieux, et ses longs regards attachés sur Marie, l'avaient rendu, à son insu, la pratique la plus divertissante. Dès qu'il paraissait, il devenait l'objet d'une investigation maligne, et à peine était-il parti, que la plus espiègle des ouvrières contrefaisait sa contenance grave et son attitude d'amoureux réfléchi et posé. Cela se passait souvent devant Vernet, qui avait pris de Charles Devilly, la plus pitoyable idée. Aussi, sans nommer la dame dont les agaceries avaient échoué contre l'intraitable vertu du jeune Parisien, s'était-il plu à dire, pour achever le portrait de cet austère et unique employé, que M. Charles Devilly tournait bravement le dos à toutes les avances, et comme preuve, il assurait qu'une des plus belles dames de Marseille était prête à paraître en champ-clos, pour soutenir envers et contre tous, d'après son expérience personnelle, la sagesse merveilleuse de M. Devilly; ce qui ne pouvait que jeter un grand lustre sur l'administration des paquebots d'Orient.

Aussi, Vernet trouva-t-il fort plaisante la mine de Charles qui le regardait d'un air sévère. — « A qui en a-t-il aujourd'hui, se disait l'ex-négociant; il paraît que nous ferons ample connaissance avec cet original; il doit être amoureux de Marie. »

Les nobles penchants de Devilly se révoltaient dans son cœur, à la vue de cet homme qui commençait à le toiser avec impertinence. Appuyé sur un des angles de la longue table du tailleur, portant de temps en temps les yeux sur la place où il avait vu Marie pour la première fois, il se prit à maudire intérieurement le ciel et cette jeune fille, dont le visage candide n'avait été qu'un leurre tendu à sa crédulité.

Il se disait: « Voilà l'homme qui la déshonore, pour un peu d'or, pour quelques bagatelles de toilette. Il l'affiche impudemment, il est admis chez son père, il pénètre dans sa demeure, il est son protecteur! c'est à n'en plus douter. Je l'avais bien jugée! »

Vernet se retira, en sifflant un air d'opéra, après avoir vainement cherché à échanger un regard avec Charles, qui était allé s'asseoir à côté des ouvrières. L'une d'elles lisait : — Qui aurait dit ça de Marie ; il n'y a pas d'eau pire que l'eau qui dort.

Madon répondait :

— Mais, crois-tu que c'est à ce point ?

A quoi l'autre ripostait :

— Oui, M. Vernet est un saint !

— D'autant plus qu'il est bien riche, fesait observer une petite ouvrière, très maigre, aux coudes pointus. Au reste ça ne me regarde pas.

— Que dis-tu là, faisait observer Madon ; nous sommes de braves filles, et si les choses sont ainsi, nous ne devons plus parler à Marie.

La maigre ajoutait :

— On dit toujours plus qu'il n'y a.

— Il y a déjà bien assez comme ça, s'écriait Madon, ses deux yeux ronds hors la tête, que te faut-il encore ? L'autre soir, ils se sont promenés sur la Canebière ; tous les jours, M. Vernet va chez elle ; et puis, vous avez vu les deux robes neuves qu'elle a fait faire, le joli bonnet qu'elle portait dimanche !

— Et le crochet d'argent ! ajouta une autre ouvrière.

— Oui, continua Madon, le crochet d'argent, qui l'aurait dit ? Elle qui ne mangeait que du pain. Et quand on l'interroge sur M. Vernet, elle vous répond avec son air de chattemitte, que c'est un monsieur qui fait du bien à son père. M. Vernet amoureux du vieux Saumon !

— Dis-donc de la mère Saumon, plus tôt ?

— C'est une indignité ! c'est une horreur !

—Ah ! M. Charles, vous qui avez quelque chose pour

elle, dit Madon en se tournant vers le jeune Parisien, qui assistait aussi stoïquement que possible à l'autopsie morale de Marie, que pensez-vous de tout cela ?

— Qu'est-ce que ce M. Vernet, demanda Charles ?

— Vernet, cria le maître-tailleur en tenant ses énormes ciseaux en l'air, est un luron qui passe son temps à s'amuser. J'ai eu soin d'inviter ces demoiselles à se bien tenir sur leurs gardes. Au reste, bon vivant, payant bien ; mais, que voulez-vous ? Il n'a rien à faire, il est célibataire, riche, et il faut bien qu'il tue le temps.

— Oui, dit Madon, il passe son temps à *désaviar* les jeunes filles.

Cette expression de *désaviar* avait besoin d'être traduite pour qu'elle pût être comprise par Devilly.

— Elle veut dire, ajouta le maître-tailleur, qu'il détourne les jeunes personnes du droit chemin et du sentier de l'honneur.

Le lecteur provençal trouvera, avec raison, que l'ampoulée traduction du maître-tailleur n'a nullement rendu l'énergie et la belle concision du mot patois : *désaviar*.

— Vous pensez donc, dit Devilly en se balançant sur sa chaise, que M. Vernet a de coupables intentions sur Mlle Marie ?

— Ses parents sont si pauvres ! répondit le maître-tailleur ; pourtant, je ne le jurerai pas, car j'ai toujours connu Marie si sage et si réservée !

— Alors, pourquoi a-t-elle maintenant de belles robes et un joli bonnet ? dit Madon.

— Et le crochet? ajouta la maigre.

Ces raisons furent trouvées péremptoires. On décida que Marie était tout-à-fait perdue et qu'on ne pouvait plus se montrer avec elle, en public. Charles adhéra à cet arrêt. Il sortit, la tête et le cœur bouleversés. Sans doute, il s'était déjà tenu un langage assez semblable à celui qu'il venait d'entendre sur le compte de Marie, mais ce qui sort de la bouche d'autrui a un tout autre relief, une expression bien autrement décisive, que ce que l'on se dit à beaucoup. D'ailleurs, Charles avait essayé de s'étourdir lui-même Le ton dégagé et leste qu'il avait pris pour juger en son âme, la jeune grisette, n'était pas tout-à-fait d'accord avec sa façon réelle de penser. Dans un moment de boutade joyeuse, il s'était persuadé qu'il prenait son parti en brave, et que, puisqu'il ne lui était pas permis d'espérer un amour chaste et élevé, il devait au moins chercher une agréable distraction. Mais s'il s'était bien interrogé, il aurait vu qu'il ne condamnait pas encore complètement Marie, et que bien peu de chose pouvait suffire, pour la lui faire traiter avec plus d'indulgence.

En arrivant chez le tailleur, il sentait ses doutes se dissiper et son cœur mieux disposé en faveur de la jeune fille. La vue de Vernet lui rendit ses doutes, la conversation des ouvrières les changea en une affreuse réalité. Et son malheur était bien grand, car lui, qui avait cru ne pas être aussi épris qu'il l'était déjà de Marie, soupçonnée, s'aperçut avec terreur que Marie, coupable, lui était encore bien chère ; que dis-je ? sa passion se montra à lui dans toute sa force : elle avait creusé jusqu'au fond du cœur.

Oui, il adorait Marie, et il ne doutait plus que cette belle enfant ne fût coupable. Pour arracher ce trait si avant enfoncé maintenant, il y aurait perdu tout son sang, toute sa vie, et cette affreuse révélation, ce jour sinistre qui se faisait dans son âme, tout cela avait lieu, quand il savait Marie criminelle ! Et pas une espérance où se rattacher, pas une justification admissible !

Un dernier coup lui était réservé. L'heure de son bureau était sonnée ; en se hâtant vers son poste, il arrive sur le quai de *Rive-Neuve*, et voit marcher devant lui Vernet, qui donnait le bras à Amélie Desnoyers ; à côté de l'ancienne actrice se trouvait Marie en robe blanche, en petit bonnet de tulle, qui avait fait une toilette recherchée. Charles porta douloureusement la main au front. Marie avec une actrice, Marie avec Vernet ! Il s'avance et arrive au moment que Vernet faisait entrer les deux femmes dans un bateau et donnait l'ordre de les conduire à la *Réserve*.

Ce jour-là, Charles se préoccupa très peu de l'arrivée de l'*Eurotas* et des passagers venus de Malte et de Syra ; il voyait des cercles de feu s'élever autour des livres de la comptabilité postale, les lettres qu'il formait machinalement dansaient sur le papier et prenaient ces allures fantastiques que Granville s'amuse parfois à donner aux notes de musique. Il se levait de son siége, et son œil arrêté par les murs de la citadelle de Saint-Nicolas, perçait toutes ces fortifications, pour pénétrer dans un

* En 1841, c'était un restaurateur de la Réserve, où s'élevaient à la sortie du port, des restaurants distribués sur des rochers.

de ces salons du père Icard,* qui pêche lui-même le poisson qu'il sert à ses friands consommateurs.

Dans ce salon d'où l'on dominait la ville et la mer, * tout imprégné des parfums des *Bouilho-baisso*, à la tapisserie stygmatisée par les jets mousseux du Champagne, Charles croyait assister à une de ces parties gastronomiques sur lesquelles on fait descendre le voile complaisant de la persienne. Il lui semblait voir Vernet assis à un des bouts de l'étroite table, entre Amélie et Marie, et versant à boire à ces deux femmes ; le satyre marseillais lui parut hideux ! Si son devoir ne l'eût cloué à son bureau, il serait allé trouver ces joyeux convives, pour essayer sur eux l'effet de l'apparition du spectre de Banquo ! Mais Vernet, pensait-il, ne lui aurait pas même fait l'honneur de le prendre pour un spectre ; il aurait égayé son dessert par une dissertation sur l'amour platonique, et lui aurait prouvé qu'un employé à douze cents francs fait très bien de s'en tenir au régime des passions éthérées, ce qui est plus poétique et moins coûteux qu'un dîner à trois, à vingt francs par tête, avec une actrice et une grisette. Cette réflexion fit revenir Charles à l'idée de troubler un peu cette quiétude où Vernet se plongeait si volontiers. Dans l'état de fluctuation et de trouble où était son âme, il ne savait trop à quel parti s'arrêter. Amélie, cependant, lui parut sinon une distraction, du moins une semi-vengeance.

« Par elle, se dit-il, je connaîtrai toutes ces noirceurs,

* C'est même sur le plateau qui domine la Réserve, que l'on a commencé à bâtir le palais de Napoléon III.

je verrai clair dans tous ces mystères d'iniquité, je lui parlerai, elle me parlera de Marie. On est toujours à temps de se tuer. »

Le soir, en rentrant, il remit à la soubrette de l'actrice sa carte, au bas de laquelle il avait écrit au crayon ces mots : « Un moment d'entretien, demain à l'heure que vous me désignerez. » Le lendemain il se mit sous les armes en faisant une toilette soignée, et attendit la réponse de Mlle Desnoyers, qui le fit prier, à onze heures, de descendre.

Amélie était dans un négligé charmant ; elle se souleva à demi, en voyant entrer Charles, et de la main elle lui désigna un fauteuil qui était placé à peu de distance du sopha où l'actrice se tenait à demi-couchée. Ses pieds somptueusement chaussés, mais d'une grandeur romaine, étaient posés sur un tabouret, sans qu'elle eût l'air de chercher à en dissimuler l'ampleur sculpturale. Amélie, qui avait lu Winckelmann, s'était donné sur la beauté, des idées un peu différentes de celles qui ont cours en France et en Andalousie, au sujet des pieds. Elle croyait que la proportion est la principale règle de cette beauté, et que le vaste corps, la haute taille dont elle était douée, auraient été très disgracieusement placés sur des pieds sévillans ou provençaux. « La base doit être, disait-elle, en parfait accord avec la statue, et si je ne suis pas la Vénus un peu maigre de Médicis, j'ai quelques droits à être appelée Junon ou Minerve, ce qui a bien son mérite. »

— Mon Dieu, Monsieur, dit Amélie, nous sommes si voisins, et nous nous voyons si peu ; vos moments sont sans doute bien précieux ?

— Madame, répondit Charles, je ne suis pas assez présomptueux pour vous dire que j'espérais un pareil reproche.

— Je veux être franche, oui, c'est un reproche que je vous fais.

— Alors, je vous en remercie du fond du cœur, et je ne me pardonnerai jamais de l'avoir mérité.

— On m'a dit que vous étiez d'une sauvagerie incroyable.

— C'est encore un reproche que vous me faites ?

— Et dont vous ne me remerciez pas.

— Mais, Madame, je suis tenté encore de m'en montrer reconnaissant, puisqu'elle a pu, cette sauvagerie, me faire remarquer

— Mais c'est donc un calcul ? Eh ! bien, il a parfaitement réussi. J'avais une grande envie de vous voir, de causer avec vous ; ici à Marseille on ne cause pas, on crie.

— Cela tient au caractère méridional.

— Ah ! Monsieur, je suis excédée du caractère méridional. Quand ils ont dit : nous autres, gens du Midi, nous sommes ainsi, ils ont mis leur conscience en repos ; ils font du soleil et du mistral, leurs gérants responsables. Ce sont de plaisantes gens, entre nous ; vous connaissez M. Vernet ?

— Fort peu.

— Comme vous êtes Parisien et que vous me paraissez bien né, je puis vous ouvrir mon cœur. M. Vernet a de l'amitié pour moi ! il aime les arts.

— Il aime les arts !

— Il le dit. Je dois avoir de la reconnaissance pour lui ; je le connus un soir d'orage. Depuis lors, il a toujours été très bien pour moi ; mais, lui aussi, a la manie de mettre sur le compte du Midi une foule d'extravagances qu'il commet. Il prétend qu'il m'aime, mais comme il est méridional, il prétend aussi qu'à ce titre il a le droit de songer à d'autres. Oh! il ne se gêne pas, avec moi : — « Nous, Provençaux, me dit-il, nous sommes la franchise même, et il part de là pour m'annoncer qu'une petite grisette nommée Marie, et dont le nom de famille est celui d'un poisson, lui plaît beaucoup et qu'il en raffolle.

— Oh ! le climat.

— Oui, le Midi, qui leur fait faire tant de sottises ! Et toujours par l'effet du climat, il me propose là, bien sérieusement, de le servir dans ses plans immoraux. Que voulez-vous, quand on me donne des raisons, aussi bonnes que celles de la température, du méridien, je n'ai plus rien à dire, d'autant plus que je suis très indulgente et peu jalouse. Nous avons dîné hier à la Réserve, avec la petite ; elle n'a presque rien mangé, les yeux de Vernet lui faisaient peur, je crois. Mais en y refléchissant bien cette nuit, j'ai vu que Vernet méritait une leçon ; je ne sais pas si votre carte n'a pas un peu contribué à me faire réfléchir.

L'actrice regarda Charles en dessous.

— Eh! dit Charles, M. Vernet, qui est, dit-on la terreur ou la pensée des jeunes ouvrières, compte déjà une victime de plus ?

— Oh! pas si vite, Marie est un dragon de vertu ; et Vernet a trop d'expérience pour avoir voulu tout brusquer.

C'est un stratégiste consommé. Je suis sa confidente; ces Provençaux sont si drôles! La petite est bien maigre, à la vérité: pieds imperceptibles, un petit nez assez droit, de grands yeux, elles ont toutes de grands yeux ici, et avec cela, un air de mijaurée, une certaine façon aristocratique; chez une ouvrière, c'est surprenant! Vernet les accable de chapeaux. Figurez-vous que le père de la petite, vieux soldat éclopé, le plus enrhumé des pères, car il tousse tout le jour, retape des chapeaux pour vivre. Vernet lui a persuadé qu'il a fait pendant ses voyages, une collection incroyable de chapeaux, et comme il ajoute qu'il tient à bien soigner cette collection, il porte tous les matins un couvre-chef au père Saumon et lui paie son travail de la manière la plus généreuse du monde. Il leur fait bien d'autres contes. Moi, je passe auprès de ces bonnes gens pour la sœur de Vernet; j'endoctrine la fille, je lui fais de Vernet, de sa bienfaisance, un portrait séduisant; je..

— Oh! Madame, ce Vernet est donc sorti de l'enfer, s'écria Charles, qui allait aussi éclater contre l'actrice, mais qui crut devoir se contenir.

— Vous voyez donc, dit Amélie, que tout en le servant d'un côté, on peut bien, de l'autre, se venger un peu d'un homme qui finit par tant abuser des priviléges du climat.

—Surtout, ajouta Charles, quand celui que vous daignerez associer à votre plan de vengeance, se sent si bien disposé à vous seconder.

— Allons, je vois que nous nous comprenons à merveille. Vivent les Parisiens! ce sont les meilleurs entendeurs du monde.

Charles Devilly avait un trop grand intérêt à se mettre bien avant dans les bonnes grâces d'Amélie Desnoyers, pour ne pas feindre un enthousiasme qui, d'ailleurs, paraissait fort naturel et fort légitime à la splendide femme qui en était l'objet. Quelques phrases avaient fait comprendre à Charles, la nature de l'impression que la colossale ingénuité aimait à produire. Bien que notre héros eût, sur la beauté, des idées assez différentes de celles qu'Amélie s'était données, il persuada à son interlocutrice, qu'il s'insurgeait à chaque instant contre le mauvais goût de ses contemporains, et que les Turcs lui paraissaient être de meilleurs juges que ces derniers. Il y avait, au reste, disait-il, un salutaire retour aux vrais principes ; le règne des fantômes féminins touchait à sa fin, et la femme pâle, étiolée, élancée, était menacée de se voir reléguée dans l'ombre, ainsi que cela lui arriva à l'époque où eut lieu le triomphe de Mmes Talien et Recamier.

— Vous, madame, disait Charles, avec cette taille dont un homme serait fier, cette régularité de traits, cet ovale romain, ces épaules où un mythologue s'attendrait à voir le carquois de Diane, pourriez-vous vous voir préférer ces frêles et maladives créatures qui ont le corselet de la guêpe et la pâleur du lys ? Cette aberration du goût devait avoir un terme, et je m'applaudis de voir que les hommages qu'on portait injustement à la maigreur diaphane, sont enfin restitués au florissant et solide embonpoint. J abhorre le spiritualisme.

— Que voilà bien parler ! répondait Amélie en prenant

une attitude théâtrale, il y a réaction, n'est-ce pas? Je m'y attendais bien.

— Du train dont ils y allaient, ajouta Devilly, on n'aurait vanté que les femmes poitrinaires. La santé serait devenue le plus mauvais passe-port de la beauté.

— Oui, oui, il aurait fallu maigrir, de gré ou de force. On n'aurait plus mangé que du bout des lèvres. Ce régime ne me convenait nullement; telle que vous me voyez, je déjeûne avec une pièce de bœuf, et j'avale force rotsbeef à mon dîner. J'ai un merveilleux appétit.

— Aussi, êtes-vous la resplendissante image de la beauté sur la terre.

— Flatteur!

— Vrai, madame, et je trouve M. Vernet bien coupable...

— De me préférer, n'est-ce pas, une grisette que je renverserais de mon souffle?

— C'est ce que j'allais dire. Il faudrait empêcher cet affront fait à nos principes, et remettre Vernet dans la bonne voie.

— Oh! dit l'actrice, qui trouvait malheureusement que Charles valait mieux que Vernet, et qui éprouvait pour notre Parisien un goût décidé, laissons-le se perdre; il a besoin de toutes sortes de leçons.

Ce n'était pas ce que Charles voulait; mais pour le moment, il pourrait, en attendant l'occasion d'éclairer Marie sur le danger qu'elle courait, épier, au moyen des confidences d'Amélie, les manœuvres de l'ex-négociant, et savoir si le malheur qu'il redoutait tant, était ou retardé ou consommé. La conversation qu'il venait d'avoir avec Amélie, lui rendait une espérance que les propos des compagnes de Marie lui avaient, tantôt, cruellement ravie. Marie, rassurée par l'âge de Vernet, forte de son innocence, avait bien pu ne voir dans cet homme, qu'un bienfaiteur ému de la misère d'un vieux soldat; des démarches qu'il était malheureusement si facile d'interpréter dans un sens coupable, elle se les était permises, sans croire qu'elle s'exposait à d'outrageants soupçons. Quoi de plus naturel pour elle que d'aller déjeûner avec le bienfaiteur de son père, en compagnie de la sœur de Vernet! Y avait-il lieu au moindre blâme fondé? Ainsi, Marie redevenait, pour Charles, telle qu'il se la représentait dans les premiers jours; mais si elle n'était plus coupable à ses yeux, le peril auquel sa vertu était exposée, ne subsistait pas moins dans toute sa force, et elle était toujours, sans s'en douter, il est vrai, sous le coup des plus honteuses accusations.

Le moment de tout découvrir à Marie ne pouvait plus être différé. Charles ne laissa voir à Amélie aucune de ses agitations intérieures; il se montra, au contraire, vif, sémillant, paradoxal à l'encontre des amateurs des fantômes féminins, et fit couler dans les veines de l'actrice haute en couleur, le doux poison de la flatterie. Celle-ci le trouva charmant, et après la première entrevue, ils avaient l'air de s'être connus depuis un siècle, et de n'avoir plus rien à se cacher. Amélie Desnoyers et Charles se quittèrent, la première, réellement très contente de lui, le second, en apparence, non moins satisfait d'avoir été distingué par une femme, que Mlle Georges, dans tout l'éclat de sa beauté, n'aurait pas surpassée.

— Épiez bien Vernet, lui dit Charles, ne me cachez rien, c'est une étude que je veux faire et une distraction que nous nous donnerons.

— Soyez tranquille, vous aurez, heure par heure, le bulletin de ses journées.

—Le malheureux! ajouta Charles, je parie que dans deux ans il deviendra fou d'une femme étique au deuxième degré.

— L'imbécile ! à son âge, donner dans de pareilles extravagances !

— Aussi, rirons-nous bien à ses dépens. C'est stupide !

— Dites que c'est du plus mauvais goût, fit observer Amélie, en se regardant dans sa psyché.

VIII

Charles se crut appelé à commencer la réhabilitation de Marie; cette sainte pensée se saisit de lui avec une force telle qu'il eût, pendant la nuit qui suivit cette première entrevue avec l'actrice, une longue et délicieuse insomnie. Le rôle de défenseur de la jeune grisette calomniée, il l'accepta avec bonheur et joie. — « J'irai demain, se dit-il, dans l'atelier de Marie : qu'elle y soit présente ou non, je proclamerai sa vertu, je ferai taire ces langues médisantes, malignement aiguisées contre une vie si pure; je démasquerai Vernet, sa prétendue sœur, et si Marie m'écoute, ou si on lui rapporte seulement mon éloquent plaidoyer, elle me saura gré de tout ce que j'aurai dit pour elle, elle aimera peut-être son chaleureux défenseur. »

Après avoir dormi quelques heures, Charles se lève, un peu après l'aube, et repasse dans sa tête les arguments sur lesquels il comptait pour faire paraître dans tout son jour la vertu de Marie. Ce que lui avait dit l'actrice, l'éclairait complètement sur le but infâme que Vernet poursuivait. Il n'avait fallu rien moins qu'un excès de candeur naïve chez une jeune fille, pour que celle-ci n'eût pas compris que cette bienfaisance de l'homme aux chapeaux, que cette assistance calculée cachaient un ténébreux projet de séduction.

La misère des parents de Marie était si grande, qu'un secours inespéré devait être nécessairement accepté sans méfiance, surtout de la part d'une jeune ouvrière inexpérimentée et toute disposée à croire que les malheurs d'un vieux soldat touchaient un homme aussi enthousiaste, que Vernet feignait de l'être, de la gloire française et de l'expédition d'Égypte. Aussi, Charles excusait Marie et s'expliquait sa confiance dans l'habile séducteur qui gagnait chaque jour du terrain auprès d'elle. Il y eut une révélation complète, une espèce d'illumination dans l'esprit du jeune Parisien.

L'exaltation naturelle à son âme, la noblesse de son caractère le rendaient éminemment propre à l'auguste mission qu'il était sûr de tenir du ciel.

« Je vais jouer un jeu serré, se dit-il encore. Vernet m'est bien connu maintenant, toutes ses démarches se dégagent pour moi de l'ombre mystérieuse dont il se plaît à les entourer. C'est un homme horriblement habile; il veut charger la pauvre fille des liens de la reconnaissance, il veut donner à ses parents infirmes et abrutis par la souffrance, les douces et inattendues habitudes d'un petit bien-être. Qui sait s'il ne compte pas sur l'assistance d'un père et d'une mère imbéciles, pour vouer Marie à un opprobre payé à beaux deniers comptants? En attendant, il la compromet, il lui ôte le bien auquel une fille sage tient le plus : la bonne renommée; il lui dira que le monde la regarde déjà comme sa maîtresse, que cette opinion inexorable, qui se forme si vite, est déjà contre elle, et qu'il lui offre, au moins, dans sa fortune, dans son appui, dans le soulagement qu'il apporte à la misère de ses parents, une ample compensation à la perte de son honneur. Il lui citera de nombreux exemples d'un déshonneur racheté par l'aisance et par les douces commodités de la vie. Que ne se permettra pas, le misérable, pour satisfaire à la fois sa passion et sa vanité, toutes les deux engagées dans cette partie où la vertu d'une pauvre ouvrière est en jeu? Eh! bien, je soufflerai sur ce monstrueux édifice d'iniquités, et je sauverai Marie! »

Échauffé par cette idée généreuse et sainte, Charles se rend chez le tailleur, où il devait débiter son vertueux plaidoyer; il n'y trouve pas Marie. Deux ouvrières qui s'étaient rendues de bonne heure à l'atelier, formaient, seules, le premier auditoire devant lequel Devilly se disposait à démasquer Vernet et à défendre la fille du vieux soldat. Le tailleur lui-même était absent.

— Marie n'est pas encore venue, à ce que je vois? dit Charles.

Madon lui répondit :

— Oh ! celle-là n'a pas besoin de se lever de grand matin pour venir travailler, elle est riche maintenant !

— Marie, dit Charles avec une chaleureuse impétuosité, est la plus sage de vos compagnes, c'est un ange sur la terre !

Les deux ouvrières lui répondirent par un grand éclat de rire et eurent l'air de se demander si Charles avait perdu la tête. Celui-ci continua :

— Ce Vernet est un misérable que je démasquerai publiquement ; il veut perdre Marie ; il a déjà réussi à vous persuader qu'elle est sa maîtresse ; eh ! bien, moi, je sais que Marie est aussi innocente que l'enfant qui vient de naître.

— Et ses robes, et le dîner à la Réserve, et son crochet, s'écrièrent en chœur les deux ouvrières, cela ne signifie rien ?

— Non, cela ne signifie rien, s'écria Charles. Marie est, sans le savoir, la victime d'un complot. Vernet lui a fait croire qu'une actrice, son infâme complice, est sa sœur ; il a l'air, pour le moment, de s'attendrir sur un vieux militaire, de chercher à soulager une misère dont il feint d'être touché. Voilà ce que Marie croit, la pauvre fille ! Et déjà les apparences tournent contre elle, et déjà ses propres compagnes l'accusent et la flétrissent. Vous ne savez pas tout ce que peuvent la méchanceté et l'horrible dépravation d'un misérable tel que ce vieux débauché.

— Oh ! dit Madon, ce n'est pas à moi que les hommes

en feraient accroire ! je suis sur mes gardes ; je ne leur parle que pour le bon motif. Mais comme vous défendez Marie ! Avouez qu'elle vous tient bien au cœur !

— Moi, répondit Charles, je veux la sauver ; j'aime dans elle sa candeur, sa touchante résignation, sa piété ; oui, sa piété, son bouclier ici-bas ! Je sais quel héroïsme elle montre, sans chercher le moindre éloge, comme si c'était une chose naturelle et facile, dans la misère où elle vit, avec des parents malades, âgés et chagrins ! J'ai été touché de cette vertu cachée, qui s'est trahie, sans le vouloir. Sa beauté l'a exposée à bien des dangers, je le sais, mais Marie n'a pas à redouter une passion brutale, qui irait à elle, la visière levée !

Les deux ouvrières ne pouvaient plus suivre Charles à cette hauteur, où cette éloquence noblement excitée, arrivait malgré lui !

— Non, ajoutait-il, Marie n'a rien à craindre de l'homme qui lui tiendra, à l'atelier, au coin de la rue, le langage d'un libertin effronté ; d'un geste, d'un mouvement d'épaule, d'une fière contraction de sourcil, elle forçera cet homme à lui balbutier des excuses et à se retirer, confus. Mais Vernet n'a pas adopté cette ligne de conduite, il est trop habile pour cela, il s'y est pris autrement et il a déjà perdu Marie aux yeux du monde. Je suis heureusement là pour confondre les méchants, et rétablir Marie dans ses droits à notre estime et à notre admiration. Je ne suis pas au bout de ma tâche, partout où Vernet ira, j'irai, tout ce qu'il dira, je le contredirai ; dans quelques jours, on le traitera comme il mérite, et j'aurai sauvé Marie. »

C'était la première fois, qu'un langage pareil retentissait dans l'atelier d'un tailleur, où l'éloquence ne fait guère irruption. Les deux ouvrières, qui n'avaient que bien médiocrement compris cette oraison qui eut honoré un rhétoricien, furent convaincues qu'elles avaient à faire à un fou. Charles montrait trop d'impétuosité et trop de verve dans son apologie de la jeune grisette, et son exaltation vertueuse était arrivée à un tel degré, qu'il eût transformé la borne d'une rue, le banc d'une promenade en une tribune d'où il aurait volontiers lancé les foudres de son réquisitoire indigné contre l'infâme conduite de ce Vernet.

Avec un peu moins d'entraînement, il eut agi avec plus de prudence et plus d'aplomb. Ce qu'il voulait, c'était de hâter, par ses discours et ses colères, la justification de Marie et la condamnation de son séducteur. La mesure qu'il avait su garder auprès de l'actrice, il l'oubliait maintenant que toutes les fibres de son cœur tressaillaient à l'idée de la calomnie déjà acharnée sur la jeune fille qu'il adorait, qu'il voulait élever à la dignité d'épouse et de mère ; il croyait, dans l'honorable enthousiasme de ses vingt ans, qu'il fallait prendre l'ennemi corps à corps, le combattre à la clarté du jour, précipiter sur lui ses coups, lui arracher l'aveu de ses torts, et il commençait par une démarche qui devait tourner, pour quelque temps, du moins, contre lui, et lui rendre ses doutes et les tortures qui les accompagnaient.

Satisfait de lui-même, Charles sort de l'atelier, avec la persuasion qu'il a déjà ramené les deux ouvrières à des sentiments plus équitables en faveur de Marie. Mais celles-ci, dès qu'il fut parti, donnèrent un libre cours à leur gaité, et parlèrent de manière à prouver que les phrases sonores de Charles n'avaient produit sur elles d'autre effet, que de les disposer à amuser Vernet par le récit de la colère de son rival. Sur ces entrefaites, Vernet entra, et sa présence accrut l'hilarité de ces deux jeunes filles, qui l'eurent bientôt mis au fait de tout ce qui venait de se passer dans l'atelier.

— Oui, dit Madon, M. Charles, qui nous a quittées, il y a un moment, est dans une terrible colère contre vous !

— Et que me veut-il, M. Charles, dit Vernet en rajustant sa cravate?

— Ce qu'il vous veut ! Il dit que vous connaissez une actrice, que cette actrice n'est pas votre sœur, que cette prétendue sœur et vous, vous voulez perdre Marie, que Marie est un ange, que vous en serez pour vos robes et votre crochet, qu'il le criera partout, que vous êtes un méchant, un libertin fieffé, et qu'il vous chantera pouille dans la rue.

— Il dit tout cela, M. Charles? mais c'est un fou! Et pourquoi prend-il si vite feu pour Mlle Marie?

— Eh ! ne voyez-vous pas qu'il est amoureux de Marie! Nous le voyons depuis longtemps ; elle lui a donné dans l'œil. Ainsi, tenez-vous sur vos gardes. M. Charles est assez gentil, malgré son air de prédicateur ; il a prêché une heure ici. Les Parisiens ont la langue bien pendue !

— Ah ! il a fait une scène ici ?

— Et il a dit qu'il reviendrait pour débiter son sermon à Marie.

— Mais, c'est incroyable! Le diable m'emporte si Mlle Marie pense à lui ; elle sait trop où vous mènent les petits messieurs qui n'ont que des places de douze cents francs !

— C'est que Marie, ajouta Madon, est à une bonne école, maintenant.

— Allons, dit Vernet, taisez-vous, petite vipère ; Marie est bien sage.

— Eh! bien, moi, qui n'ai pas son air de congréganiste, je n'irais pas, comme elle, déjeûner avec vous à la Réserve !

— Et vous croyez...

— Je ne crois rien, moi, mais Marie a plus de courage que moi !

— Je suis donc bien à craindre!

— Vous êtes un luron, comme dit notre maître tailleur.

— Ainsi Marie a eu beaucoup de courage?

— Je le crois bien, allez; elle ne sait pas maintenant tout ce qu'on dit d'elle. Ce n'est pas que je la plaigne beaucoup; elle n'a que ce qu'elle mérite. Quand on est jolie, il n'est pas difficile de ne pas rester pauvre. Mais, alors on n'est plus qu'une fille perdue, et l'on pleure beaucoup quand l'abandon arrive.

— Allons, Marie est sage, vous êtes une petite peste, Mlle Madon!

— J'y vois de loin moi; voilà tout.

Vernet adressa, en lui-même, d'infinies actions de grâce au hasard, qui le mettait à même de paralyser les efforts que Charles avait déjà tentés pour faire avorter son projet.

Il vit sur-le-champ, que ses plans seraient renversés, surtout si Marie rencontrait à l'atelier le jeune Parisien qui lui fesait l'effet d'un garçon trop évangélique.

— Ah! ce petit monsieur se mêle ainsi de mes affaires, se dit Vernet, depuis une heure, j'apprends des choses singulières sur lui! Ce matin en allant chez Amélie, la soubrette, qui est une rusée, me prend à part et me dit : — M. Vernet, vous n'en direz rien, n'est-ce pas, vous en ferez votre profit? Vous savez que vous m'avez fait jurer de ne rien vous cacher; d'ailleurs, je vous estime trop pour vous laisser jouer. M. Charles Devilly a passé deux heures, hier, dans le salon de Mlle Desnoyers; c'est peut-être bien innocent, entre voisins on se visite; mais aussi, il vaut mieux que vous le sachiez.

— Bien, lui ai-je répondu, tu es une bonne fille et j'augmenterai tes gages. — Puis je viens ici et j'apprends que cet infernal Parisien est venu débiter de la morale devant les ouvrières! L'imbécile, il n'est pas fort! La petite lui plaît ; j'ai même surpris, en le nommant devant Marie, une rougeur qui n'annonce rien de bon, sur la figure de la jeune grisette. Mais s'il croit que je fais l'affaire d'un autre, il se trompe bien, le niais! je suis en trop bon chemin pour que je me laisse battre. Allons! le moment est venu de porter les grands coups. »

Vernet se tenait ce langage, en se rendant à l'hôtel ou logeait sa complaisante dulcinée. Celle-ci s'était assise devant la table sur laquelle flottait l'appétissante vapeur qu'un aloyau cuit à point exhalait de ses flancs doré par le feu. La fourchette d'une main et le couteau de l'autre, l'actrice, le nez allongé sur cette pièce savoureuse, offrait l'image de la gastronomie heureuse et satisfaite. Autour du plat principal, l'active soubrette avait rangé ces mets méridionaux qui provoqueraient même l'appétit d'un palais blasé ou d'un estomac rassasié. Là figuraient l'olive farcie, le thon qui rendit célèbre l'*Incarrus*, (maintenant Carry), voisin de Marseille, aux tranches déliées et imbibées d'une huile pure, l'anchois qui décida Jules César à fonder la ville de Fréjus, des petits pâtés à la Beichamel et ces *clovisses* * pêchées à la Réserve, qui en s'entrouvrant, exhalent une brise Méditérannéenne. Le vin de Bordeaux brillait dans un cristal net et limpide, et à la forme des quatre verres rangés devant l'assiette d'Amélie, on pouvait d'avance savoir que la sensuelle actrice se proposait, à son premier repas, de fêter les produits de plusieurs crus célèbres.

C'était pour elle un moment solennel, que celui d'un repas! Aussi, fit-elle une moue de dépit, quand elle entendit la voix de Vernet, qui venait la surprendre à table.

Vernet avait le front chargé d'un léger souci; il s'assit près de la cheminée, et refusa d'abord de partager le succulent déjeuner qu'Amélie entamait à peine.

— Vous avez vu Charles Devilly, hier, dit brusquement Vernet?

— Oui, il m'a demandé un moment d'entretien et je le lui ai accordé, répondit Amélie, en étendant du beurre sur une tranche de pain.

* Excellents coquillages.

— C'est un singulier personnage que ce Charles. Vous a-t-il fait ces confidences ?

— Est-ce qu'il a une passion au cœur ?

— Oui, il aime éperdument Marie, qui, j'allais l'oublier, viendra dîner ce soir avec nous ici, et que son père, sur mes sages représentations, n'enverra plus chez le tailleur.

Amélie avait accueilli d'un grand éclat de rire, la nouvelle que Vernet lui donnait des amours de Charles.

— Lui, amoureux de Marie, vous êtes bien instruit, M. Vernet, Ah ! Ah ! C'est charmant !

Elle éteignit son rire avec un petit pâté qu'elle avala d'une seule bouchée ; quelques légers débris de la pâtisserie voltigèrent sur ses lèvres et s'éparpillèrent sur la nappe. L'aloyau fût intrépidement attaqué ; Amélie ne perdait pas son temps.

— Mais quand je vous dis qu'il raffolle de Marie, c'est que j'en suis sûr comme de mon existence.

— Vous savez, dit Amélie, tout en découpant en menues tranches l'énorme portion d'aloyau, dont elle avait chargé son assiette, que je suis très franche et très sincère, ce n'est pas de Marie qu'il est fou.

— Et quel est l'objet de sa flamme, déclama Vernet ?

— Moi.

— Vous !

— Oui, moi! Quoi d'étonnant ! vous savez nos conditions ; je prétends n'être pas troublée dans ma nouvelle conquête ; les priviléges que j'accorde, je les réclame pour moi-même.

— Il vous a donc fait sa déclaration ?

— En termes magnifiques ! je suis son rêve réalisé, sa statue vivante ! c'est qu'il a un goût et des principes artistiques que vous n'avez pas, ou que vous n'avez plus, monsieur le spiritualiste ! Ah ! si vous aviez entendu tout ce qu'il a dit et si bien dit sur la femme maigre et sur la femme douée d'un embonpoint phénoménal ! Ce garçon là est plein d'esprit et de feu ! Et vous voulez qu'il aime une petite fille qui a, pour me servir de ses adorables expressions : le corselet d'une guêpe et la pâleur d'un lys ! je vous répète ses propres paroles !

— Je ne sais pas s'il vous a réellement dit tout cela, mais ce que je sais, c'est qu'il vient de tout découvrir à deux ouvrières du tailleur ; il leur a dit que je voulais perdre Marie, que je vous fesais passer pour ma sœur, que vous n'étiez qu'une actrice sifflée, qu'il sauverait Marie, qu'il l'arracherait des griffes du démon, qu'il me poursuivrait partout et qu'il rendrait publique mon infamie!

— Oh ! le monstre ! mais c'est impossible, il admire tant les grandes et belles femmes !

— Oui ! c'est un monstre, il s'est joué de vous, et il a voulu vous faire parler. Heureusement qu'il s'est trop hâté de se démasquer, c'est Marie qu'il aime !

— Mais serait-il vrai, je tombe des nues, il a dit que j'étais une actrice sifflée ?

— Oui, il l'a dit, et bien d'autres choses dont je vous fais grâce.

— Je le soufflette, ce soir, je le piétine, il verra quelle femme je suis, s'écria Amélie qui brisa son verre d'un coup de fourchette !

— Et nous nous laisserons jouer par ce drôle ! tenez,

il me vient une idée. Contre nous deux, si nous nous entendons bien, il n'est pas de force à lutter. Vous êtes une si bonne fille, que vous n'hésiterez pas à mettre à mon service les ressources inépuisables de votre esprit. Que voulez-vous? Je suis fou de Marie, c'est un caprice qui ne durera pas; nous avons affaire à un climat qui nous brûle le sang et le cerveau; mais nous revenons toujours à nos anciennes amours. A toute autre femme qu'à vous, à une femme moins spirituelle, moins solidement trempée, j'aurais caché mes petites pécadilles; avec vous, je devais agir autrement, parce que vous savez bien qu'après un premier moment d'égarement, je reviens plus épris que jamais à vos pieds, et que vous n'avez qu'à gagner à la comparaison que j'ai pu faire de votre personne si belle, si spirituelle, à la petite taille, à la niaiserie d'une autre femme. Maintenant, je suis piqué d'honneur, votre cause devient la mienne. Charles se moque de nous, et veut roucouler auprès de Marie. Malheureusement, je crois qu'il n'est pas indifférent à la petite; j'ai même de bonnes raisons de penser qu'il est aimé d'elle. Or, si nous ne nous mettons pas de la partie, me voilà évincé, et vous auriez commis la faute involontaire, d'avoir, sans vous en douter, prêté la main à une intrigue adroitement conduite. Je vous disais tantôt qu'il me venait une idée; voici: il faut que Charles croie qu'il a touché votre cœur! Repassez tous les rôles d'ingénue, rappelez-vous aussi Rachel, dans Phèdre et dans Hermione. Marie ne tardera pas à savoir que Charles éprouve pour vous une affection partagée, je lui ferai un conte qu'elle croira aisément; tout est arrangé de manière à ce que Marie ne voie plus que nous et ses parents; dans huit jours, au plus, mon roman est fini et je reviens me prosterner aux pieds de mon Omphale. Pendant huit jours, nous saurons bien empêcher Marie de voir Charles; d'ailleurs, ils en sont encore aux timides agitations et aux respectueuses craintes d'un premier amour, l'un et l'autre. Eh bien! que me répond ma princesse?

— Si Charles a poussé jusqu'à ce point l'inconvenance et l'oubli de ce qui m'est dû, dit Amélie, d'un ton fier, il mérite une bonne leçon et je donne les mains à tout ce que vous voulez de moi.

— Ainsi je compte sur vous?

— Comme sur vous-même, répondit Amélie.

Et elle se versa un verre de Champagne, après avoir invité Vernet à en faire autant.

Les infâmes burent à la mystification de Charles et à la perte de Marie.

IX

Les époux Saumon avaient fini par croire que Vernet voulait réparer envers le vieux soldat, les torts que Napoléon avait eus, en oubliant, au milieu des grandes distractions dont il fut assailli à son retour d'Égypte, le tambour-maître de la 32me demi-brigade. C'était leur seule manière d'expliquer l'attachement que Vernet leur montrait, et la délicatesse de ses procédés. Plus jeune, la gavotte Jeanne aurait autrement interprêté la générosité de M. Vernet, mais l'éclat dont ses joues brillaient, à l'époque où le lieutenant Bonaparte les honora de deux tapes, s'était bien effacé, et Jeanne ne pouvait pas consciencieusement attribuer à un sentiment qu'on n'inspire plus à l'âge où elle était parvenue, les prévenances de l'ex-négociant; elle croyait seulement que son histoire des tapes l'avait rendue intéressante aux yeux de Vernet, qui, lorsqu'elle la lui raconta pour la première fois, s'était écrié :

— Oh! Parbleu! je crois bien que vous étiez très jolie en 1793! Napoléon s'y connaissait!

Mais le succès qu'obtint le récit des campagnes de Saumon fut si grand, Vernet poussa de tels cris d'admiration, en entendant le vieux soldat narrer, à sa manière, la part qu'il avait prise à la conquête de l'Égypte, quand il réglait, d'un mouvement de sa canne, les roulements des tambours, que le vieux couple ne chercha pas autre part, que dans l'enthousiasme que l'ancien camarade de Bonaparte inspirait, l'explication des empressements et des bienfaits de Vernet.

L'idée que Marie pouvait bien ne pas être tout-à-fait étrangère à ces empressements et à ces bienfaits, ne leur vint pas un instant à l'esprit. Saumon avait ressaisi toute sa fierté militaire, il était heureux de voir sa femme reconnaître enfin, qu'il s'était couvert de gloire sur les bords du Nil, concession qu'il n'avait, jusqu'alors, pu arracher à la *gavotte*, énivrée du long souvenir de ses tapes, et nullement disposée à trouver un héros dans l'homme qui, en retapant des chapeaux, lui avait fait partager une dure destinée. Mais il n'en était plus ainsi ; une justice tardive, il est vrai, était enfin rendue à Saumon ; celui-ci avait trouvé un auditeur complaisant, un auditeur qui simulait à merveille, bien qu'il le fît d'une manière grotesque, quand Marie était absente, une admiration, dont des yeux largement ouverts, une bouche béante, des bras levés en l'air, des oreilles attentives et de petits cris de satisfaction habilement notés agrandissaient singulièrement l'effet.

Saumon portait alors sur sa femme un œil superbe, et l'attitude silencieuse et respectueuse de Jeanne cicatrisait complètement les nombreuses blessures que tant d'épigrammes domestiques avaient faites, jadis, à son amour propre. Le vieux soldat, ajoutant l'action à la parole, prenait un manche à balai, quand il arrivait à la description de l'entrée des Français au Caire, et disait à Vernet :

— Mon bon Monsieur, il aurait fallu me voir ce jour-là, j'avais la main si bien exercée ! Les Turques qui me suivaient de l'œil, derrière leurs jalousies, devaient dire : — Les beaux hommes que ces chiens de chrétiens ! — j'entrai le premier dans la ville, quarante tambours venaient après moi ; j'étais poudré et supérieurement *astiqué*. Attention au commandement ! Ran, plan, plan, plan, ça roulait comme un tonnerre ! J'étais bien aise de prouver à ces marabouts, que je savais manier la canne, ma belle canne à grosse pomme d'argent ! Ça se perd maintenant ; les tambours-maîtres ne lancent plus leurs cannes, elles leur tomberaient sur le nez. Alors, c'était bien différent. Je lançai la mienne, qui tournait cinq à six fois en l'air, et je la saisissais de la main droite, là, sans effort, tout naturellement, en arrondissant mon bras gauche sur ma hanche, comme vous allez voir!

Et Saumon, emporté par son récit, se croyant en plein air, jetait au-dessus de sa tête son manche à balai, qui, arrêté dans son essor par le plafond écrasé de la chambre, obligeait Vernet et sa femme, dont les yeux suivaient les évolutions du tambour, à se mettre dans un coin de l'appartement, hors des atteintes du bâton imprudemment lancé. Le bâton repoussé par le plafond et décrivant une courbe non prévue par Saumon, rasait l'étagère où figuraient le plat-à-barbe et quelques assiettes, qu'il entraînait dans sa chute. Autrefois, si Saumon se fût livré à de pareilles excentricités, sa femme lui aurait arraché les yeux; maintenant, il jouissait d'une complète impunité. Aussi, ramassait-il, en riant, les débris de son plat-à-barbe et de ses assiettes, et reprenait-il son récit, sans que le moindre reproche de la part de Jeanne vînt dissiper les fumées de son orgueil.

Vernet ne pardonnait à Bonaparte l'oubli dans lequel il avait laissé son tambour-maître, qu'à cause de l'obligation où l'Empereur s'était mis de tenir tête à l'Europe. Cela ne l'excusait pas tout-à-fait, cependant, d'autant plus que Napoléon savait les noms de tous ses anciens compagnons d'armes, et que celui de Saumon, au dire de Vernet, n'aurait jamais dû, surtout, s'effacer de cette tête où tant de faits et tant de figures s'étaient gravés.

— Mais aussi, ajoutait Vernet, d'un air amical et bon,

il fallait écrire à Napoléon, que diable, s'il l'avait sû, il ne vous aurait pas laissé retaper des chapeaux à Marseille.

— J'en ai bien eu l'idée, dit Saumon, mais que voulez-vous, je me persuadais qu'un jour ou l'autre, mon camarade Bonaparte se serait de lui-même, rappelé son ami Saumon! Figurez-vous qu'il but dans ma gourde, en sortant d'Alexandrie!

— Enfin, disait Vernet, nous réparerons tout cela; il me semble que j'acquitte la dette d'un grand homme envers un vieux serviteur.

Et l'ex-négociant serrait la main de Saumon qui s'essuyait une larme.

— J'ai des projets, beaucoup de projets sur vous, ajoutait Vernet; mais, à propos, comptez-vous toujours faire travailler votre petite Marie, chez un tailleur.

— Oh! disait Jeanne, elle est là avec de si braves gens, et puis nous avons besoin qu'elle travaille.

— Sans doute, répondit Vernet, il faut que Marie travaille, mais c'est chez elle, auprès de son père et de sa mère, qu'elle doit faire son ouvrage. Ici, elle n'entend aucun propos déplacé, tandis que chez un tailleur, quelque honnête qu'il soit, il y a tant de gens qui y vont pour badiner avec les ouvrières, c'est l'usage; et vraiment tout cela n'est pas bien et nullement décent! Mlle Marie est sage, mais on se gêne si peu devant une jeune ouvrière, et puis les oreilles ne sont guère ménagées. Croyez-moi, ne l'envoyez plus chez le tailleur; ma sœur et moi, nous lui procurerons plus d'ouvrage qu'elle n'en pourra faire. Vous la marierez plus facilement. Une jeune fille qui ne court pas les rues et les ateliers est toujours recherchée par les ouvriers honnêtes; elle trouvera un brave mari, quand on saura qu'elle est toujours avec son père et sa mère; allez, le travail ne lui manquera pas!

— Mais, M. Vernet, répondait Saumon, au comble de l'attendrissement, vous faites trop, beaucoup trop pour nous, comment reconnaître tant de services! C'est impossible. C'est le bon Dieu qui vous a conduit ici!

— Non, c'est votre enseigne, disait Vernet, le chapeau que vous plantez au-dessous de votre fenêtre.

— Mais alors c'est le bon Dieu qui m'a inspiré l'idée de mettre là ce chapeau. Oui, oui, Marie, dès aujourd'hui, n'ira plus chez le tailleur. Comme elle va être contente, elle qui souffrait tant de voir tout ce monde, et de travailler devant toutes ces pratiques! Ah! Parbleu! Nous savons bien cela; nous avons été jeune et quand je voyais un joli minois, allez, je savais tout comme une autre dire, en passant, quelques mots agréables. Que voulez-vous? Un tambour-maître de la 32me demi-brigade? On sait ce que ça veut dire!

— Voilà pourquoi il ne faut pas que votre fille retourne à l'atelier.

— C'est juste, Marie est une sage enfant! Ah! si vous saviez quel trésor nous avons là! Les larmes me viennent aux yeux, en parlant d'elle. Dis donc, Jeanne, la brave fille que nous avons!

— Sans elle, disait Jeanne, nous serions morts depuis longtemps.

— Elle a tant soin de nous, ajoutait Saumon, mais ce

n'est pas pour çà que nous l'aimons tant! Fi donc, ce serait de l'égoïsme. Ma chère enfant, ma bonne Marie, en disant son nom, je crois dire celui d'un ange. Nous sommes bien pauvres, souvent bien tristes, combien de de fois je n'ai pas eu un morceau de pain à donner à ma famille! Çà vous traverse le cœur, comme si l'on y passait un sabre! Alors, il fait toujours froid dans ces affreux moments, le ciel est gris, pas un peu de feu pour nous réchauffer; la tête devient lourde et les jambes s'engourdissent! Jeanne, je lui pardonne de tout mon cœur, n'a pas autant de patience que moi; elle n'est pas allée en Égypte, elle, elle n'a pas vu les mamelucks et la peste de Jaffa, elle n'a pas traversé le désert, comme moi, et bu du sable en guise d'eau, et puis c'est une femme, qui dit femme dit faiblesse et manque de courage. Eh bien! Oh, c'était triste, point de travail, pas un sou, pas un morceau de pain, pas un sarment à brûler, des dettes par dessus le marché; çà exaspérait Jeanne, il y avait de quoi, j'en conviens, à sa place j'en aurais fait autant, si j'avais été femme. La nuit arrivait, nous n'éclairions point de lampe, parce qué nous n'avions pas une goutte d'huile, au fond de la bouteille. Jeanne, les mains sous son tablier, entonnait sa complainte : — « Dire qu'on a épousé un tambour, un homme de six pieds, qui a fait la guerre avec Bonaparte, et n'avoir rien à manger! » — Elle ne disait pas que çà! N'est-ce pas que tu ne disais pas que çà? Le reste était moins joli. Je m'entendais traiter de fainéant, d'ivrogne, de bon à rien, de vieux imbécile qui brûlait les chapeaux au lieu de les retaper; je me renfermais tant que je pouvais dans ma dignité. Je n'ouvrais pas la bouche, car enfin elle avait peut-être raison, ma bonne Jeanne, seulement, elle aurait dû me faire moins pleurer; à la vérité, elle ne voyait pas mes larmes, parce que comme je vous l'ai dit, nous n'avions pas de lumière. »

« J'avais des mouvements de rage, combien de fois, la pensée d'ouvrir cette fenêtre et de me précipiter de ce quatrième étage ne m'est-elle pas venue? Oh! Je perdais la tête. Vous autres riches, vous ne savez pas tout ce qu'il y a dans la misère! Ce serait, si nous n'étions pas des chrétiens baptisés, à nous faire croire qu'il n'y a pas de Dieu là haut, et que sur la terre il n'y a que le diable. »

« Eh bien! Une petite voix chantait dans l'escalier, cela commençait par me calmer un peu, c'était Marie qui montait; elle s'était fait donner une avance sur sa semaine, et elle apportait quelques petites provisions achetées par elle chez le marchand du coin. Le feu s'allumait, la lampe brillait, le souper se cuisait vite et en faisant tout cela, elle nous embrassait, nous reprochait, de sa voix d'ange, de nous tourmenter et de ne pas songer au bon Dieu. Je ne sais pas où elle prenait toutes les belles choses qu'elle nous disait. Moi, je sentais un grand poids tomber de ma poitrine, je respirais à l'aise, enfin, je riais, il me semblait que je n'étais plus pauvre, que je n'avais plus faim, que Jeanne ne m'avait pas grondé, injurié, que j'allais faire le meilleur des repas, et dormir le meilleur des sommeils, que je n'avais plus froid, que je n'étais plus vieux, plus malade; Marie n'était-elle pas là, là, sa joue sur la mienne, sa main dans ma main, ses beaux yeux sur mes pauvres yeux, allez, quel trésor nous avons là !

— Et vous verrez, disait Vernet, qui ne partageait nullement, le misérable, l'attendrissement de Saumon, que la sagesse de Marie vous portera bonheur. Quant à moi, je ne vous abandonne plus. Tel que vous me voyez, j'ai ramené deux soldats français de la Sibérie! Pierre Lombard et Paul Monnoyer. Le soldat français, mais c'est mon idole !

— Oui, oui, répondait Saumon, Marie nous portera bonheur, le bon Dieu doit tant l'aimer.

— Et le bon Dieu la protégera, ajoutait Jeanne.

Saumon avait donc déclaré à sa fille, qu'elle ne devait plus retourner chez son tailleur, et qu'il se chargeait d'informer celui-ci de la résolution bien arrêtée qu'il avait prise de garder Marie auprès de lui.

Le lecteur est sans doute touché de la sagesse et de la candeur de Marie, de cette jeune fille dont je puis dire aussi :

Non la conobbe il mondo e mentre l'ebbe ! *

Pourtant, il voudra bien croire que la détermination de son père qui, s'il lui eût parlé ainsi, autrefois, l'aurait comblée de joie, fit passer un nuage sur le front de la jeune ouvrière.

— Eh bien ! tu ne me remercies pas, ma belle enfant, lui dit Saumon, surpris du peu d'effet qu'une nouvelle pareille produisait sur sa fille ?

— Mon père, dit-elle, nous n'avions pas à nous plaindre du maître tailleur, et aussi j'ai quelque regret de quitter

* Pétrarque.

de bonnes amies. Marie ne disait pas le véritable motif qui lui fesait accueillir, avec résignation, cette nouvelle; mais elle fut bien forcée de se l'avouer à elle-même. L'atelier du tailleur lui était devenu bien cher, depuis quelque temps. Toute la répugnance qu'elle éprouvait, autrefois, à se rendre dans un lieu, où régnait une liberté de propos qui, en l'absence du maître surtout, devenait intolérable pour elle, si chaste et si pieuse, s'était dissipée, maintenant qu'elle y apportait la secrète et douce espérance d'y voir venir le jeune Parisien. Dans la triste nuit de sa vie, une éclaircie s'était faite, un peu de lumière joyeuse lui arrivait, à travers de pénibles ombres; un peu de joie, de cette joie que n'offrent ni l'amour filial, ni la satisfaction du devoir accompli, se glissait, enfin, dans son cœur; un sentiment tout nouveau pour elle, agitait doucement son âme; ce sentiment qui rend le rayon du soleil plus doré, la fleur plus parfumée, la brise plus caressante, qui embellit tout ce qui vous entoure, avait donné à la place que Marie occupait à l'atelier, aux meubles de l'appartement, au jour qui l'éclairait, un attrait dont s'énivrait la poétique enfant!

On se fait vite quand on aime, un petit monde, d'un horizon bien limité, où l'on voudrait éternellement vivre. Ce petit monde, Marie l'avait renfermé dans son atelier, où un matin, en tournant la tête vers la porte, elle vit s'avancer, de sa chaise, un jeune homme dont l'extérieur agréable et le visage empreint d'une expression honnête et sérieuse, lui causèrent une douce surprise! Sans qu'aucune parole eût été encore dite, au sujet d'une impression des deux côtés partagée, une secrète sympathie s'était établie entre ces deux jeunes gens ; les regards avaient si bien fait leur devoir ! D'abord timides et troublés, ces regards avaient pris plus d'assurance et, sans rien perdre de la touchante hésitation d'une passion qui commence, ils s'étaient enfin épanouis dans de doux sourires. On encadre toujours ses amours. La bordure fait ressortir l'œuvre du peintre. Marie n'avait pas pu choisir les décors de son drame. A défaut des ruisseaux qui gazouillent, des sentiers aux marges fleuries, d'un site de campagne, elle avait été bien forcée de se contenter de la tapisserie bleue et un peu fanée, des armoires vitrées, de l'établi de son atelier et de ce petit coin, dans l'angle de la fenêtre, où tant de distractions, depuis quelques semaines, berçaient son monotone travail ! Et maintenant, on l'arrachait à cet Eden ; la bienfaisance de Vernet devenait tyrannique.

A cette pensée, au souvenir de cette étrange sœur, dont l'intrépidité gastromique s'était longuement déployée, au déjeûner de la Réserve, Marie trouvait autour de ces deux personnages, Vernet et Amélie, un mystère dont elle commençait à s'effrayer. D'ailleurs, Vernet avait eu, à la Réserve, l'œil bien coloré, la parole bien pétulante ; il avait même hasardé certains propos, que les rires éclatants d'Amélie avaient expliqués ; tout cela rendait Marie sérieuse et triste. Mais elle ne pouvait encore se résoudre à faire partager à ses parents les soupçons qui germaient dans son esprit, au moment, surtout, que leur misère si brusquement et si complètement soulagée, leur fesait voir une auréole divine autour du front étroit et ridé de Vernet.

En attendant, elle répondait, par un triste et doux sourire, à la joie de ses parents, et elle se renfermait dans sa chambre, pour penser à Charles et maudire Vernet.

X

Amélie Desnoyers éprouvait, enfin, un sentiment qui, dans sa vie coupable, au milieu de ses préoccupation gastronomiques, lui avait été jusqu'alors étranger. Charles qui, sans doute, lui aurait paru, en tout temps, une conquête digne d'elle, opérait dans sa manière de comprendre l'amour, une révolution qui l'étonnait; elle était forcée de s'avouer qu'une flamme inconnue s'allumait dans son cœur, et que cette fois ce n'était pas le désir de satisfaire sa vanité ou sa coquetterie, qui rendait ce jeune homme si intéressant à ses yeux.

On lui avait désigné une rivale!

Une rivale! Ce mot qui, jadis, ne lui aurait donné qu'un léger frisson, l'exaspérait, maintenant, et lui faisait prendre des poses réellement tragiques. Elle fermait le poing, roulait des yeux hagards, et frappait l'invisible rivale du poignard de Melpomène, à l'idée qu'une petite grisette lui disputait le cœur de Charles. — « Me voir préférer une grisette! Souffrir un tel affront, quand on est belle comme je le suis, avec toutes les ressources de mon esprit, oh! je ne le veux pas, je ne le permets pas, » s'écriait l'actrice qui, joignant la parole au geste, improvisait avec un naturel parfait, son rôle d'amante dédaignée. Elle ajoutait, en étendant le bras :

— « Je lui abandonne volontiers Vernet, celui-là, je l'exècre, je ne l'ai jamais aimé ! Vernet un lourd négociant, qui n'est bon qu'à acquitter les factures de la modiste et de la feseuse de robes ! Maïs Charles, cet amour naïf et frais, ces vingt ans si candides, cette imagination à peine éveillée, cet esprit neuf et charmant, c'est pour une petite ouvrière qu'il s'exalte ! Oh ! c'est à en perdre la tête, je l'étranglerai, cette petite ouvrière ! Non Charles ne peut sérieusement l'aimer; il a vu une figure qui n'est pas absolument mal, un petit air d'une candeur enfantine, et il a bâti là-dessus son roman. Mais, lui Parisien, lui si bien élevé, qui récite de longues tirades des poëtes, qui sait par cœur nos romanciers à la mode, peut-il rester plus longtemps sous le charme d'une passion moins que bourgeoise ? Il rêvait ses premières amours dans les nuages, et il les trouve au quatrième étage d'une maison fétide ! Moi, je lui offre son idéal ; je serai ce qu'il voudra : ange, sylphide, miss écossaise, odalisque, Ninon de l'Enclos, comtesse Dubarry, je sais tous mes rôles et je les jouerai: costumes, paroles, gestes, avec un naturel exquis ! Ma victoire ne peut pas être douteuse. Nous verrons si Marie Saumon (et elle prononça ces deux mots avec un accent ironique supérieurement noté,) —l'emportera sur Amélie, Desnoyers ! »

L'actrice était dans les plus fâcheuses dispositions pour Marie. Rien ne devait lui coûter pour perdre sa rivale, pour l'avilir, pour la rendre odieuse à Charles ; Vernet pouvait compter sur elle.

Le soir, à cinq heures, Vernet présenta Marie à Amélie; la table était dressée et splendidement servie.

— Voici ta nouvelle amie, ma sœur, dit Vernet, en mettant la main de Marie dans celle de Mlle Desnoyers.

Celle-ci embrassa la jeune ouvrière avec une grande effusion de tendresse; elle loua ses beaux yeux, son maintien, son costume. Elle était ravie de revoir une si charmante enfant.

— Décidément, nous ne nous quittons plus, dit-elle, après l'avoir de nouveau serrée dans ses bras, n'est-ce pas, Marie, que vous m'aimerez bien?

Cette impétueuse amitié déplaisait à la jeune fille, dont la réserve pouvait être, cependant, expliquée par la timidité. Amélie étala tous ses bijoux, déroula ses rivières de diamants, montra toutes ses robes, toutes ses dentelles et dit:

— Voilà ce qui doit parer une aussi belle enfant que vous! Mais c'est une distraction du sort qui vous a fait naître ouvrière! Qu'en dis-tu, mon frère, quel dommage de voir une si jolie fille vêtue en grisette, tandis qu'à Paris même, sa figure ferait sensation dans les salons les plus brillants! Allons, mon frère, tu es le redresseur des torts du hasard!

Vernet prenait un air attendri et bon. La prétendue sœur ajoutait:

— Nous te mènerons à Paris, chère enfant, après mon mariage avec le général de Font-Blanche. Toutes nos belles dames vont sècher d'envie et de dépit! Comme elle fera bien chez la comtesse de Lourville, tu sais Vernet?

—Oui, qui a un mari affligé d'un emplâtre sur l'œil droit.

— Précisément. Et dans ma loge aux bouffes, le soir où Lablache chante, aux lumières comme son teint sera ravissant! Je la mènerai au bois, dans ma belle calèche armoriée; je la vois déjà avec sa mantille noire sur sa robe blanche, ses cheveux arrangés par mon coiffeur, et son charmant chapeau de la meilleure modiste de Paris! Tu seras belle comme un ange, ce jour-là! Que de beaux Messieurs viendront caracoler autour de toi! A propos, il faudra prendre un petit air moitié sérieux, moitié enjoué, un petit air penché. Mais c'est qu'elle a une distinction dans la figure qui vous enchante! Où as-tu pris cette distinction, mon enfant?

— Mais, répondit Marie, vous me rendez confuse.

— C'est que tu vas être mon élève, j'ai toujours rêvé l'éducation d'une fille du peuple; je suis socialiste. Vernet, explique-lui le socialisme et nous t'écouterons à table.

On se mit à table, et Vernet parla ainsi:

— Ma sœur a commencé par être bonapartiste, comme l'est votre père, ma chère Marie. Son bon cœur l'a ensuite portée à s'occuper des ouvriers, des pauvres. Elle s'est éprise, à en perdre la tête, d'un beau livre intitulé: Le *Compagnon du tour de France;* ce livre a passionné ma sœur pour les classes pauvres, les hommes et les femmes du peuple. Je vous le ferai lire ce livre, ma chère Marie, vous y verrez deux compagnons du devoir, deux *gavots* aimés de deux belles dames: la marquise Joséphine des Frenays et la comtesse Iseult de Villepreux, vous comprenez, Marie? L'un des compagnons, un simple ouvrier, se nomme Pierre Huguenin dit l'*ami du trait,* et l'autre

Amaury dit le *Corinthien;* ce sont des ouvriers, comme vous qui êtes une ouvrière, une *giletière*. Eh! bien, Mme la marquise des Frenays se rend amoureuse d'Amaury, bien que celui-ci ait une veste trouée et les cheveux mal peignés; elle le fait venir dans son boudoir, se met à le contempler et à lui dire: — « Amaury, je vous préfère à tous nos nobles et à tous nos beaux jeunes gens qui font la roue autour de moi, comme des paons! Vous êtes l'enfant du peuple, vous êtes la force, l'énergie, la grandeur, votre front est large, votre intelligence vive et sublime; sous votre rabot, la planche s'amincit et devient un meuble charmant, vous avez du génie! Non, je ne veux pas que vous dormiez sur des copeaux, que vous passiez votre temps à faire pousser à la scie des grincements âpres, et au rabot des gémissements plaintifs; il vous faut l'édredon des alcôves de l'opulence, le velours de nos sophas, les parfums énivrants de nos chambres; qu'en dites-vous, le corinthien? » Et le corinthien qui trouve que l'édredon vaut mieux que les copeaux et qu'il est plus agréable de serrer la main douce et blanche d'une marquise que la main rude et gercée d'une paysanne, répond: « Mme la Marquise, je suis tout-à-fait de votre avis. »

« Pierre Huguenin, poursuivit Vernet, est un ouvrier apôtre, il a les rayons de Moïse sur le front, il rêve une régénération sociale, dans la boutique de son père. La jeune comtesse Yseult de Villepreux, qui n'a pas dix-sept ans et qui en sait long, qui a lu Pascal, Bossuet, Rousseau, Leibnitz, Montesquieu, va droit son chemin, c'est-à-dire, que sans trop hésiter, elle s'énamoure de

Pierre Huguenin, et lui tendant fièrement la main, sans se troubler, elle lui dit : « Tant mieux, si vous êtes un ouvrier, je ne vous aime que davantage, j'abhorre, comme ma cousine des Frenays, les messieurs et les nobles, travaillons ensemble à la régénération sociale, ça vous va, mon ami? » Yseult a de grands yeux, une pâleur séduisante; Pierre pleure et s'écrie : — « A vous pour la vie, je déteste les hommes nobles, mais les femmes nobles, je ne dis pas, ça vaut mieux que les femmes de chambre et les ouvrières.

— Et je suis de l'avis de Pierre, dit Amélie.

— Donc, ajouta Vernet, en faisant signe à Amélie que Marie avait cessé de manger pour l'écouter plus attentivement, ma sœur veut, elle aussi, rétablir l'ouvrier et l'ouvrière dans leurs droits; c'est par vous, ma belle enfant, qu'elle commence sa sainte entreprise, et elle ne pouvait pas mieux choisir.

— Oh! dit Amélie, nous avons tant de choses à réformer, tant de préjugés à faire disparaître. A Paris, où je demeure, Marie, tu me verras à l'œuvre; va, n'aie pas peur, mon enfant, que je veuille te faire mener une vie retirée et austère. Fi donc! Je suis de l'avis de St-Simon. La glorification et non pas la mortification de la chair, voilà ce que nous voulons.

— Mais Marie ne te comprend pas, ma ravissante sœur, dit Vernet.

— Ah! elle va me comprendre, la belle enfant! On t'a dit, Marie, qu'il fallait être modeste, qu'il fallait se tenir en garde contre les discours des hommes, qu'on t'a représentés comme des trompeurs, qu'il fallait te vêtir simplement, être bien sage, aller à confesse, tenir les yeux baissés, dans la rue, et surtout se méfier de l'amour, parce qu'une pauvre ouvrière ne doit pas le connaître, cet amour. Tout cela était bon autrefois. Eh ! bien, les grands esprits de l'époque, des hommes et des femmes qui écrivent comme des anges, ont changé tout cela, entends-tu? On s'est ravisé ! Ne vaut-il pas mieux respirer la fleur que la fouler aux pieds? Tu es belle, est-ce que tu l'es pour te couvrir d'un sac? Tu as de jolis yeux, est-ce que tu les as pour les tenir baissés, ou les brûler à la flamme de la lampe du travail? Quelle folie ! Nos pères étaient des niais ! Maintenant, on veut profiter des dons du ciel ! A nous la joie, le vin, les belles parures, les doux propos d'amour ! Tu verras comme on entend bien cela à Paris ! On y vit, entraînés dans un tourbillon de plaisirs perpétuels ! Ça t'ira, je te le promets, Marie; en attendant, goûte ce vin dont tu ne sais pas même le nom.

— Aussi, ajouta Vernet, rends-moi la justice de dire que j'ai fini par adopter tellement tes principes, puisque tant de grands hommes les ont proclamés, que je te laisse une liberté entière.

— Pourvu, répondit Amélie, que ton Font-Blanche, le général que tu veux me donner pour mari, ne s'avise pas de me contrarier. Oh ! Je le ferai expliquer, je lui dirai même tout.

— Tu lui diras?

— Oui, il saura que j'ai un amour en tête, et j'exigerai de lui qu'il fasse bonne mine à mon amour.

— A Charles Devilly?

— Tu l'as nommé.

Ce fut un coup de foudre pour Marie, elle repoussa son assiette et porta un œil égaré sur Amélie, qui appuya fortement le pied sur celui de Vernet.

— Qu'as-tu mon enfant, dit Amélie, tu souffres?

Marie, qui croyait faire un rêve affreux, baisse la tête et dit :

— J'ai chaud, un peu d'air...

Vernet alla ouvrir la fenêtre, revint à sa place et dit :

— Marie le connait, ton Charles Devilly, n'est-ce pas que vous le connaissez?

La jeune fille fit un signe de tête affirmatif.

— Ah! elle l'a vu chez le tailleur, dit Amélie, oui, il m'a parlé une fois d'elle; il a dit que Marie semblait une sœur grise. C'est qu'il a une façon singulière de juger les figures, il est si caustique! Je l'adore!

— Et lui ne te hait pas, je crois, fit observer Vernet!

— C'est que nous nous comprenons si bien; Charles est très difficile, il aime le beau langage, les belles manières, j'aurai beaucoup à faire pour le décider, un jour, à s'intéresser aux ouvriers.

— Et aux ouvrières, dit Vernet.

— Oh! quant aux ouvrières, j'y renonce. Il veut que les mains soient parfumées et aristocratiques; une faute de français lui crispe les nerfs; s'il y avait eu une faute d'orthographe dans la première lettre que je lui écrivis, il aurait rompu avec moi! Aussi je suis sur mes gardes, je lui fais des phrases qui l'enchantent!

— Conviens aussi, ma sœur, qu'il est bien exigeant pour le costume!

— Comment ! Exigeant. Il dit que Rousseau n'y entendait rien, quand il a fait l'éloge du négligé de la femme. Il faut toujours, avec lui, être tirée à quatre épingles ! C'est un dandy, un lion !

— Et pourquoi ne l'épouses-tu pas ?

— Il m'a déclaré net que le mariage était le tombeau de l'amour. C'est bien vieux que ce mot ! Il est fou de poésie ! Charles est si amusant quand il m'explique sa haine contre le mariage ! Et si je le presse un peu trop là-dessus, il me dit que je ne l'aime pas, que je veux lui ravir son auréole d'amant, pour couvrir sa tête de l'ignoble bonnet de nuit du mari; il ajoute qu'une femme bien née ne peut pas aimer un homme qui se met un bonnet de nuit ; qu'une jeune femme de sa connaissance fut prise d'un tel accès de gaîté, la première nuit de ses noces, à l'aspect de son mari qui se mettait gravement son bonnet, que celui-ci fut, dès le lendemain, inscrit sur le martyrologe conjugal.

— Oh ! je reconnais bien là, Charles, c'est un parfait original !

Bien qu'une grande partie des discours qu'on tenait devant Marie, renfermassent pour elle des énigmes, et un sens que son ignorance ne pouvait découvrir, ce qu'elle avait saisi pourtant, dans le langage de Vernet et d'Amélie, lui inspirait de secrètes terreurs et une extrême répugnance. Les deux roués au milieu desquels elle était venue s'asseoir à ce banquet infernal, avaient compté sur plusieurs des sept péchés capitaux, pour perdre cette jeune fille. L'orgueil, la luxure, l'envie, la paresse et la gourmandise, tels sont les auxiliaires de tous ces petits machiavels qui abondent dans le monde, et qui s'occupent, pour satisfaire leur cupidité, leur ambition et leur concupiscence, à tendre tant de piéges sous les pas de leurs victimes.

A ce dîné offert par Vernet et dirigé par Amélie, la gourmandise triomphait au milieu des cristaux et des mets sucrés; c'était une première et habile initiation aux jouissances matérielles, dont Marie avait toujours été sevrée. Ces fleurs, ces vapeurs odorantes, ce service éblouissant, ces vins, ces mets épicés, ces sucreries délicates, toutes ces choses dont elle ignorait les noms, lui révélaient un monde nouveau, une existence nouvelle. On l'attaquait par tous ces côtés qui rendent notre nature si infirme.

Elle était pauvre, simplement vêtue, mal logée, comdamnée à un travail pénible; les aises de la vie, elle ne les avait jamais eues, et elle se voyait maintenant dans un salon élégant, où la présence d'une femme accoutumée au luxe, se révélait dans le choix des meubles, la finesse des étoffes, la somptuosité des tapis, dans ces gracieux colifichets qu'on amoncelle sur les consoles et sur les cheminées! On jetait à ses oreilles des mots qui font tant rêver une jeune fille; une morale bien accommodante essayait d'effacer dans son esprit, ces saintes impressions reçues au catéchisme de la paroisse, aux sermons de l'église, qu'on traitait de visions et de vieilleries.

On lui parlait: robes, bals, parures. Paris lui apparaissait dans un lointain féérique, elle comprenait que

Vernet était le magicien dont la baguette pouvait faire éclore tous ces prestiges autour d'elle et pour elle! Ces rêves d'amour si simples et si frais, qui la berçaient sur son dur oreiller de paille, valaient-ils cette brillante existence au seuil de laquelle Vernet l'avait amenée?

Au commencement du repas, les préventions secrètes qu'elle avait contre Vernet et sa prétendue sœur, l'antipathie dissimulée sous un air de réserve et de timidité que ces deux êtres lui inspiraient, la crainte d'une séduction à peu près devinée, firent tenir Marie sur ses gardes; d'un autre côté, Charles l'occupait tant qu'elle croyait qu'il lui suffisait, pour éloigner tout danger, de tourner son amoureuse pensée vers le jeune Parisien. Mais, au moment même que les propos d'Amélie et de Vernet lui dévoilaient, enfin, un projet de perdition qui la révoltait, le nom de Charles retentissait à ses oreilles; elle apprenait qu'il était l'amant d'Amélie; celle-ci le disait avec une insouciance habilement jouée; trop inexpérimentée pour découvrir tous les piéges de ce fatal dîner, Marie fut atterrée par une révélation qui lui parut sincère!

— C'est là le monde, se dit-elle, hélas je ne le connaissais pas!

Alors, elle se dit, aussi, qu'il y avait apparemment deux morales, deux religions, celle des pauvres et celle des riches; que ceux-ci qui lisaient tant de beaux livres et qui avaient plus d'esprit, par conséquent, que ceux-là, regardaient la vertu, la pudeur, l'amour chaste, comme passés de mode et bons seulement pour le peuple. Elle se rappela avoir entendu assurer que la religion n'était faite que pour le peuple. Ces pensées coupables et énervantes se mêlaient à la douleur de s'être trompée sur le compte de Charles : — «Lui a la religion des riches, apparemment, se dit-elle, avec amertume ! — Sa tête s'égarait, Vernet et Amélie lui versaient des vins mûris par des soleils brûlants; d'abord sa lèvre trempait à peine dans le verre, puis cédant à l'exemple et aux prières, elle consentait à le vider. Ce ressort que donnent la vertu et une éducation pieuse, semblait perdre un peu de sa force, à mesure que des phrases folles et hardies, que des regards animés se succédaient, dans une progression étudiée, sur les lèvres et dans les yeux de Vernet et d'Amélie.

— Je parie que notre charmante Marie a, aussi, un petit amour logé dans un coin de sa tête, dit Amélie ?

— Et moi, ajouta Vernet, je parie, à mon tour, de savoir le nom de ce petit amour.

— Un jeune ouvrier menuisier, un gavot, aussi beau qu'Amaury le Corinthien, n'est-ce pas, Vernet?

— Tu n'y es pas, elle avait mieux choisi que ça !

— Eh ! qui donc !

— Charles Devilly !

— Charles Devilly, dit Amélie en minaudant, est-ce vrai, ma belle enfant ?

— C'est un conte de l'atelier, répondit Marie, M. Charles que j'ai vu chez notre tailleur, n'est pas de l'avis de ce beau livre dont vous parliez tantôt.

— Ce livre qui donne des ouvriers menuisiers, pour maants à des comtesses ?

— Oui, M. Vernet, M. Charles ne songe pas à de petites ouvrières ; les belles dames ne lui en laissent pas le temps.

— Il y a un peu de dépit dans ce que vous dites-là, ma belle enfant.

— Je ne suis qu'une pauvre fille qui ne comprend que la moitié de vos beaux discours, dit Marie ; dans ce moment, je ne sais pas si j'ai bien ma tête, est-ce le bon Dieu ou le démon qui vous a conduit chez mon père, je me fais, à chaque instant, cette demande, et je ne trouve point de réponse !

— Ce n'est ni l'un, ni l'autre, ma chère Marie, dit Vernet.

— Alors, c'est parce que vous aimez bien le vieux soldat.

— Je ne déteste pas le soldat, surtout quand il a une jeune fille.

— Ainsi c'est pour moi que vous êtes venu?

— Avez-vous pu en douter s'écria Vernet, en jetant sa serviette à terre, pour se précipiter sur une main de Marie.

— Chevalier, voilà ta conquête, s'écria, à son tour, Amélie qui s'était levée !

Marie se leva, aussi, sa raison était presque égarée ; des nuages flottaient devant ses yeux ; si elle ne se fût pas appuyée d'une main à la table, elle tombait sur le tapis ; il lui semblait que Vernet et Amélie grandissaient et pâlissaient comme des fantômes ; mais au moment que l'ex-négociant penchait son visage vers le sien, la porte s'ouvrit brusquement, un jeune homme entra et vint se placer entre Marie et Vernet. Marie reconnut Charles, poussa un cri et s'évanouit.

XI

Tandis que Marie, qu'on avait placée sur le lit de l'actrice, recevait d'Amélie Desnoyers et de sa soubrette, les soins qu'exigeait un long et pénible évanouissement, et que Charles, marchant à grand pas dans la salle à manger, se fouillait la poitrine avec les ongles, un homme enveloppé d'un manteau s'était rapidement esquivé, et avait pris le chemin d'une rue de la vieille ville; cet homme, c'était Vernet! Avant de partir il avait échangé quelques phrases avec Amélie et donné ses suprêmes instructions.

Vernet marchait rapidement, il passa devant le magasin d'un marchand de liqueurs, appela un individu coiffé d'un chapeau à claque, lui dit quelques mots à l'oreille et lui glissa de l'argent dans la main. Puis il s'enfonça dans un labyrinthe de rues étroites, et alla frapper à la porte d'une maison d'un aspect sordide. Peu de temps après, l'homme au chapeau à claque vint le trouver et s'enfermer dans un bouge du rez-de-chaussée. Une vieille femme avait essayé de ranimer ses traits flétris, par un sourire disgracieux, à la vue de Vernet, qui lui recommanda de n'éclairer qu'une chambre tournée vers la mer et de n'ouvrir qu'à deux dames qu'il attendait. La vieille lui fit une grotesque révérence, remua la tête en signe d'adhésion, et se mit en devoir d'exécuter les ordres qu'on venait de lui donner. Vernet avait lu, sans doute, Clarisse Harlove et pris Lovelace pour modèle. Richardson, dans ce qui me reste à raconter, me servira d'excuse auprès du lecteur, dont je tiens à ne pas blesser la susceptibilité. Vernet s'assit dans cette chambre où le triste drame, qu'il jouait depuis quelque temps, lui semblait devoir se dénouer. Cet homme pétri de luxure et de boue, s'applaudissait de son infernal stratagème, et savourait d'avance l'atroce plaisir de se venger de Charles, et de déshonorer doublement une jeune fille à la poursuite de qui il s'était acharné, avec la tenacité et la ruse d'un démon. A dix heures, il comptait entendre le bruit d'une voiture.

C'était un misérable réduit que cette chambre ; sur les murs mal récrépis, couverts de moisissures, couraient de longues lézardes. La chandelle qui brûlait, n'envoyait qu'une faible lueur dans une alcôve où flottait une odeur tenace et nauséabonde. Un lit de banc avec sa paillasse purulente, une table vermoulue, des chaises disloquées, qui formaient l'ameublement de ce réduit, auraient, dans toute autre circonstance, causé un profond dégoût à Vernet. Pourtant, l'isolement du lieu, qui servait si bien son projet, l'empêchait de se montrer trop exigeant et trop difficile. M. de Balzac vous aurait décrit avec complaisance, cette maison qui occupe une place où un palais devrait, cependant, avoir la sienne. Mais, aussi, pourquoi les Phocéens et leurs descendants se sont-ils avisés de choisir, pour bâtir leurs premières demeures, cette colline dont la mer et le port baignent la large base ! S'ils avaient eu le bon esprit de jeter les fondements de Marseille de l'autre côté du port, là, où s'élève, maintenant, la nouvelle ville, on aurait plus tard , tiré un meilleur parti des heureux accidents, de la poétique exposition d'un sol, où nous voyons serpenter, se croiser, se mêler dans un fouillis inextricable, des rues aussi embrouillées qu'un écheveau avec lequel un chat a joué, et, de plus horriblement laides et étroites.* Il y a, là, une belle esplanade, devant laquelle la mer s'étend et se confond avec l'horizon ! Le coup d'œil est ravissant. C'est le seul endroit de notre ville, d'où la vue puisse embrasser le magnifique pourtour d'un golfe, où, d'un côté, descendent les grises collines de Carry et les côteaux de Séon, plantés de pins et d'oliviers, tandis que de l'autre, de gracieuses crêtes de montagne se profilent sur l'azur du ciel.

Eh ! bien, c'est en face de cette mer, qui mérite mieux que celle de Virgile d'être appelée *Velivolum*, tant elle emprunte de grâce et de vie à ces voiles qui palpitent au-dessus des embarcations, à cette fumée souple et ondoyante, dont les rapides *steamers* se couronnent, que s'alonge une rangée de murs, percés de trous, en guise de fenêtres ; on croirait voir un de ces bourgs, qui perchent sur les rochers de la mer Egée; c'est ainsi que Marseille s'annonce ** aux navigateurs. La maison choisie par Vernet

* La régénération des vieux quartiers Marseillais semble avoir été inaugurée par les splendides bassins qui forment les ports nouveaux ; elle sera, peut-être, achevée, un jour, grâce à l'audace financière de M. Mirès, qui songe à remplacer l'ancienne ville, par une nouvelle et merveilleuse cité commerciale.

** Bientôt l'aspect de ces lieux, déjà modifiés par les bassins nouvellement créés, aura complètement disparu, grâce aux constructions projetées.

le disputait encore aux autres en vétusté et en moisissure ; c'était un antre de bohémiens, et un peintre y aurait volontiers cherché des inspirations, s'il avait voulu représenter dans une mansarde écrasée et décrépite, une vieille sorcière accroupie au coin du feu, en compagnie d'un balai et d'un chat initié aux nocturnes mystères. La sorcière y était !

Cette vieille, dont l'accent septentrional, nasal et traînant, trahissait l'origine étrangère, avait, jadis, fait partie du corps de ballet, à l'opéra de Paris; elle avait dansé avec la Camargo et reçu des leçons de Vestris, le *Diou* de la danse; aussi, les burlesques réminiscences qui traversaient sa tête, se retraçaient à son esprit avec une vivacité telle, qu'elle éprouvait fréquemment le besoin de régaler Vernet d'une gigue ou d'une chacotte. C'était un hideux spectacle ! Mme Bellerose, ainsi s'appelait ce débris d'un corps de ballet formé par le duc de Richelieu, adressait à l'ex-négociant, des sourires éclos dans de longues rides, des regards dont aucun cil n'adoucissait l'étrange expression, et, après avoir arrondi ses bras de squelette, elle exécutait sa danse ostéologique, qui ressemblait à celle d'un mort en goguette! Mme Bellerose avait, vingt ans avant, entrepris un pieux pélérinage. Quand elle fut forcée de quitter le maillot de chair et la jupe pailletée, et de déposer, *donato rude,* la couronne de roses qui avait fini, par se changer en une couronne d'épines, elle se consola avec la pensée que sa jeune enfant, Mlle Amanda, maintiendrait, grâce à ses leçons et à ses exemples, les bonnes traditions de l'art chorégraphique. Cette ambition de mère la sauva du désespoir qu'elle avait éprouvée, le soir fatal, où d'indiscrets sifflets la firent tant pâlir, sous la couche de fard, répandue sur sa figure, et lui apprirent que ses soûrires devenus des grimaces, que ses dents dépouillées de leur émail et si clair-semées, que ses jambes privées de leur bondissante élasticité, indisposaient vivement un public, qui ne va pas au théâtre pour honorer la vieillesse, dans la personne d'une danseuse, surtout. Amanda était âgée de dix-sept ans, quand sa mère quitta le théâtre. Mme Bellerose disait de sa fille: elle a du sang de la duchesse de Konismargs dans les veines, et elle ajoutait qu'un fils naturel du maréchal de Saxe, secrètement élevé par Mme de la Popélinière, femme du célèbre fermier général de ce nom, avait eu l'idée de lui faire une déclaration qui dura dix jours! Le premier jour, des fleurs disposées de manière à figurer un J., traversèrent, sans que l'ordre où elles étaient placées se dérangeât, l'espace qui séparait une loge, de la scène où Sophie Bellerose arrondissait sa bouche en cœur; le lendemain, d'autres fleurs formant un E., complétèrent le pronom *je;* c'était le début d'une phrase que Sophie Bellerose devinait d'avance; car, de la loge d'où s'envolait l'odorante lettre majuscule, partait en même temps que les fleurs, une de ces œillades, qu'on appelait *assassine,* en style du temps. Le troisième jour, un V., formé de violettes et d'immortelles, suivit le même chemin que l'E de la veille; enfin, le dixième jour, en réunissant les dix bouquets, Sophie lut ces mots: *Je vous aime!* Le moyen d'exprimer une passion que tant de pirouettes et de *Jetes-battus* avaient fait naître, ne manquait pas d'une originalité agréable. M. le baron de Soltiskoi, ainsi s'appelait l'auteur de l'embaumé message, succéda auprès de Sophie, à un Chevalier de Malte, qui, depuis lors, prit en haine les fleurs, et passa son temps à renouveler dans les parterres, l'action de Tarquin à Gabies. Armé d'un long bâton, il abattait à outrance les roses, les tulipes, les œillets qu'il rencontrait sur son chemin. Ce fut une guerre d'extermination, déclarée aux plus innocentes créations de la nature; tant le triomphe obtenu par la phrase de Soltiskoi, écrite avec des fleurs, devint insupportable au pauvre Chevalier de Malte! Mais Sophie vit disparaître son amant, le jour où elle fut outrageusement sifflée. Amanda, sa fille, lui aida à supporter la privation des soins dont le baron l'entourait, quand le public avait l'air de ratifier par ses applaudissements ou son silence approbateur, le choix de Soltiskoi. Dès ce moment, Sophie Bellerose, ne s'occupa plus que de l'éducation chorégraphique de sa fille. Hélas! Amanda montrait les dispositions les plus revêches pour l'art de la danse; toute son énergie physique s'était réfugiée dans ses mains et dans ses dents; elle aurait pu faire porter sur un de ses poings, sans fléchir, tout le poids de son corps et soulever avec les dents, une table de six couverts; mais ses mollets n'avaient pas cette souplesse vigoureuse, qui explique le succès des danseuses de renom.

Sophie fut forcée, après d'infructueuses leçons, de renoncer à l'espérance de se voir renaître dans la personne d'Amanda, et dans son dépit, elle laissa sa fille d'un naturel passablement indomptable, maîtresse de se choisir le genre de vie qui lui conviendrait le mieux. Amanda embrassa la profession de Baronne Soltiskoi; elle courut l'Europe, sous ce nom, tantôt jetant l'argent à pleines mains, tantôt forcée pour vivre, de vendre jusqu'à ses dernières hardes, jusqu'à son dernier bijou : aujourd'hui, maîtresse d'un margrave, comme Mlle Clairon le fut; un autre jour, servante de cabaret et ne décachetant jamais les lettres que sa mère lui écrivait. Ses mains et ses dents la tirèrent souvent d'affaire. Quand abandonnée d'un amant que son humeur trop martiale avait fini par excéder, elle se voyait sur le pavé d'une ville, sans un sou vaillant dans la poche, Amanda prenait bravement son parti, et faisait parade, devant un cercle de spectateurs, de la force manuelle et maxillaire dont elle était douée; elle s'emparait du premier enfant venu, le fesait asseoir sur une chaise, mettait cette chaise sur une table qu'on lui prêtait, et soulevait la table, la chaise, l'enfant, avec son énergique machoire, aux bravos de la place publique! Les sous pleuvaient ensuite dans la toque de velours, qu'elle tendait aux spectateurs.

Devenue, dans ses pérégrinations à travers l'Europe, mère d'une fille qui vint au monde, au fond d'une grange de la Souabe, Amanda ne fut plus l'insouciante bohémienne, qui acceptait avec un front également impassible les caresses et les coups de la fortune; dès ce moment, elle jeta un regard plein d'anxiété sur un avenir, dont jusqu'alors, elle s'était si peu préoccupée. Par tendresse pour sa fille, elle voulut perfectionner les talents naturels qu'elle tenait, peut-être, d'une origine auguste; elle se brisa le corps à son rude métier. Les tours de force se succédaient à merveille; elle ne mit plus un seul enfant sur la chaise, c'était une petite pyramide vivante qui s'élevait triomphalement sur la table qu'elle tenait en l'air, à l'aide d'un prodigieux effort maxillaire. Variant ses exercices pour obtenir de plus abondantes recettes, elle excitait une admiration qui se traduisait en battements de mains, en cris de joie, en pluie monétaire.

Un jour, elle parut sur une place publique de la ville de Riga, tenant par la main une jeune fille de six ans, c'était la sienne; jamais on n'avait vu une plus ravissante tête d'enfant; une blonde auréole de cheveux encadrait un front et des joues qui avaient le satin de la pêche et la blancheur du lait; les yeux purs, limpides, étonnés de cet ange, s'ouvraient naïvement sur la foule; on était ravi et ému! Amanda se fit apporter une poutre qu'elle souleva de terre, et qu'elle maintint en équilibre sur une main, tandis que de l'autre, également tendue, elle soutint sa fille qui touchait, de ses petits doigts, ses lèvres de rose, et fesait le geste ordinaire aux enfants des saltimbanques. La petite s'acquittait, avec une grâce charmante, de ses nouvelles fonctions. La poutre s'inclinait quelquefois du côté de l'enfant; mais, Amanda, les bras nus, les veines en relief, toutes les artères du cou gonflées, l'œil fixé sur la menaçante solive, raffermissait sa main et rétablissait le périlleux équilibre.

Un boyard, cria: — « Cent roubles, si tu mets ton enfant sur la poutre! » Et il compta les roubles et les montra à Amanda.

Celle-ci hésita un moment ; elle tenait sa longue et épaisse poutre entre les bras, et regardait tantôt sa fille, tantôt les roubles. La tentation était forte , elle l'emporta. Amanda bande les yeux de sa fille, lui fait un long baiser, l'asseoit sur la poutre, lui recommande de bien serrer ses petites jambes contre le bois et de prier le bon Dieu; puis, élevant lentement cette poutre, elle la pose sur ses dents inférieures et la maintient, ainsi quelque temps, en la soutenant de ses mains. L'immense acclamation qui retentit soudainement, l'exalte ; elle écarte les mains et marche, les yeux fixés sur sa fille qui pousse un cri de frayeur. A ce cri, Amanda se trouble, sa force fléchit, la poutre s'incline , un hurlement sort de la poitrine de la malheureuse mère qui voit son enfant entraînée dans une horrible chute. Le boyard s'était élancé et avait saisi de ses mains cet enfant qu'il remit sainet sauf à Amanda. Mais , celleci avait reçu , au cœur, un coup dont elle ne devait plus se relever.

Emportée, mourante, dans son auberge, elle n'eut plus , dans un délire qui lui représentait sa fille écrasée sous un madrier, que de rares moments de lucidité, et ce fut dans un de ces moments qu'elle écrivit sa triste histoire à sa mère, et la supplia de venir chercher l'enfant dont la mort allait la séparer. Quand Sophie Bellerose reçut cette lettre , Amanda était déjà morte. Sophie vendit tous ses meubles, réalisa une petite somme d'argent et se rendit à Hambourg, où elle s'embarqua pour Riga. Les gens de l'auberge où Amanda avait logé, lui apprirent en pleurant que deux jours après la mort de l'étrangère, sa jeune fille avait disparu, et que probablement, une troupe de bohémiens qui la guettaient, l'avait enlevée. Ce fut un coup terrible pour Sophie, qui avait déjà fait mille rêves de bonheur, en songeant qu'elle verrait revivre son Amanda dans l'enfant dont on lui vanta tant la gentillesse et la merveilleuse beauté.

La pauvre aïeule se promit de la chercher jusqu'au bout du monde ; le bout du monde n'est pas très loin de Riga. Elle se rendit à Arkangel, parcourut toutes les contrées voisines du Pôle et rencontra Vernet à Irkoutk, où l'intrépide Marseillais s'était rendu, à la suite de cette caravanne qui, de ce point, se dirige, chaque année, vers Kiakhta la ville chinoise, non loin des monts jablonoï. Elle s'informait toujours, si des bohémiens ne s'étaient pas montrés dans le voisinage du lieu, où elle arrivait après des souffrances et des privations inouïes. Ses recherches furent toujours vaines; elle eut beau roder autour des campements bohémiens, regarder toutes les jeunes filles de l'âge de celle qu'elle cherchait, adresser des questions à tout le monde, l'infortunée revint de ses lointaines explorations, seule, accablée d'infirmités et les deux orteils gelés.

Son sens moral s'était oblitéré, sa raison chancelait par intervalles. Les nombreux souvenirs d'une vie, dont la plus belle moitié s'était écoulée sous l'égide du code facile de l'opéra, la misère qui l'oppressait, ne lui permirent guères de repousser l'infâme proposition que Vernet lui fit, quand celui-ci, l'ayant retrouvée à Marseille, voulut l'associer à ses plans de séduction.

Sophie Bellerose était, donc, devenue l'habitante de la

vieille maison que nous avons décrite plus haut ; la brillante danseuse de l'opéra hantait, comme un spectre, ces lieux fétides.

A dix heures, elle releva la tête et étendit son bras décharné vers la rue ; le bruit d'une voiture s'y était fait entendre ; Vernet se dirigea vers l'escalier.

XII

Nous avons laissé Charles Devilly, seul, dans cette salle, où son apparition soudaine causa à Marie une impression telle, que la vie sembla lui échapper, et que ses forces s'anéantirent. Un sentiment d'inexprimable confusion accrut chez la malheureuse enfant, le saisissement qu'elle éprouva, à la vue de Charles. Avec cette rapidité de perception, dont les organisations délicates sont douées, elle se jugea irrévocablement condamnée par Devilly, qui surprenait Vernet penché vers la figure bouleversée de Marie ! La vie lui manqua, son sang reflua vers le cœur, au moment que cette parole secourable : — *Oh ! Monsieur emmenez-moi*, allait s'échapper de sa bouche. Car la fière exaltation qui se lisait sur le visage de Charles, la sévérité de ses regards, le dégoût qu'ils exprimèrent, achevèrent de lui découvrir tout-à-fait un piége, des embûches qu'elle soupçonnait déjà. Mais tous ces chocs qui frappaient à la fois son âme, étaient trop violents, pour qu'elle pût maîtriser son émotion; elle s'évanouit et vint tomber dans les bras mêmes de Charles, qui, en recevant ce corps inanimé, porta un œil épouvanté sur les témoins de cette scène!

— Le vilain tour que vous jouez à Marie, dit Amélie, en éclatant de rire, venir la surprendre ici, à table avec M. Vernet et une actrice, mais c'est avoir juré de la perdre! Aussi, a-t-elle eu le bon esprit de s'évanouir!

— Mais ce n'est pas un jeu, Madame, dit Charles, avec une contraction nerveuse de traits, voyez, elle est pâle comme la mort, au nom de Dieu, sauvez-la!

— Un évanouissement, nous femmes, ajouta l'actrice, nous savons ce que c'est. La petite a réellement perdu les sens; quelques gouttes d'éther la rappelleront à la vie; avant tout, il faut la porter sur mon lit. Margotton, venez m'aider.

La soubrette et l'actrice transportèrent Marie dans la chambre voisine, où Vernet les suivit. Amélie avait dit à Charles : — « vous, restez ; comme la petite a vidé quelques verres de Champagne, elle n'est pas tout-à-fait dans son état normal, nous lui persuaderons qu'elle avait vu votre ombre et nous la tranquilliserons. Vous comprenez que vous ne devez plus vous montrer à elle, mon adorable Banquo! Je raffole des spectres, surtout quand ils ont une aussi bonne mine que vous. Allons, assez de tragédie pour ce soir. »

Charles qui n'était pas bien sûr de rêver, eut peine à ne pas quitter la salle à manger; il crût devoir respecter, pourtant, la consigne de l'actrice. Tandis que Vernet sortait par une porte de derrière, Amélie vint trouver Charles.

— Tout va bien, dit-elle, Marie n'éprouve plus que le besoin de dormir ; Vernet l'a rassurée.

— Mais Vernet est auprès d'elle, s'écria Charles, avec un accent douloureux !

— Ce pauvre Vernet, allez, ne lui en voulez pas ; il vous pardonne le vilain tour que vous venez de lui jouer ; paraître au moment où il avait Marie sur son cœur, quand tout marchait au gré de ses vœux, oh ! convenez qu'un négociant pouvait, seul, garder son sang froid. Ces hommes d'affaires sont admirables ! Un artiste vous aurait fendu le crâne, mais le négociant est de l'école de Talleyrand, son visage reste impassible, même quand il reçoit un coup par derrière. J'ai admiré Vernet !

— Ah ! dit Charles, cessez cet affreux persiflage ! Je le tuerai, votre Vernet, je tuerai Marie, je vous tuerai, vous.

— Ceci, dit Amélie, avec un calme suprême, me rappelle un étrange évènement qui se passa chez un Roi de Norvége, à la représentation d'une tragédie. Le favori de ce roi remplissait un rôle dans cette tragédie ; l'acteur, qui devait faire semblant de le tuer à la fin d'une tirade, entrant trop dans l'esprit de son rôle, se laissa tellement emporter par sa verve, qu'il donna au favori du roi, un bon coup de poignard, qui l'étendit mort. Le roi exaspéré, saute sur la scène, et tue l'acteur qui jouait avec un naturel trop parfait ; la femme de l'acteur tué, arrache l'épée des mains du roi, et la lui plonge dans le sein ; le premier ministre voulant venger la mort du monarque, s'empressa d'en faire autant à cette femme. Alors ce fut une mêlée générale, spectateurs et acteurs s'entretuèrent, le souffleur, seul, échappa au massacre.

— Raillez, raillez tant qu'il vous plaira, Madame, dit Charles, je parlerai à Marie, j'empêcherai son déshonneur.

— Mais, mon bon Monsieur, d'où sortez-vous? Quelle rage vous prend de vous mêler des affaires de M. Vernet? Est-ce que jamais une grisette a eu le malheur d'avoir un chevalier, tel que vous, sur ses pas? Marie devenue la dame des pensées d'un nouveau don Quichotte! Mais je ne pourrai, donc, rien faire de vous, c'est dommage, j'y ai regret.

Charles s'était assis près de la table, et avait appuyé le front sur les mains. Amélie, après un moment de silence, dit d'une voix attendrie et le regard fixé sur Charles :

— Ah! si au moins Marie était digne de lui. Elle les ensorcelle tous, cette petite grisette, ah! les hommes! les hommes!

Charles releva lentement la tête, et Amélie lui prenant la main, ajouta :

— Je suis femme, je suis sensible; je vois, à votre douloureuse attitude, que vous aimez cette fille; votre chagrin me pénètre au point de me faire douter, si je n'ai pas tort d'éclairer votre crédulité, et de détruire une illusion qui vous est si chère! Marie a fait une surprise à votre cœur peu expérimenté encore. Vous m'avez assez raconté de votre vie, de votre caractère, pour que je ne sâche pas tout ce qu'il y a en vous, de candeur et de généreux élan! Tenez, moi qui ne devrais point être étrangère à votre pensée, je vous ouvre mon âme, aussi, et je vous avoue que ce spectacle de deux jeunes enfants, beaux, comme vous l'êtes tous les deux, au début de la vie, m'aurait délicieusement émue, si tous les deux avaient été également sincères, également naïfs! Mais il n'en est rien, malheureusement. Comment avez-vous pu croire que dans une grande ville, dans une ville où tant de séductions tournent autour des jeunes filles du peuple, vous trouveriez une Lucrèce dans l'atelier d'un tailleur! Mais vous ne savez donc pas ce que peuvent la misère et la vanité, pour hâter la perte de ces ouvrières, qui veulent faire entr'elles un assaut de toilette, et qui ne peuvent gagner assez d'argent, pour se parer, sans que leur honneur subisse quelque mésaventure? Je vous le répète, d'où sortez-vous? Marseille vaut Paris, je vous l'ai dit souvent. Et d'un autre côté, avez-vous pu croire que cette vertueuse exaltation de l'amour, qui ne peut naître et grandir qu'au milieu des doux loisirs de la fortune, se trouverait chez une petite tailleuse, quittant ses travaux d'aiguille, pour soigner deux vieillards moroses et pauvres, dans une hideuse mansarde? Vernet connait son temps et sa ville; lui, ne roucoule pas, comme un pigeon amoureux, autour de ces colombes déniaisées. Il va droit au fait, ses billets doux sont des robes, des fichus, des colliers, des bracelets; il sème l'argent à pleines mains, et traite l'intrigue comme une affaire! Vous lui êtes tombé d'un ciel qui se dépeuple chaque jour, du ciel des amoureux transis! — J'ai joué vraiment du malheur, a-t-il dit, car Vernet vous estime, vous aime même; votre franchise, votre esprit lui plaisent. Il déplore amèrement votre aveuglement, et ne conçoit pas que vous vous obstiniez à brûler un encens si pur, aux pieds d'une fille qui en est si peu digne ! Vous savez que Vernet aime le pathos ; c'est là sa phrase favorite, quand il me parle de votre malheureuse passion pour Marie. Vous serez, peut-être, assez simple pour bien augurer de cet évanouissement ; mais Marie n'est pas encore tombée au dernier degré du vice, elle a des ménagements à garder ; cette petite a l'esprit éveillé, et, elle ne manque pas d'une certaine finesse diplomatique. Il est si agréable de cumuler les profits du vice avec les avantages d'une bonne renommée ; ce facile calcul, elles le font, toutes, jusqu'au jour où une imprudence, un esclandre, le dépit éprouvé par un amour éconduit, une inquisition de voisins font crouler ce petit échafaudage d'une vertu machiavélique. Marie, qui s'est aperçue qu'elle ne vous était pas indifférente, a, sur-le-champ, vu que vous interpréteriez contre elle ce dîner, ce désordre d'un dessert que le champagne a largement arrosé, et surtout cette figure souriante et allumée de Vernet, penchée vers la sienne ; la honte l'a saisie et elle s'est tirée d'embarras par un évanouissement.

— Qui était joué, dit Charles !

— Non, l'évanouissement a été sincère ; mais quand elle est revenue à elle, elle n'avait qu'un souvenir confus de ce qui s'était passé, je crois qu'elle n'a pas même, par un reste de honte, prononcé votre nom.

— Oh ! mon Dieu, mon Dieu, dit Charles, dans un morne désespoir !

— Vous penserez ce que vous voudrez de ma franchise, ajouta impitoyablement Amélie, seulement, rendez-moi, au moins, la justice de dire que voilà une vérité pénible, mais vraie !

— Ah ! Madame, vos paroles tombent sur mon cœur comme des coups de foudre ; vous m'avez arraché une dernière illusion. La présence de Marie dans votre salon, celle de Vernet, la vôtre, la condamnent assez, sans que vous ayez besoin de me donner d'autres preuves de sa honte; pauvre et coupable enfant ! Mais vous les flétrissez toutes, mais pas une n'échappe à vos serres de vautour, à vos griffes de démon ! Marie ! Marie !

Et Charles pleura devant Amélie, qui feignit de prendre à sa douleur, un sincère et affectueux intérêt.

— C'est ainsi que tout s'ordonne dans ce misérable monde, dit Amélie, en prenant les mains de Charles, j'ai bien envie de pleurer, moi aussi ! Mais moi, je ne suis qu'une misérable actrice, qu'une courtisane ; il n'y a pas de cœur dans ma poitrine ! Moi, je suis la femme qu'on écrase du talon de la botte, qu'on repousse du pied ! Amélie Desnoyers voudrait-elle, par hasard, être aimée, elle ; s'aviserait-elle d'éprouver un sentiment d'amour, d'exiger un sentiment d'amour, quelle folie ! N'ai-je pas le sceau de la honte sur le front, l'infamie ne sort-elle pas de tous mes pores ; je l'ai bue comme l'eau, l'infamie, et mon cœur s'en est abreuvée ! Malheureuse femme ! tu ne peux plus être aimée, et pourtant, Charles, mon ami, croyez-le bien, l'amour, un amour tel que le vôtre m'aurait sauvée, m'aurait purifiée ; mais fi donc ! Parler d'amour à une actrice, à une courtisanne ! Cela n'est réservé qu'à ces femmes qui mettent sur leurs cœurs un voile, sur leurs figures, un masque, et qui cachent sous l'air d'une vertujouée, leur profonde dépravation. A la vérité, quel œil ne s'y tromperait pas? Voyez Marie, une vive rougeur colore ses joues, dès qu'un regard un peu hardi s'arrête sur elle; aussi, se laisse-t-on prendre à tous ces faux semblants de pudeur; et sans un hasard révélateur, on saisirait, avec un grand trouble dans l'âme, et un embarras qui se blamerait lui-même, cette douce main qui s'est déjà ouverte, pour recevoir le salaire d'un déshonneur habilement voilé! Tout n'est que trahisons et que déceptions.

— O Marie! Marie! dit Charles, en portant un œil effaré sur l'actrice!

— Et vous, ajouta-t-il, ne pouviez-vous pas l'éclairer sur les projets de l'infâme Vernet. Comment vous disculpez-vous de tant de lâches complaisances? Un mot de vous l'aurait sauvée. A moins que la chute d'une pauvre fille ne cause à certains cœurs, une joie de démon, ne deviez-vous pas, au lieu de vous prêter à de pareilles manœuvres, refuser le rôle que Vernet vous a demandé? Vous avez consenti à passer pour la sœur de cet homme, à endormir par des contes la vigilance d'un père et d'une mère. Qui sait même si vos discours, vos conseils, n'ont pas étouffé dans le cœur de Marie, le cri de la pudeur alarmée, si vous ne lui avez pas rendu le vice séduisant, si vous n'avez pas aidé Vernet à la précipiter dans l'abîme!

— Oui, dit Amélie, oui, j'ai fait tout cela, je ne veux rien vous taire! Je laisse aux autres le soin d'abriter sous l'hypocrisie du langage et des manières, les désordres de leur vie. Moi, je suis franche et hardie, au moins. Mais ne croyez pas qu'il y ait eu résistance, pleurs, effroi du vice, longs combats? Je vous ai sauvé de la honte d'aimer une femme indigne de vous ; je vous ai épargné un mortel ridicule! Jeune et sans expérience, comme vous l'êtes, vous seriez devenu avec vos amours de bas étage, la risée de vos camarades ; tous auraient su que vous étiez joué par une fausse petite prude, qui, à l'exemple de tant d'autres, serait allée se moquer dans les bras d'un rival, de votre débonnaire passion! Eh! d'ailleurs, n'ai-je pas, Charles, mon excuse toute prête! Quelque facile qu'une perversité précoce me rendit le rôle que Vernet exigeait de moi, croyez-vous que je l'eusse accepté, si je n'eusse pas eu dans cette fille une odieuse rivale? N'aimez-vous pas Marie?

— Je la maudis maintenant.

L'éclair d'une joie farouche brilla sur le front d'Amélie.

— Moi, vous me maudissez aussi, ajouta-t-elle, vous faites plus, vous me méprisez ! Mais moi, je puis tout supporter de vous. Ecoutez, Charles, vous le savez déjà, je vous aime, je vous aime, comme jamais femme n'a aimé ! Oh! si je vous racontais ma vie, ma vie où ne descendit jamais le rayon sacré de l'amour, vous verriez combien j'ai été malheureuse, combien le monde m'a torturée! Ramassée par une pitié intéressée, sur la place publique, après avoir vu mourir ma mère, dans la chambre d'une auberge, ma mère que j'avais tuée, moi, tuée sans le vouloir, tant son effroi fut immense à l'aspect d'un danger qui m'avait menacée, je menais une vie errante, mêlée à une troupe de saltimbanques. L'été je chantais sous le soleil, dans la poussière des chemins; l'hiver, les pieds nus dans une boue glacée! On me couvrait de paillettes et d'oripeaux grotesques, on me couvrait d'un costume fantasque et indécent! Et, j'allais par les routes, mêlée à cette troupe étrange, qui n'a ni Dieu ni vertu! Tout en allant par ces routes, je passais quelquefois devant un grand parc bien ombragé, rafraîchi d'eaux, parsemé de fleurs, et je voyais de beaux enfants, de jeunes filles bien vêtues, danser, courir, folâtrer sur de vertes pelouses, dans la douce attente des baisers de leurs mères. Et je marchais toujours, emportant dans ma jeune tête ces fraîches images des joies filiales dont j'étais inexorablement sevrée! — Allons, danse et chante, mon enfant! fais la roue, mon enfant, envoie des baisers à la compagnie, sois bien gentille! — Ainsi me parlait le paillasse de la troupe, qui me rouait de coups, le soir, dans une grange, afin, disait-il, de m'assouplir les membres et de m'éclaircir la voix. »

«Quelques livres que j'avais dérobés, je ne sais où, me donnèrent de l'ambition. J'étais devenue une grande et belle fille, j'étais lasse de cette vie en plein air, de cette exhibition de ma personne, aux coins de toutes les rues, aux carrefours de tous les chemins! Je m'enfuis et je me fis actrice! A force de chanter dans toutes les villes de l'Europe, sous la pluie, avec le vent, sous la neige, avec le soleil, sous l'humide brouillard des nuits, ma voix s'était presque éteinte; je finis par regretter même l'existance errante que j'avais si longtemps menée. Avant, il y avait au moins de l'indulgence dans ces auditeurs convoqués au son du tambour; ils ne se montraient nullement exigeants, ils nous jetaient quelques sous, ou le plus souvent ils se retiraient sans rien donner, mais nul brocard ne tombait sur la pauvre chanteuse, sur la pauvre danseuse essoufflée ! »

«Je connus Vernet, un soir, que le parterre Marseillais se montra si joyeux à mes dépens. Je m'étais résignée ; avec Vernet, je matérialisais ma vie ! Ces rêves que les jeunes filles caressent, et qui font pousser de si grandes ailes à leur imagination, s'étaient évanouis ; la toilette, la table m'occupaient tour-à-tour, j'étais bestialement heureuse. Vous êtes venu, vous, vous m'avez montré un superbe dédain, votre fierté a irrité mon amour. J'ai voulu vous aimer, c'était hélas trop facile ! Car vous ne ressemblez en rien à ces hommes froids, égoïstes, bassement débauchés, qui tournent autour de nous, avec de dégoûtantes et honteuses pensées ! Je ne vous en ai pas voulu de votre amour pour Marie ; un ange rêve un ange ! Votre noble cœur ne pouvait la repousser, parce qu'elle était née dans une mansarde ! Vous avez cru à une candeur touchante, et vous vouliez respirer cette chaste haleine qui s'exhale, comme l'arôme d'une fleur, d'un cœur virginal ! Beau rêve, rêve presque toujours décévant ! »

Ceci touchait à la fascination. Amélie, femme d'une intelligence supérieure et d'une dissimulation profonde, avait pris ce ton lyrique et sentimental qu'ont mis à la mode ces romans modernes, où les harpes, les anges, les nuages, les vapeurs des lacs, les azurs transparens reviennent si souvent, mots que les auteurs soufflent dans leurs phrases, pour les gonfler et les diaprer. Ce langage charmait l'inexperience et l'esprit poétique de Charles ! Il y avait, d'ailleurs, dans certains momens, une émotion sincère dans la voix et le regard humide et caressant de l'actrice. Celle-ci ne cachait rien , elle ne pouvait plus être une tendre Ophélie, mais elle pouvait être encore une Lélia.

Son costume, ses beaux et longs cheveux noirs, la vivacité d'un œil admirablement fendu, l'expression d'une lèvre fière, la rectitude d'un nez romain, une haute taille, des bras superbes et des poses étudiées, la faisaient, au moins, ressembler à une de ces belles vénitiennes de Titien, qui se couchaient sur des lits de brocard, devant des fontaines, sous des tentures orientales.

Charles commençait à éprouver quelque sympathie pour Amélie, et son regard mélancoliquement levé sur elle, s'était dépouillé de sa sévérité. Encouragée par ce regard, Amélie laisse arriver à ses yeux quelques larmes qu'elle essuya avec une grâce apprise; son attitude exprimait une résignation suppliante.

— « Charles, Charles, dit-elle, d'un ton doux et triste, prenez pitié de la pauvre Amélie ! »

Charles approcha sa lèvre de la main que l'actrice avait laissée dans la sienne. Marie avait ouvert la porte pour appeler Amélie, quand, à la vue de Charles qui ne l'aperçut pas, elle rentra promptement dans la chambre où se mettant à genoux et levant les bras vers le ciel, elle dit : — «Mon Dieu, faites-moi mourir! Je m'étais trompée, c'était pour elle qu'il était venu! »

XIII

Charles, en quittant Amélie, ne songea pas à aller chercher dans son lit, un repos qu'il aurait vainement attendu, derrière les rideaux de son alcôve. Il avait à mettre de l'ordre dans les idées tumultueuses qui l'agitaient, et à étudier la situation nouvelle où les aveux et les révélations de l'actrice venaient de le placer. Un amour qui semblait devoir devenir la grande affaire de sa vie, lui échappait, et il croyait, enfin, trouver dans l'indifférence de Marie, l'explication du silence, que ces deux jeunes gens avaient gardé l'un envers l'autre, par l'effet de leur timidité et de leur inexpérience.

Charles s'était toujours tenu à l'égard de Marie, sur le pied d'une grande réserve, et celle-ci n'avait dû comprendre l'amour qu'elle inspirait, qu'à ces signes muets dont une femme s'aperçoit mieux et plus promptement qu'un homme. Mais il n'était pas moins vrai, que jamais sur ce sujet qui les préoccupait tant, aucune phrase n'avait été échangée, et que l'éloquence du regard avait, seulement pris la place de celle de la parole; or, l'éloquence du regard, quelque expressive qu'elle soit, ne vaut pas l'entraînement du discours, ne produit pas un effet aussi sûr et aussi décisif.

Marie et Charles ne s'étaient pas épargné les coups d'œil à la dérobée, je crois même que le pied de Charles avait, un jour, favorisé par l'ombre d'une table, heurté timidement à celui de Marie, et que, le pied de Marie n'avait pas bougé; je crois même qu'un peu d'électricité amoureuse s'était dégagée du coude de Charles, au contact de celui de Marie; c'étaient là des symptômes fort significatifs, mais la langue était restée muette et l'aveu s'était arrêté sur la lèvre, à l'instant même qu'il semblait prêt à s'en élancer.

Un soir, Charles montait l'escalier non éclairé de l'atelier; à mesure qu'il en gravissait les marches, les pas légers d'une jeune fille se faisaient entendre au-dessus de sa tête; ses yeux ne pouvaient rien distinguer, et cependant son cœur battit avec une grande force et il s'appuya sur la rampe, pour se soutenir. Il eut un moment, tant l'amour le rendait poltron, l'idée de redescendre, de peur de frôler la robe de Marie, ce qui l'aurait singulièrement déconcerté, mais il réfléchit et il se dit: — « elle ne me verra pas et puis il se pourrait que ce fût une autre ouvrière! Attendons. »

Marie, qui elle aussi, avait entendu du bruit, s'était arrêtée, parce qu'elle avait songé à Charles. — « Il me parlera peut-être et j'aurais bien peur, s'était-elle dit? » Peur, charmante enfant, peur de Charles, ce n'est pas ce que vous auriez dû vous dire! Mais ne chicanons pas ces deux jeunes gens sur le raisonnement illogique qu'ils fesaient, l'un au bas et l'autre au haut de l'escalier, ils n'en savaient pas plus long.

Pourtant, le temps passait et Marie avait du fil et des aiguilles à acheter chez le marchand voisin; l'ouvrage pressait. — « Eh! bien si c'est M. Charles, dit-elle, il me dira bon soir et je lui répondrai : Bon soir, il est si honnête! »

Rassurée par ces mots qu'elle prononça tout bas, car les amants affectionnent beaucoup le monologue, elle descend, en pensant avec quelque crainte que l'escalier est étroit et qu'à coup sûr Charles, à moins qu'il ne se colle contre le mur, la coudoiera. Quelque honnête que fût Charles, il se pouvait fort bien qu'il ne se dissimulât pas complètement dans l'obscurité, et qu'il ne retînt pas même son souffle ; ce qu'il aurait dû faire pour que Marie ne soupçonnât pas sa présence. Mais c'eût été trop exiger de lui! Aussi Marie ne comptait pas beaucoup sur les précautions que Charles prendrait pour devenir une espèce d'ombre impalpable.

— «Je me rangerai bien contre la rampe, ou je me serrerai contre le mur, ajoutait mentalement la jeune fille, mais qui sait s'il passera du côté de la rampe ou du côté du mur, et puis j'aurais l'air de redouter sa rencontre, et alors que penserait-il de moi? Descendons comme s'il n'y avait rien du tout. — »

Une fois, ce parti pris, Marie s'avance résolument au devant du danger, tout en regrettant de n'avoir pas des ailes, pour franchir ce redoutable espace, en un clin d'œil. Charles qui entend le bruit s'approcher, monte de son côté, et ne sait trop comment tout ceci se dénouera. Pourtant, ils ne s'étaient pas vus, comment se fesait-il qu'ils fussent certains de se rencontrer? Cela tient à des lois secrètes, à des affinités mystérieuses dont les amants se rendent parfaitement compte, mais qui font sourire de pitié un savant.

Ni l'oreille, ni l'œil ne leur avaient dévoilé le charmant péril de cette rencontre! Et ils étaient sûrs, Marie, que Charles montait, Charles, que Marie descendait. En tout autre endroit que dans un escalier, où le hasard pouvait, j'en conviens, si naturellement les amener l'un au devant de l'autre, le même presssentiment les aurait agités, et se serait également réalisé.

Il y a, pour ces rencontres, des messages invisibles que des sylphes complaisants portent apparemment, sur leurs ailes; il y a dans l'air, dans l'ombre, dans les atomes qui vous entourent, des souffles, des lueurs, des chocs qui échappent à nos sens, mais qui tiennent l'âme en éveil et ne la trompent pas; c'est peut-être un fluide mystérieux, qui darde jusqu'au fond de notre être un rayon magnétique, dont le cœur s'illumine tout à coup. Nous connaissons si peu le monde des esprits.

Le temps que j'emploie à vous écrire ces hérésies psychologiques, Charles et Marie l'avaient mis à profit, l'un, pour continuer à monter, et l'autre, à descendre l'escalier. Les souffles précipités des deux jeunes gens se rapprochaient, et une hésitation bien marquée se fesait reconnaître dans leur démarche; ils s'avançaient, *pede suspenso;* leurs pieds interrogeaient lentement les ombres de l'escalier, et leurs mains, en avant, prenaient la meilleure direction qu'elles eussent pu choisir, pour se saisir involontairement. Ils tenaient, tous les deux, le côté de la rampe, et bien qu'ils eusssent compris, qu'ils devaient nécessairement finir par se trouver, l'un vis-à-vis de l'autre, et qu'ils eussent grand peur de se heurter, l'idée ne leur vint pas de s'arranger de manière à éviter ce choc redouté. Pour cela, quand déjà ils auraient pu, en étendant davantage les mains, se toucher, ils n'avaient qu'à passer, Charles, d'un côté, et Marie, de l'autre; ils ne le firent pas. C'était bien simple, cependant, mais on ne s'avise, jamais, de tout.

— Ah! Pardon, Mademoiselle, c'est vous qui êtes là?

— Oui, M. Charles, bon soir.

— Vous courez bien vite!

— Je vais tout proche d'ici, je suis pressée.

— Il y a du monde là haut?

— Vous trouverez le tailleur.

— Il n'y a pas moyen d'y voir, dans cet escalier.

— En effet, il est bien sombre.

— Je ne m'étais pas trompé, j'entendais descendre, c'était vous!

— Je vous ai entendu monter, aussi, du moins j'ai entendu quelqu'un monter.

— Ç'aurait pu être un autre!

— C'est vrai, j'aurais pu me tromper.

— Eh! Moi, j'étais sûr de ne pas me tromper.

Marie ne répondit rien et se rangea enfin pour laisser passer Charles; le hasard voulut que la main de Charles frolât celle de Marie; Charles, enhardi par l'obscurité, prit cette main; Marie se troubla tant, qu'elle ne songea pas à la retirer. La témérité de Charles alla croissant; il serra la main de Marie, et j'ai tout lieu de croire que cette douce pression fut suivie d'une autre, de la part de la jeune fille. C'était effrayant d'audace ou plutôt charmant de bonheur! Il y eût dans cette muette et double déclaration d'amour, une volupté ineffable! Ils s'étaient tout dit, ces pauvres enfans, ils se quittèrent bien contents, l'un de l'autre; seulement quand Marie rentra dans l'atelier où Charles était allé l'attendre, elle détourna la tête pour cacher la rougeur et la confusion de sa figure. Charles fut plus décontenancé que jamais, mais il emportait dans sa main, du bonheur pour toujours! Du bonheur pour toujours! Hélas, Marie et Charles se donnaient, maintenant, les noms les plus odieux; les méchants ne permettent jamais aux bons de se faire leur voie.

Vernet et Amelie avaient juré la perte de ces deux jeunes gens, et le succès était sur le point de couronner les efforts de leur habile perversité. Vernet, qu'une passion brûtale avait conduit sur les pas de Marie, s'était plu à suivre, sans trouble dans la tête, sans un instant d'hésitation, le plan d'une séduction savamment élaborée. Il s'ennuyait tant, qu'il savait gré à l'obstacle de se présenter à lui, parce qu'il lui fournissait un moyen de distraction, et qu'il mettait en jeu ses facultés calculatrices! Une conquête facile, quelque attrayante qu'elle fût, perdait à ses yeux tout son prix, du moment qu'il n'avait qu'à tendre la main pour la saisir. Marie était dans les conditions qu'il exigeait chez une femme, toutes les fois qu'il se mettait en tête de poursuivre une nouvelle proie. Il y avait dans cette jeune fille, assez de vertu pour lui faire espérer la résistance qui irrite, et qui force de choisir et de mettre en œuvre les ressources de la séduction. Depuis longtemps, Vernet n'avait été aussi bien servi par le hasard. Il lui avait fallu s'introduire sous un prétexte grotesque, dans la mansarde du père Saumon, se donner un titre, celui de docteur en médecine, faire une collection de chapeaux, présenter sa maîtresse comme une sœur chérie, et écouter les longues histoires du tambour-maître de la 32me demi-brigade! Ces détours où il s'était si volontiers engagé, ces mensonges préparés d'avance, ces contes impudemment débités, le rendaient heureux, au-delà de toute expression! Il croyait tracer autour de Marie des circonvallations, et il se fesait l'effet d'un mineur qui n'a plus qu'un coup de pioche à donner, pour ouvrir aux assiègeans un passage sûr dans la ville ennemie!

Vernet comprenait bien que Marie s'était avisée de donner à Charles les prémices d'un cœur, sur lequel l'ex-négociant n'aspirait nullement à régner. Vernet se souciait fort peu de régner sur des cœurs; il ne donnait pas dans ces langueurs amoureuses, dans ces niaiseries sentimentales, disait-il, mais il avait un amour propre excessif, qui s'était accru de ses succès commerciaux et de ses deux cent mille livres de rente. Il méprisait souverainement Charles, et trouvait étrange qu'un petit employé de douze cents francs, se fut, ainsi, trouvé sur son chemin. Au dedain contre Charles, il joignait un sentiment de dépit contre Marie, qui ne paraissait pas éprouver une bien vive admiration pour les chaînes d'or dont son gilet était rayé, pour ses somptueuses toilettes et le luxe qui rayonnait sur toute sa personne. Ces sortes de natures ont tous les mauvais instincts. Vernet voulait le déshonneur de Marie, il ne lui suffisait pas d'outrager sa pudeur, il s'était promis d'attacher au front de cette enfant, le cachet d'une honte publique; cette idée lui donnait une joie de démon. Afficher Marie, la jeter, de sa propre main, dans la fange du vice, éteindre le rayonnement serein de la vertu dans ses beaux yeux, la forcer, pour vivre, d'adopter le ton, la démarche, l'air impudent des femmes perdues, et dire ensuite, en croisant les bras: Voilà mon ouvrage, je n'ai pas perdu mon temps; tel était l'épouvantable projet de ce miserable; la perversité humaine, si grande d'ailleurs, ne peut aller plus loin!

Je n'écris point, malheureusement, une fantaisie de romancier!

Et la société est désarmée contre de pareils crimes et contre de pareils monstres! On les connaît ces hommes qui exploitent pour le compte de leurs honteuses passions, la misère et les infortunes domestiques, et cependant pas une main, pas une bouche ne leur inflige une flétrissure publique. C'est là la plus belle tâche qu'un écrivain honnête puisse se donner!

Charles, en proie à une agitation sombre, était sorti de l'hôtel avec l'intention de fatiguer, de distraire ou de calmer sa pensée par une longue promenade. Il marchait, au hasard, se répétant ce qu'Amélie lui avait dit, se reprochant son amour pour Marie, et ne sachant trop quel parti prendre contre une belle femme, qui se jetait à sa tête, une petite grisette qu'il avait follement voulu élever à son niveau, et un libertin émérite qui, grâces à son or, avait si aisément gagné du temps sur lui. Se rappelant ensuite la manière sensée, — il le croyait ainsi, — avec laquelle il avait d'abord jugé sa passion naissante pour Marie, il se blâmait vivement de s'être insensiblement laissé prendre à des airs d'une pruderie jouée, à une figure sérieuse, à une réserve de paroles froidement calcuculées, à des habitudes de piété; il disait qu'il aurait dû se tenir en garde contre une petite fille mal élevée, et qui paraissait savoir parfaitement débattre les conditions d'un honteux marché.

Quand il avait appris de la soubrette de l'actrice, que Marie dînait avec Vernet et Amélie, un vif mouvement de rage s'était emparé de lui; il avait cru à un nouveau piége de Vernet, et il s'était promis, lui eût-il fallu rendre compte par l'épée ou le pistolet, de son action hardie et de ses paroles, de démasquer le séducteur en présence de sa victime. Aussi, était-il entré dans le salon d'Amélie avec une figure sévère; mais ce qu'il vit d'abord lui parut si étrange, qu'un nouveau soupçon pénétra plus avant que jamais dans son âme. Vernet et Marie étaient debout, Vernet pareil au satyre antique, et couvrant d'un regard triomphant la jeune fille, et Marie ne se débattant pas même sous cette fascination, à laquelle il lui sembla qu'elle était, au moins, résignée!

Charles voulait arracher de son cœur l'image de cette jeune fille si profondément pervertie, il se disait:

— « J'avais rêvé à Marseille une vie heureuse et facile, et je viens y donner l'absurde spectacle d'une passion sérieuse. Je vois, par hasard, une grisette dans l'atelier d'un tailleur ; elle ressemblait malheureusement à ce croquis esquissé sur ma table de surnuméraire. Cela me parût merveilleux et agréablement bizarre. Je vais prendre feu là-dessus et me voilà lancé ! Toutes mes bonnes résolutions, bien égoïstes et bien sages, s'écoulent comme l'eau! Je me promettais des distractions joyeuses, j'eus même l'idée de les chercher auprès de Marie ; mais cette maudite tournure d'esprit romanesque, dont je devrais tant me méfier, me fait monter un nuage à califourchon, quand je croyais prendre seulement le chemin de la Réserve, pour y fêter mes amours marseillaises, avec des huitres, des clovisses et du vin de Chably. Vraiment, c'est à en mourir de honte ! J'ai eu des accès de mélancolie à faire applaudir à tout rompre, un amoureux d'un drame de Dumas ! Je suis calme maintenant, bien calme, j'ai esquivé le ridicule d'une scène digne de servir de pendant à celle d'Othello ; je cherchais le poignard à ma ceinture, et j'aurais volontiers immolé ma Desdémona dans les bras de son Maure. Ce Vernet est diablement mauricaud. Ces provençaux ont tous la peau cuivrée. Allons, ma bonne étoile d'enfant de Paris m'a sauvée ; une femme qui parle admirablement, me fait ses belles mines. Marie m'aura servi à quelque chose; sans elle, je n'aurais jamais vu les grands gestes, et entendu les phrases comico-sentimentales de Mlle Amélie Desnoyers ! Voilà qui est piquant et sain ! »

«Parlez-moi de ce régime commode, de ces passe-temps où le cœur reste froid ! Amélie a un port de reine, c'est une déesse ! On fait de l'exercice, en tournant seulement autour d'elle ; c'est un bloc de Carrare, et c'est de plus une femme d'esprit, qui vous donne des repliques étourdissantes ! »

« Où donc suis-je maintenant ? Voilà la mer qui déferle sur les rochers de là-bas ! J'ai mal choisi le lieu de ma promenade ! Non, ce n'est pas, ici, en face de ces grandes eaux, que pénétrent les lueurs du ciel, devant cet horizon immense, que l'on peut s'occuper d'Amélie. »

« Je suis infidèle à mon système, car j'ai l'esprit essentiellement logique ! »

« Ce rivage, ces ombres diaphanes qui descendent des nuages, ou qui montent de la mer, ces parfums d'algues et d'eaux, cette solitude calme et profonde, vous font tristement soupirer ; et Amélie, malgré sa phraséologie sentimentale, serait déplacée sur ce rivage, elle, à qui il faut les lumières d'un théâtre, les bougies d'un salon et les coussins d'un sopha. A chacun sa place ici-bas ! Que de divagations ! Je veux, pourtant, passer une partie de la nuit, ici, c'est une dernière nuit poétique. Demain, je deviens tout-à-fait un homme positif, un Vernet au petit-pied ; demain j'envoie au diable les flots, les nuages, les brises marines, les rochers auxquels la vague suspend une frange, le doux sable du rivage ! Cela aurait été si beau avec Marie, avant le serpent et la pomme ! Mon Dieu ! je suis fou ; il faut que l'âme de quelque allemand soit venue se loger dans mon corps ! Amélie est vraiment belle, elle a des yeux magnifiques, une attitude sculpturale, des traits irréprochables, Amélie m'adore, eh bien si Amélie venait à moi, ici, sur cette hauteur d'où j'entends gronder la mer, en face du ciel étoilé, je lui dirais de fuir, de me laisser seul, seul, parce qu'ici j'ai l'infini sur ma tête et devant mes yeux, parce qu'ici je ne puis qu'aimer! O Marie, Marie! »

Charles alla s'asseoir sur les bords de ce précipice, que la vigilance municipale devrait border d'un parapet, tout près de la porte du Lazareth. *

XIV

— Eh bien, ma chère enfant, dit Amélie, qui, après avoir eu avec Charles la conversation que nous avons rapportée, vint trouver Marie dans la chambre, eh bien, ma chère enfant, te voilà devenue plus calme. Va, nous avons eu un grand effroi! M. Devilly ne s'attendait pas à te voir ici. Ta présence et celle de Vernet l'ont bien contrarié! Mais à propos, où est Vernet!

— Il est sorti, par là, dit la soubrette, en montrant une porte du fond.

Marie ne répondait rien à Amélie, et se tenait assise dans un fauteuil, avec une morne fixité dans les yeux!

— Mais, te voilà bien triste, reprit Amélie, qui était venue se mettre à côté de Marie! Je vois cela, ton cœur

* Depuis que ce livre a été écrit, les lieux ont changé d'aspect, à cause de la création des vastes ports auxiliaires.

souffre ! C'est un premier essai que tu fais des peines du cœur ! N'est-ce pas que M. Devilly est un petit scélérat ?

— M. Devilly est le maître de faire ce que bon lui semble, et ni vous, ni moi, surtout, répondit Marie, n'avons rien à voir dans sa conduite !

— Ceci flotte entre le dépit et la dignité, ma chère enfant ; mais je croyais que l'amitié de mon frère, que la mienne, que l'intérêt que nous portons à tes parents, me vaudraient un peu de confiance de ta part. Tu as besoin de mes conseils, je suis moins jeune que toi, et puis j'ai vécu dans une société plus dissimulée, plus, je te le dirai franchement, civilisée que celle que tu connais, et je suis parvenue à découvrir, souvent, dans un pli imperceptible du visage, dans un clignement d'œil, dans un mot dit, en apparence, sans intention, une pensée qu'on s'efforçait de cacher. As-tu cet art, ma toute belle ?

— Oh ! bien s'en faut, moi, je ne me méfiais de personne, autrefois.

— J'étais comme toi, ma chère, c'était le beau temps. Mais j'ai perdu mes parents, quand j'avais à peine douze ans ; mon frère qui m'aime tant, fesait de fréquentes absences, je restais avec une vieille tante, dévote et cloîtrée, qui ne voyait que son confesseur, et ne parlait presque qu'à son petit chien et à son perroquet. Que pouvais-je apprendre avec cette tante ? Des amies de pension venaient me voir ; j'allais avec elles et leurs mères dans le monde ; j'y vis un jeune étudiant qui avait une figure pleine de candeur, comme celle de Devilly ; sa fortune valait la mienne, son âge était à peu près le mien, j'avais seize ans et lui en avait vingt, il ne cessait de me répéter des phrases apprises par cœur dans de beaux livres ; il prétendait que la lune aimait à raconter un grand secret de mélancolie aux rivages de la mer ; et, il m'assurait, avec un grand sérieux, que lui, aussi, avait eu parfois la fantaisie, comme Réné, de suivre l'arc-en-ciel sur les collines, et de traîner mélancoliquement sous les pieds, les feuilles des bois, pendant ces grands mois de tempêtes, dans lesquels il entrait, disait-il, avec ravissement! »

« Ce langage me charmait au plus haut point. Je ne lui disais pas que je l'aimais, mais mes yeux le lui disaient assez! Il versait toutes les rimes de Richelet dans les vers qu'il m'adressait! Je m'étais persuadée à force de me l'entendre dire, que j'étais une sylphide, on appelle ainsi en poésie, une femme qui a un corps d'air et de belles ailes blanches! J'étais une enfant! Je ne rêvais plus que promenades sur les bords de la mer ou dans les forêts de pins! Pas un nuage ne passait, sans recevoir de moi, un soupir et un long et mélancolique regard. Mon étudiant et moi, nous avions une contenance singulière, dans un salon. Figure-toi que je prenais des poses inspirées. Tandis que lui grave, sérieux, les cheveux dans un désordre étudié, fesait saillir une hanche démesurée, et penchait la tête sur son épaule, moi, j'avais l'air de suivre de l'œil, à travers la vitre, un blanc rayon de lune. Je lui croyais les goûts les plus poétiques, et je n'osais pas, un jour, lui demander ce qu'il roulait dans sa bouche, d'une joue à l'autre. Pourtant un certain parfum âcre qui s'élevait de ses habits, me semblait d'une nature si peu sentimentale, que je priai sa sœur de me dire si son frère ne fumait pas ? »

— Il fait plus que ça, me répondit-elle, il chique!

« Je fus attérée! »

« Mon beau ténébreux me trompait, il n'avait jamais poursuivi le moindre arc-en-ciel, ce qui, au reste aurait été un exercice assez fatigant; il jouait tout le jour au billard, buvait de l'eau-de-vie et fesait la cour à une danseuse, qui parlait, me dit-on, un langage de corps de garde! Avec moi, il jouait le sentiment, l'inspiration poétique et se moquait ensuite de mon enthousiasme avec ses amis. Ce fut une leçon, et je me promis d'en profiter; je me suis tenu parole, mais je me suis aussi promis de mettre mon expérience au service des jeunes personnes, qui croient que les choses se passent dans le monde comme dans les romans. »

« Tu as lu peu de romans, mais tu en as lu assez, Marie, pour avoir pris une bien fausse idée de la société. Ton Némorin de Florian et ton Paul de Bernardin de Saint-Pierre, tu ne les trouveras nulle part; je t'aime trop pour te laisser de si douces illusions! N'est-ce pas que tu as rêvé un petit amour au village, sous les pins, avec les mélancoliques *angelus* du matin et du soir, les tintements de troupeaux dans les vallons, les doux parfums des collines, ou bien, dans un petit coin bien retiré, qui laisse voir un fragment de mer, à travers une ouverture de rochers! Là tu plaçais ton Charles Devilly, et tandis que tu te représentais appuyant ton bras sur le sien, pour aller voir lever le soleil ou la lune, lui, me contait fleurette, sous prétexte de venir demander à mon frère une apostille à une pétition à M. Conte, directeur des postes. S'il n'y avait pas de jeunes filles et de femmes sensibles, on n'écrirait plus de romans. C'était bon autrefois. Maintenant, un jeune homme de quatorze ans étudie les chemins de fer et le gaz au collége. Il y a une école qu'on appelle l'école Polytechnique, là, on leur fait faire des lignes sur le papier, on leur apprend à bâtir des ponts, à creuser des canaux, à gagner de l'argent; ils ont vingt ans, dans cette école, et tu veux que la jeunesse de notre pays ait le temps de songer aux douces fadaises du cœur! Charles Devilly étudie les machines des paquebots; il aime mieux une vis d'Archimède, *un tender*, comme ils disent, qu'un amour bien sentimental; oh! il irait loin, avec un amour, tandis que du train dont il y va, il aura, à trente ans une belle place et il épousera la fille d'un ingénieur enrichi par un embranchement de chemin de fer! Alors il sera électeur, éligible et deviendra peut-être député. Ma chère, il faut en prendre son parti, et t'estimer bien heureuse de connaître Vernet et moi, qui te voulons du bien, qui sommes riches et qui te mettrons à ton aise, si tu es bien sage et bien docile.

— Mademoiselle Vernet, dit Marie, oui, oui, je prendrai mon parti, je travaillerai comme j'ai toujours fait, pour soigner mes parents. Je n'ai pas cherché tout ce qui m'arrive; mais je vois que j'ai eu des torts; je vous ai bien comprise. Il s'est passé en moi, quelque chose, qui n'était pas selon la religion; j'étais non pas heureuse, mais du moins tranquille. »

« Avant que je vous eusse tous connus, j'acceptais mon sort, le bon Dieu me l'a fait ainsi, je dois m'y résigner. Moi, je ne dis pas de grands mots, je suis une fille simple et qui craint Dieu! Ce que je sais, c'est mon Catéchisme et mon livre de messe; je me tiens à ces livres qui m'ont enseigné à prier, à souffrir sans me plaindre, à avoir bien soin de mon père et de ma mère, à être une fille sage et à attendre le ciel. Il paraît que vous autres, vous ne dites pas ces choses là, je n'ai aucun reproche à vous faire, vous êtes des savants et de grandes dames! Je suis une ignorante et une pauvre fille. »

— Pourtant malgré ton Cathéchisme et ton livre de messe, tu as un peu pensé à M. Charles?

— Cela, Mademoiselle, vous arrive, quand on n'a pas assez prié le bon Dieu. Je ne vous dirai pas que je n'ai pas pensé à M. Charles, je mentirais, je vous dirai que j'ai eu ce grand malheur que je me reproche beaucoup, que j'ai beaucoup pleuré ma faute. C'était bien douloureux, allez! Il était venu à l'atelier, il avait l'air si bon et si honnête, je n'aurais pas dû le regarder, c'est bien mal à une pauvre fille comme moi de lever les yeux, de ne pas tenir la tête baissée sur son ouvrage, voilà ce qui vous arrive, quand on est pauvre. Chez mon père, cela n'aurait pas été; car il ne vient pas de jeunes gens chez mon père. Je sens que je ne suis pas faite pour vos joies! Tenez, ce dîner m'avait presque donné de mauvaises pensées, l'eau et le pain bis valent mieux que vos vins et vos mets; ils ne troublent pas la tête. Je vous remercie de toutes vos bontés, mais permettez-moi de ne plus quitter mes parents et mon travail; je vous jure que je ne penserai plus ni à Némorin ni à Paul, vous avez vu ces livres dans ma chambre, je vais les brûler, ils m'on fait du mal, mais vous qui êtes si savante, vous l'avez compris. »

« Chacun doit rester dans son état, vous dans votre fortune, moi dans ma pauvreté ; nous ne pouvons avoir les mêmes idées, les mêmes sentiments; vous, vous pouvez rester dans le monde, sans pécher, moi si je m'y laissais mener par votre frère et par vous, je sens que ce serait déplaire à Dieu! Ainsi je vais vous quitter, votre Bonne voudra bien, n'est-ce pas, me ramener chez mon père, il est déjà bien tard?

Et Marie se leva pour prendre congé de l'actrice, celle-ci lui prenant la main, lui dit :

— Comment te laisser partir ainsi, après ce qui s'est passé, mais tu es trop faible pour rentrer à pied, chez toi! Je vais t'accompagner, il est à peine neuf heures et demie et nous avons dit à ton père que nous te ramènerions à onze heures; j'ai envoyé chercher une voiture. Tu prendras un peu l'air par la portière, sans te fatiguer, et tu dormiras mieux cette nuit. Sais-tu que tout ce que tu viens de me dire m'a bien plu, mais tu es une petite ingrate, nous qui t'aimons tant! Où prends-tu toutes tes idées! On peut faire son salut partout; est-ce que tu nous crois des impies?

— Mademoiselle, à diner et tantôt vous m'avez dit des choses qui m'ont fait de la peine, mais je vous demande pardon si je vous ai mal comprise, c'était la première fois que j'entendais tant de belles phrases, et vous conviendrez que je pouvais ou me tromper ou ne pas deviner. Eh! puis ne m'avez-vous pas dit que vous aimiez M. Charles?

— Allons, je vois que cela te tient au cœur!

— Non, dit Marie, d'un ton qui surprit l'actrice, cela

ne me tient plus au cœur, parce que vous m'avez dit que M. Charles me trompait! Ce qui m'a surprise, c'est de vous avoir entendu dire que vous épouseriez un monsieur qui est en Afrique, et que vous signifieriez à ce Monsieur que vous voulez continuer à aimer M. Charles Devilly.

— Mais répondit l'actrice, est-ce ma faute, si M. Charles m'aime, m'en voudrais-tu pour cela?

— M. Charles peut aimer qui bon lui semble; je vous l'ai déjà dit, je vous remercie du fond du cœur, devant Dieu qui m'entend, d'avoir été franche avec moi. Si je souffre, oh! oui, si je souffre, je ne puis pas vous en vouloir! Entre vous et moi, il n'y avait pas à hésiter; d'ailleurs, est-ce que je pouvais convenir à M. Charles? Allez, je me le suis dit bien souvent! Aussi, j'étais bien décidée à lui dire qu'une pauvre ouvrière ne devait pas aimer un jeune Monsieur; s'il avait été honnête, il se serait retiré, sinon, il aurait bientôt vu qui j'étais, une fille sage, bien résolue à ne pas offenser le bon Dieu, à ne pas faire rougir son père et sa mère, et il se serait aussi retiré; vous voyez bien que je ne puis pas vous en vouloir d'aimer M. Charles, parce que je ne dois pas l'aimer, moi.

— Tu ne le dois pas, mais peux-tu ne pas l'aimer?

— Maintenant que je vois qu'il ne m'aime pas, je vous dirai... Mais à quoi bon! Je sais que je dois être malheureuse sur la terre, je ne l'ai jamais mieux su que maintenant! Vous voyez donc que je dois rester seule; car il n'est pas permis de pleurer devant vous autres!

Amélie se dit que Vernet n'avait pas prévu l'obstacle du Catéchisme et du livre de messe.

— Tout ceci pourrait bien, ajouta-t-elle intérieurement, tourner autrement qu'il ne le croit; cette petite a du caractère, de la piété et de la résolution. Pourtant, allons jusqu'au bout, ce sera au moins curieux!

On vint avertir que la voiture attendait; Amélie et Marie allèrent s'y placer. La voiture se dirigea vers le *Boulevard des Dames.* * Marie insista quelque temps pour rentrer chez elle; mais l'actrice lui répondit que son père ne l'attendait pas encore, que l'air lui ferait du bien, et que la soirée était si belle, qu'il serait vraiment dommage de ne pas en profiter.

La voiture allait lentement.

Marie placée dans un coin, tomba dans une rêverie que sa compagne mit à profit, pour songer d'avance aux événements de la nuit. Bien avant dans le vice, d'une perversité qui n'excluait pas cependant une certaine légèreté de pensée, Amélie ne répugnait pas au rôle infâme que Vernet lui fesait jouer. Sa curiosité et ses penchants dissolus en étaient vivement excités. Elle voyait bien que la résistance serait plus héroïque que ne le croyait Vernet, qu'elle pouvait même prendre une tournure tragique, elle se dit même que Marie était bien à plaindre. Des mouvemens passagers, il est vrai, de sensibilité, s'élevaient dans le cœur d'Amélie, à la vue de cette pauvre fille, qu'elle conduisait à la honte! Tout ce que Marie lui avait dit, lui revenait à l'esprit. Avait-elle, cette pauvre fille, cherché son déshonneur? Etait-elle

* Ce Boulevard est ainsi appelé en souvenir de la part glorieuse que les dames de Marseille prirent, en 1525, à la défense de leur ville assiégée par le connetable de Bourbon

venue tourner autour du piège, comme l'oiseau imprudent qu'attire l'appât du chasseur? Non, elle se résignait pieusement à sa dure destinée, et satisfaite de pouvoir nourrir ses vieux parents, elle ne demandait que du travail et du pain! Aucune pensée coupable ne troublait l'angélique sérénité de sa vie. De quel droit cet homme s'était-il dit: Cette fille je la déshonorerai, je lui ferai payer par sa honte, la nourriture, les vêtemens que je lui donnerai. N'est-ce pas là un marché plus honteux que le trafic de l'esclave? Vernet n'était-il pas un miserable de chercher à souiller l'âme, le corps de Marie, et celle-ci ne pouvait-elle pas être belle impunément! Sur cette vertu si pure, sur cette beauté charmante, l'œil d'un satyre, l'haleine d'un satyre, s'étaient donc irrévocablement fixés! Depuis quelque temps, on enlaçait Marie, on essayait d'éblanler sa raison, de lui arracher toutes ses saintes croyances, de la flétrir moralement. L'aumône, la charité, la bienfaisance, ces auxiliaires de Dieu, servaient aux plus coupables fins! On calculait à côté d'un père et d'une mère que l'on soulageait, le temps qu'il fallait encore pour achever la perte de leur enfant! Rien n'était sacré pour cette infâme débauche!

Ces pensées pénétraient dans l'esprit d'Amélie et y causaient quelque trouble, mais après s'y être arrêtée un instant, elle reprenait, en regardant Marie, cette haine que lui inspirait une fille dont deux hommes avaient exalté la merveilleuse beauté, l'un avec le langage de la passion brutale, l'autre avec un enthousiasme chaste et pur. Bien que Vernet lui fût à peu près odieux, elle ne consentait pas à abdiquer son empire sur un amant aussi magnifique que l'était l'ex-négociant : elle savait bien que celui-ci ne la remplacerait pas par Marie, mais elle savait aussi que le caprice de Vernet était arrivé à un tel degré d'intensité, que si elle n'eût pas consenti à se prêter à tout ce qui était exigé d'elle, pour assurer le succès d'une abominable manœuvre, elle aurait bien pu se voir signifier un congé définitif !

Mais le plus grand crime de Marie consistait dans l'amour que Charles lui avait voué ; c'était ce qui justifiait Amélie à ses propres yeux, ce qui calmait ses remords et dissipait un faible reste de scrupule.

Femme éminemment spirituelle, elle avait pris en un violent dégoût la conversation lourde, empesée, monotone, la gaîté triviale, les calembourgs avortés, les plaisanteries grossières de Vernet et de ses amis : aussi jugeant Marseille par un échantillon pareil, elle regardait cette ville comme la Béotie de la France. Que l'on juge du plaisir que lui causèrent le langage épuré, les connaissances variées, les manières aisées et dignes de Charles Devilly, qui, de plus, était un fort joli garçon ! Ovide visité par un bel esprit de la cour d'Auguste, dans son exil de la mer Noire, sur les bords de laquelle il allait répétant :

« Barbarus hic ego sum, quia non intelligor illis, »

aurait éprouvé une joie égale à celle qu'Amélie ressentit en entendant causer Charles, le jeune et élégant Parisien !

Dès ce moment, les longues distractions gastronomiques perdirent de leur prix aux yeux de la sensuelle actrice; elle oublia souvent de donner des ordres à sa cuisinière, pour penser à Charles, qu'elle finit par aimer passionnément.

Son amour s'irrita de la froideur polie du jeune Devilly; et lorsqu'elle sût qu'une petite grisette, une ouvrière, était sa rivale, elle se trouva toute prête à seconder les ténébreux desseins de Vernet.

Les mauvais instincts avaient prévalu chez elle! La voiture s'arrêta à peu de distance de la maison que nous avons décrite, dans un chapitre précédent. Amélie dit à Marie:

— Ma petite dévote, je ne sais pas quel empire vous prenez sur moi; tantôt, quand je vous laissais rêver à votre aise, je repassais vos paroles dans ma tête, et vous m'avez suggéré, sans y penser, une bonne action. Nous terminerons notre journée par une visite à une pauvre famille de pêcheurs, que Vernet soulage de temps en temps. Vous verrez ces bonnes gens, un vieillard de près de cent ans, et un jeune ménage bien intéressant. La pêche ne va pas, aussi souffrent-ils beaucoup; je viderai ma bourse, et nous nous sauverons pour ne pas nous faire trop longtemps remercier; puis, nous irons droit chez vous, et nous dormirons mieux l'une et l'autre.

Marie et Amélie laissèrent la voiture au commencement de la courte et étroite rue, et s'acheminèrent vers la maison où Vernet les attendait.

XV

La nuit était lumineuse et sereine.

Charles toujours assis à cette place qui lui permettait de contempler le ciel étoilé sur sa tête et la mer à ses pieds, éprouvait une sorte d'extase poétique. La nature méridionale répondait, à souhait, aux exigences de sa jeune et fraîche imagination. Là bas, il entendait le remou de la vague, s'alongeant avec un léger bruit, sur le sable. De ce point où l'eau n'élevait qu'un faible murmure, son œil glissant sur la mer, saisissait les lueurs que les constellations allumaient de distance en distance, à la pointe des ondes effleurées par les feux du ciel. Dans cette profondeur immense et sombre qui s'étendait devant lui, son regard s'attachait à des clartés épanouies, son oreille recueillait des soupirs de brise, des clapotements d'eau, et l'algue lui envoyait ses parfums rafraichissants. Ni l'air, ni l'eau, ni la terre n'étaient agités : l'air que l'haleine de la nuit traversait, l'eau qùi se taisait, la terre endormie exhalaient un calme ineffable. Charles croyait entrer dans le domaine des rêves paisibles, et son imagination reprenait son long pélérinage à travers les hôtelleries du ciel, dans ces palais diaphanes qui ouvrent leurs lumineuses perspectives sur nos têtes, quand la nuit a essuyé de sa lèvre humide le dernier rayon du soleil.

Ses sens étaient pénétrés par cette double fraîcheur de

l'air et des ondes, et son amour, pour Marie, qui jusqu'alors avait brûlé son sang, se ressentait du calme qui l'entourait. Un instant avant, il avait essayé d'étourdir sa douleur, de se persuader qu'il avait niaisement donné le nom d'une affection profonde, à un passager caprice, à une distraction de tête, à un éveil de sensibilité; maintenant, il s'avouait qu'il aimait Marie, qu'il l'avait, du moins, beaucoup aimée et il se plaisait à faire à une passion qu'il croyait méconnue, trahie, bassement trompée, les honneurs rétrospectifs d'une poétique nuit. Oubliant les torts de Marie, écartant de sa pensée Vernet et son impudique compagne, il se représentait la jeune fille, telle qu'il se la figurait, quand il la vit dans la première semaine de ses amours. Cette gracieuse évocation d'une enfant adorée, il la fit, au milieu des enchantements de cette belle nuit; il lui était si aisé, dans ces ombres sereines qui passaient devant ses yeux, dans ces traînées de lumière qui descendaient du ciel et scintillaient sur la mer, de sculpter la flottante image de Marie, de donner à cette amoureuse création de son âme, la forme d'une habitante du ciel!

Dès que le fantôme aimé se fut dégagé des limbes nocturnes, Charles éprouva un inexprimable ravissement; toutes les joies que notre cœur peut goûter ici-bas, entrèrent en foule dans le sien, il eut un avant goût du bonheur céleste! Marie était devant ses yeux, Marie immaculée, souriante et heureuse! Ses beaux yeux brillaient dans l'ombre comme deux étoiles, ses traits si purs se détachaient sur le fond ténébreux de la mer; sous ses pieds s'arrondissait un nuage doré, et l'auréole sainte couronnait sa tête. Les mains tendues vers l'apparition, Charles n'eût pas mieux demandé que de prendre place sur le nuage qui lui avait apporté l'image adorée, afin de pouvoir enlacés, l'un avec l'autre, s'élever vers les régions inaccessibles aux méchants et aux séducteurs!

Tandis que le délire de l'amour l'exaltait à ce point, un bruit se fait entendre à quelques pas. Charles se lève et marche vers le bord du précipice. Des paroles sans suite, des appels à Dieu arrivent à son oreille; il regarde et croit distinguer une jeune fille, dont le pied interrogeait déjà l'abîme! La jeune fille s'agenouille, lève les yeux vers le ciel, murmure une prière, avance les mains et sans le sauveur inattendu, providentiel qui, hors de lui, avait arrêté d'un bras rapide son élan, le suicide aurait été consommé!

Alors les yeux se rencontrèrent, un double cri d'incroyable surprise sortit de leurs poitrines! Marie et Charles s'étaient reconnus!

— Vous ici Marie!

Mais la jeune fille au comble de l'égarement, avait des gestes saccadés et des regards de folle; elle repoussait et attirait Charles, et sa tête allait d'une épaule à l'autre, sans qu'une parole pût se faire un passage à travers ses lèvres convulsivement serrées! Objet de pitié et de terreur, Marie semblait évoquée par l'abîme ouvert à ses pieds! Sans l'étreinte puissante de Charles, elle aurait repris son vol vers la mort. Son doigt s'alongeait obstinément du côté de la mer, son œil ne se détachait pas d'une étoile, et son doigt gardait toujours la fatale direction ; il y avait donc là-bas, au fond de ce précipice, entre ces rochers à pointes aigües, un appel inexorable !

La résolution était si bien prise, l'arrêt si fatal, qu'une lutte eût lieu ! Lutte épouvantable, où Charles, l'écume sur les lèvres, les muscles tendus, épuisait son énergie de jeune homme. Toutes ses paroles si caressantes, ses invocations à Dieu, à la Sainte Vierge, n'étaient pas même entendues ; l'idée de la malheureuse enfant, était figée dans une sinistre fixité. De la maison fatale où le drame avait été si affreux, à ce précipice béant, une pensée, une seule pensée, aigüe et tenace comme la lame d'un poignard profondément entré dans la plaie, l'avait suivie ! Je mourrai là-bas, s'était-elle dit ! — et l'on ne voulait pas la laisser faire. A quoi bon ? A quoi bon ? N'était-elle pas perdue pour son père, pour sa mère et pour Charles ; l'empreinte brûlante du déshonneur n'était-elle pas, à jamais, entrée dans la chair de son front ? Vivre, vivre maintenant, qu'à chaque pas qu'elle ferait dans la ville, elle se heurterait contre l'appel d'une débauche fétide, vivre maintenant que son nom devait figurer sur une liste nauséabonde, dans les colonnes d'un registre, avec l'ineffaçable flétrissure d'un numéro ! Oh ! c'était impossible ! Il fallait échapper à tant de honte et pourtant ce jeune homme la retenait et voulait l'écarter de l'abîme secourable ! Par pitié, laissez-la mourir !

Et la lutte reprenait avec des forces égales ! Car dans son paroxisme nerveux, Marie puisait une résistance qui étonnait Charles ! Le désespoir accroissait l'indomptable énergie de la jeune fille. Charles avait passé son bras autour de Marie, et il s'efforçait de la soulever pour la transporter loin de ce lieu sinistre! Les deux enfants gardaient un silence profond. Celui qui les eût surpris dans ce duel effrayant, aurait cru assister à une scène de rapt. Charles perdait le terrain qu'il était parvenu à gagner, à force d'énergie musculaire; son pied qui s'était un instant écarté du bord du précipice, s'y trouva ramené par une secousse violente, il crut, un instant qu'il ne lui resterait plus qu'à partager le sort de Marie et qu'à la suivre dans sa chute. Marie, la tête renversée sur l'épaule, les cheveux épars, était si profondément désespérée, qu'elle n'éprouvait plus l'étonnement où l'avait jetée la figure de Charles, se dévoilant à elle, au moment qu'elle allait se précipiter dans la mer; Charles n'était plus pour elle qu'un obstacle imprévu qu'il fallait absolument briser! Savait-elle même, si c'était là Charles? Et la lutte ne cessait pas.

Par un dernier effort, par un effort désespéré, le pied arrêté par la saillie d'un rocher, les bras serrés autour de Marie, Charles parvient à tenir un instant la jeune fille immobile, et à la vue de cette figure agonisante sur laquelle se penchait la sienne, il éprouve une douleur telle, que d'abondantes larmes tombent de ses yeux et coulent sur le front de la pauvre enfant! Ces larmes firent tressaillir Marie; elle arrête les yeux sur Charles et sa main touche le visage du jeune homme. Un saisissement de surprise agite l'infortunée; elle se presse le front de ses doigts, baisse la tête, la relève, l'écarte et pousse un second cri; son intelligence se dégageait des ombres funèbres où Vernet, l'infâme Vernet, l'avait plongée; elle reconnaissait enfin, Charles; elle ne savait encore qu'une chose, c'est qu'elle était venue là, pour se tuer, elle comprenait, enfin, qu'elle s'était débattue contre une résistance, qui lui avait vaguement paru l'effet d'un obstacle sans nom, mais maintenant, cet obstacle était bien Charles, Charles qu'elle aimait tant!

Peu à peu ses idées reprenaient un cours naturel; elle voyait la nuit autour d'elle, le ciel sur sa tête, un grand et long mur, à quelque distance, des rochers au bord d'un précipice; mais ce qu'elle sentait avec un attendrissement, qui du cœur de Charles passait dans le sien, c'est que ses mains étaient dans celles d'un ami, c'est que cet ami s'était levé à côté d'elle, quand son corps penchait déjà sur l'abîme! Tant d'émotions l'avaient assaillie, qu'elle ne pouvait pas rapidement retourner de ces idées de mort, de salut, de rencontre inespérée, aux scènes de la maison de la Vieille. Pour le moment, Charles, ses larmes, ses étreintes caressantes, ses regards si longs et si doux, c'était bien assez pour sa raison affaiblie! La pensée du suicide cédait à une pensée d'amour! Son exaltation était si grande qu'elle lui fesait presque oublier sa chaste retenue de jeune fille; violemment rejetée par tant de secousses hors du monde réel, elle ne pouvait suivre que les mouvements de son cœur, tels qu'une situation étrange les fesait naître. Au sortir du naufrage, dont une main amie a sauvé le noyé, celui-ci se précipite sur cette main pour l'arroser de ses larmes et la presser contre sa bouche. Marie, tranquillisée, prit les mains de Charles et les porta à ses lèvres; à ce contact électrique, Charles crût Marie sauvée, son rêve s'était réalisé. Il tient Marie contre son cœur et lève vers le ciel un œil de reconnaissance! Ce fut un moment d'ivresse!

Ils s'asseoient à côté l'un de l'autre, les mains dans les mains, les yeux sur les yeux; ils gardent le silence pour pleurer ensemble! Leur sensibilité si fortement excitée, leur ôtait l'usage de la parole et se soulageait par des larmes! Pour l'instant, qu'avaient-ils à se dire? Ils s'aimaient tant, que le bonheur de se sentir l'un près de l'autre, d'entendre, Charles, le souffle de Marie, Marie, le souffle de Charles, dans une solitude profonde, loin de tout regard, sous l'œil de Dieu, les plongeait dans la longue et muette extase de l'amour! Peut-être, tout ce qui leur arrivait dans ce moment suprême, n'était qu'un rêve, il fallait donc le prolonger, de peur qu'une parole rencontrant un écho terrestre, ne les ramenât aux souffrances et aux déceptions de la vie! Et leur ivresse durait délicieusement! Baignés par la tiède haleine d'une nuit d'été, ils savouraient une félicité à rendre les anges jaloux. Comme ces beaux amants de Dante, Charles avait la main sur l'épaule de Marie, et Marie la sienne sur l'épaule de Charles, et leurs visages tournés l'un vers l'autre s'étaient tellement rapprochés, que le jeune homme rencontra les lèvres de la jeune fille, et qu'un chaste et long baiser allait sceller leur amour, quand Marie rejetant la tête en arrière et revenant à elle, s'écria:

— Ah Monsieur, je suis perdue, vous saurez tout, et je mourrai après !

XVI

Voici le douloureux récit qui fut fait à Charles :

— « Vous le savez, Monsieur, je suis une fille pauvre ; mon père et ma mère âgés et infirmes, n'ont que moi au monde. Ils mourront le jour où je ne pourrai plus les soutenir par mon travail. Dès que j'ai pu gagner quelque argent, j'ai remercié Dieu du fond du cœur ; car c'est lui qui fait les riches et les pauvres ; on ne doit jamais se plaindre de Dieu, c'est un grand péché ! Aussi, mon père vous le dira, malgré toutes nos peines, bien que le travail manquât quelquefois, je ne disais jamais rien qui pût donner du chagrin à mes parents et offenser Dieu. Jamais non plus, il ne m'est arrivé de penser à un sort meilleur ; je ne portais pas envie aux jeunes personnes mieux habillées que moi, dont les pères gagnaient de l'argent, qui le dimanche, quand moi, je restais dans notre petite chambre, auprès de mes parents, allaient rire, danser, chanter, se récréer à la campagne ou sur les bords de la mer, avec leurs amies. Elles me racontaient tous leurs plaisirs, les repas qu'elles fesaient sous les treilles des bastides, les beaux *trins* (romérages) de St-Just, de St-Loup, * leurs grandes gaîtés des di

* Hameaux voisins de Marseille.

manches, je les écoutais sans me plaindre à Dieu, dans mon cœur. Cependant, je n'avais jamais eu aucune de ces joies; les villages où elles allaient danser, je ne les connais pas même; j'ai toujours vécu dans la chambre de mon père et, le dimanche, après les offices de l'église, je prenais un peu d'air à la fenêtre, ou je lisais mon livre de prières, ou bien Paul et Virginie et Estelle, vous savez, ces deux livres qui vous font aimer la campagne, les ruiseaux et les arbres! Oh! sans doute je me serais trouvée bien heureuse, si mon père avait pu me mener quelquefois à la campagne, mais une jeune fille sage et pauvre ne va qu'à son atelier de travail, n'est-ce pas? »

« Maintenant, je ne sais pas comment il est arrivé qu'un riche, un monstre sorti de l'enfer, s'est occupé de moi; vous voyez que je veux parler de M. Vernet; je tremblais sans savoir pourquoi, quand je le voyais; pourtant, il me parlait de sa voix la plus douce, et montrait beaucoup d'amitié à mon père. Mon pauvre père, comme il va pleurer et gémir, quand il saura tout, lui qui était fier de son enfant! Mon pauvre père était bien content toutes les fois que M. Vernet venait le voir; à la vérité celui-ci lui fesait raconter ses campagnes, et s'indignait contre l'Empereur, qui avait oublié son vieux soldat. Que voulez-vous, nous avons cru à toutes ces belles paroles! Les malheureux ne sont pas prudents; et puis, il soulageait mon père et ma mère, il avait l'air de faire travailler mes parents, pour ne pas les humilier, par son argent; j'avais fini par être touchée de cette manière délicate de venir à notre secours. Il mena à la maison une dame que vous connaissez bien, et il appelait cette dame sa sœur. »

« Tenez, je suis calme à mesure que je vous parle; je sens que je suis la fille d'un vieux soldat, je sens que j'irai jusqu'au bout, c'est une fille qui va mourir qui vous parle. Vous, vous ne m'avez jamais fait du mal, au contraire; je vois bien que si je vous avais plus tôt ouvert mon cœur, je n'aurais pas été si malheureuse! Vous n'êtes pas un misérable comme ce Vernet de l'enfer, sa sœur m'a dit, et j'avais cru sa dangereuse parole, que vous l'aimiez, ce n'est pas vrai, vous ne l'aimez pas! »

— Moi aimer cette femme, je vous jure sur la tête de mon père, que je l'abhorre, s'écria Charles!

Marie reprenant :

— « Alors, je vous dirai tout, car j'ai bien souffert de ce mensonge, j'en ai bien pleuré : il y a deux heures que pour rien au monde, je ne vous aurais parlé ainsi; maintenant ce n'est plus comme ça; il semble que j'ai un ange du ciel à côté du moi, vous savez, l'ange qui vient se mettre à côté du lit des personnes qui vont mourir. A cet ange, on dit tout; aussi, écoutez-moi jusqu'au bout. »

« Je craignais en montrant que leurs amitiés me fatiguaient, de les refroidir pour mon père; car enfin, moi, je ne l'aimais pas, ce Vernet, il y avait bien dans ses yeux quelque chose qui me donnait à penser; mais je finissais par le trouver bien ridicule; lui vieux et laid, qui se montrait empressé envers les jeunes filles! C'était comme qui dirait une chose qu'il avait irrévocablement décidée! Il est si riche, alors tout n'est-il pas permis? Perdre une pauvre fille, c'est un jeu, un passe-temps. Il vint me chercher, le soir; sa sœur voulait me faire dîner avec elle ; mon père le remercia beaucoup , il était si heureux de voir sa fille avec des gens riches ! Nous sommes ainsi , nous pauvres ! Quand je voulus retourner à la maison , sa prétendue sœur me dit que j'étais bien fatiguée, et qu'elle voulait me ramener en voiture ; je n'avais plus de force dans l'âme, ce dîner avait été si triste ! Vous étiez venu, à votre vue mon sang tourna , car enfin vous ne pouviez pas voir dans mon âme , et je comprenais bien que vous deviez avoir de mauvaises idées. Vous savez ce qui s'est passé. »

« Elle me mit , donc , dans une voiture ; je l'avais , sa sœur , à mon côté ; nous ne parlions pas ; la voiture allait lentement ; elle trouvait des raisons pour me dire que nous arriverions à temps , que la soirée était belle, que j'avais besoin de respirer l'air , que ça me fesait du bien. »

« Nous arrivâmes sur un boulevard , d'où la lune , qui avait paru un instant , me fit voir la mer ; j'eus la mer dans les yeux et dans la tête , cette pensée ne me quitta plus. Je ne parlais pas , elle en faisait autant , je croyais rêver et je me trouvais bien malheureuse , elle m'avait dit que vous l'aimiez. Jamais je n'avais éprouvé ce que je ressentais dans ce moment ; mais aussi je me disais que j'étais coupable , que ce bonheur si grand n'était pas fait pour moi , et quand je me disais cela , mon cœur se fendait , mes yeux se remplissaient de larmes. La vie devait toujours être pour moi une chose triste ! »

« Elle prétexta une bonne œuvre, pour me faire entrer dans une maison. — C'était , me dit-elle , une famille de pauvres pêcheurs que M. Vernet et elle assistaient. Je la suivis. La maison était silencieuse, il n'y avait pas de lumière dans l'escalier, c'était froid et humide! Je saisis la mantille de cette femme et je montai derrière elle, entre des murs, qui m'empêchaient de respirer. Nous entrâmes dans une chambre nue et glacée, où une vieille femme qui avait les joues rouges, nous reçut, une lampe à la main. La sœur de Vernet me dit : je suis à vous, peut-être souffriraient-ils de vous voir, je monte au second étage et je descends. La vieille me dit de m'asseoir. Elle ne ressemblait pas à une femme de pêcheur, il y avait quelque chose de méchant dans ses yeux, et puis c'était une robe toute flétrie, qui avait du être portée autrefois, par une dame riche; cette robe me choquait beaucoup.

« La porte s'ouvrit et je vis entrer Vernet. »

— Vous ici, Monsieur, lui dis-je, en marchant vers la porte!

«Mais lui, me retenant par le bras, me ramena au milieu de la chambre et me dit :

— Vous voulez sitôt me quitter, attendez ma sœur qui fait ses aumônes là-haut.

« Je ne savais trop que penser, et je m'assis sur une chaise près d'une table, en regardant dans tous les coins de la chambre. Vernet vint se placer à côté de moi, et commença à me tenir des discours qui portèrent dans mon esprit une affreuse lumière! Il me disait que j'étais jolie, que j'étais pauvre, qu'il m'aimait, qu'il était riche, que je serais toujours bien habillée, que je serais heureuse, que mon père et ma mère ne souffriraient plus, mais qu'il fallait l'aimer. Je ne répondis rien; mes yeux lui exprimèrent le dégoût que ses paroles me donnaient ; pourtant les siens me fesaient peur ; il y avait dans son regard une expression funeste ; si j'avais eu une arme, je m'en serais servie : je me levai encore et m'élançai vers la porte, il fut plus prompt que moi et poussa un verrou. »

— Mais, enfin, Monsieur, qu'est-ce tout ceci, lui dis-je, en croisant les bras?

— Oh! Mademoiselle, répondit le monstre, vous avez une mauvaise tête, à ce qui paraît, mais vous ne savez pas à qui vous avez à faire.

— Je le vois bien, lui dis-je, il n'y a pas de famille de pêcheurs ici!

— Il y a un homme qui vous adore, ma belle, et qui est maître de vous.

— Maître de moi, tuez-moi, Monsieur, tuez-moi, mais c'est infâme, m'écriai-je!

« Je pensais à Dieu, à mon père, à ma mère, je ne comprenais pas pourquoi tout ceci m'arrivait. Vernet passait de la colère à la prière, il me disait des injures et me demandait pardon. Le misérable me fesait peur et me soulevait le cœur ; il me prenait les mains, et éclatait en un rire sauvage et fou! Cette résistance lui semblait une chose aussi étrange qu'inattendue. »

— Mais personne ne viendra à ton secours, me disait-il, à quoi bon, d'ailleurs, un esclandre? Si tu savais où tu es, tu verrais bien qu'on se moquerait de toi! Être venue ici, dans cette maison, c'est être déjà perdue. La vieille que tu as vue, n'est pas en odeur de sainteté, bien s'en faut. J'ai bien pris mes mesures. Le bruit que tu feras, ne sera pas entendu, ou du moins, il ne surprendra pas les rares voisins. Ainsi sois bonne fille.

« Tout ceci devenait épouvantable. Je gardais un morne silence et je levais les yeux vers Dieu qui, seul, pouvait me sauver. Vernet crut que je prenais mon parti, que je me rendais à ses raisons. »

— Allons, je vois, me dit-il, que tu deviens sage! On crie, on pleure, puis l'on réfléchit et tout s'arrange. Je te parais bien coupable, je te fais, ou du moins tantôt, je te fesais horreur. Pourtant, rien de plus naturel. On n'est pas jolie comme tu l'es, impunément. C'est que je t'aime, moi, je veux être ton ami, ton bienfaiteur; jamais, je ne me suis plus réjoui d'être riche, que depuis que je t'ai connue; c'est parce que je puis te faire du bien. Je veux partager ma fortune avec toi! Mais a-t-on jamais vu de plus beaux yeux que les tiens, une plus jolie taille, une figure plus belle! Tu es un ange! Et dire que tant de beauté était, sans moi, destinée à un travail sans fin, que ces doigts si mignons devaient toujours tenir l'aiguille, que ces yeux magnifiques auraient fini par se ternir, à la lampe des veillées de l'atelier! C'était un crime, n'est-ce pas, Marie? Et puis, tu as craint, peut-être, qu'on ne jasât sur ton compte, mais je ne suis pas un étourdi, une tête éventée, j'ai de l'expérience, j'en ai beaucoup. Ne crois pas que je veuille afficher mon bonheur; ta réputation m'est aussi chère que la mienne, j'aime le mystère dans l'amour, le mystère qui en double le prix. Voilà pourquoi je vaux mieux qu'un jeune homme! Un jeune homme est plus vaniteux qu'amoureux; il ne se croit heureux, que le jour où par ses indiscrètes révélations, il a mis tout le monde dans la confidence de son bonheur ; tu n'as pas à craindre cela avec moi. Tu passeras pour l'amie de ma sœur, nous vivrons à l'abri du scandale, la langue des méchants ne pourra nous atteindre ; vois quel avenir charmant pour toi et pour moi qui t'adore !

« Après cette longue tirade, Vernet se met à genoux devant moi ; je me lève et lui dis :

— Monsieur, vous êtes un monstre, je vous ai laissé parler, pour bien voir l'étendue de mon malheur et toute votre scélératesse. Vous m'avez crue une fille faible, dont il aurait été facile d'exciter la vanité ! Monsieur, je tiens de mon père l'honneur et les sentiments que vous êtes surpris de trouver en moi, n'est-ce pas? Parce que je n'ai pas été élevée dans une pension, que vous m'avez vue condamnée à un travail journalier, que la misère de mes parents vous a été dévoilée, vous avez pensé que je me laisserais aisément tromper ! Sachez que bien des idées que vous n'avez que parce que vous êtes riches, vous autres, me sont venues à moi, du ciel ; le peu de livres que j'ai lus m'y ont aidé. Je ne joue pas comme vous autres, avec le paradis et l'enfer, et je ne veux pas offenser Dieu. Ainsi, laissez-moi sortir.

— Peste, mon enfant, comme vous babillez, me dit, alors, Vernet qui se leva et se tint debout devant moi ! Allez, je vois que vous êtes une petite romanesque, ma sœur me l'a dit ; eh ! bien, nous ferons quelque chose de toi ; mais pour le moment, sois raisonnable, et.....

— Monsieur, retirez-vous, m'écriai-je, en dégageant de ses mains, les miennes qu'il avait prises.

« J'avais ouvert une fenêtre qui regardait la mer ; c'était une voie de salut. »

— Qu'allez-vous faire, me dit Vernet?

— Me précipiter par là, lui répondis-je, si vous ne me laissez pas sortir par la porte.

— Ni par la porte, ni par la fenêtre, mon enfant, s'écria le misérable!

« Et les yeux enflammés, les traits enlaidis par la colère, Vernet écumait de rage ; son bras me repoussa violemment au milieu de la chambre. Ah! Monsieur, j'invoquais la mort ; je voulais briser ma tête aux murs ; mon désespoir intimida apparemment cet homme, qui me contenant d'une main, ouvrit de l'autre la porte et appela quelqu'un. Je vis arriver une autre personne, vêtue d'une longue redingotte. Mon Dieu! Que tout ceci est horrible! »

— Petite sotte, disait Vernet, je te perds, je te voue à l'infâmie, si tu fais la folle! Vois-tu, ce Monsieur va prendre ton nom, il t'a surprise dans cette maison, on le croira, me comprends-tu? « Et le misérable m'expliqua tout. »

— Qu'il écrive ce qu'il voudra, lui dis-je, avec indignation! Dieu me voit et me connaît.

— Faites votre devoir, dit Vernet, en se tournant vers le personnage silencieux qui souriait bêtement.

« Vous dire ce qui s'est alors passé dans ma tête, est impossible! Ma raison m'abandonnait, j'avais de grands bruits dans les oreilles, et deux visages qui riaient devant les yeux. Je sortis dans un état à faire pleurer les hommes les plus durs. Vous voyez que je ne dois plus vivre ; la mort était là ! On le croira, ce monstre, me dis-je, Vernet avec son argent, fera dire et taire ce qu'il voudra. Mais que lui ai-je fait à cet homme? Pourquoi a-t-il voulu venir à moi? Que ne me laissait-t-il auprès de mon père, de ma mère ; je ne lui demandais rien, à cet homme. Il dira qu'il m'a acheté des robes, un crochet, qu'il a donné de l'argent à mon père, que je suis une ingrate, que je suis une fille perdue! Il dira tout cela. Ces choses mauvaises remplissaient ma tête. Je sentis le grand air! Un réverbère brillait près d'une grande place, vis-à-vis la mer et j'étais seule! L'autre avait pris mon nom, et Vernet m'avait dit ce que cela signifiait! »

« Moi, la fille d'un honnête homme, d'un pauvre vieux qui a toujours eu de l'honneur! On dira de moi : — elle est allée là ! c'était atroce! Dans le clocher d'une église voisine, l'heure de minuit sonna! Sainte voix qui me fit penser à Dieu! Mais comment vivre après tant de honte! J'étais souillée par la parole de cet homme, par cette maison infâme, sur la porte de laquelle on crache le mépris! J'y étais entrée cependant, c'était un piége, je le sais; j'ai résisté, j'ai échappé à cet homme, mais le saura-t-on? Mon nom ne m'appartient plus, une main hideuse l'a pris, ce nom, l'a mis au bout d'une plume et demain l'infamie sera entière! On ne vit plus alors, on meurt. »

« Je me disais tout cela et je passais sous une vieille porte (la porte de la Joliette). Plus je pensais à mon père, à ma mère, plus je sentais qu'il me fallait mourir, car mon père ne pouvait plus me baiser au front; il verra bien que j'ai été conduite à l'abîme; mais à son âge, ses infirmités ne lui permettront plus que de pleurer! Allez, il ne portera pas longtemps le deuil de sa fille, de sa fille qu'il aimait tant ! La douleur le tuera, et s'il me maudit, le poids de cette malédiction tombera sur l'infâme qui m'a perdue ! C'était décidé, il me semblait qu'un nuage m'enlevait sur cette hauteur ; la mer m'attirait ; j'allais mourir, quand vous avez paru dans mon ombre. Vous savez tout, je n'ai pas prononcé votre nom, car votre nom ne devait pas se mêler à ce honteux récit ; je me reproche d'avoir pensé à vous, dans cette hideuse chambre, vous me le pardonnez, n'est-ce pas? »

Charles était tombé à genoux devant Marie, il levait les mains vers elle, comme s'il eût prié une sainte.

— Marie, Marie, vous êtes un ange, s'écria-t-il ! C'est Dieu qui m'a conduit ici pour vous sauver et vous rendre à vous-même. Vous, avilie, vous déshonorée, oh ! ne le croyez pas. J'enfoncerai dans la poitrine de ce misérable, la calomnie qu'il voudra jeter sur vous ! Quel mal avez-vous fait ; vous n'avez été confiante que par amour filial. Vous avez eu des pressentiments auxquels vous ne craigniez de céder, qu'à cause de la misère de vos parents ! Et puis, jeune, pure, candide comme vous l'êtes, pouviez-vous apercevoir ce piége affreux? Allez, Marie, vous n'avez rien à vous reprocher. J'ai écouté vos paroles ; le misérable avait compté sur la ruse, sur ses promesses, sur son argent, sur l'intervention d'un homme de police acheté, il avait compté sur tout, excepté sur votre vertu, sur votre pudeur, sur votre piété ! Que ne vous ont-ils pas dit ? Ils me connaissent, cet homme et cette femme, ils savent que je vaux mieux qu'eux, que j'aurais pu éclairer leurs infâmes manœuvres, et tandis qu'ils vous disaient que j'étais amoureux de cette actrice que vous aviez crue être la sœur de Vernet, à moi ils me disaient que vous aviez raillé ma muette adoration pour vous, et que Vernet vous protégeait! Ils nous trompaient tous les deux. Mais la nuit qu'il avait choisie pour son triomphe, les a tous démasqués. Et vous vouliez mourir, mourir quand un ami vient à vous, un ami qui vous regarde comme la plus pure, la plus sainte des femmes, un ami qui vous aime comme nos premiers parents s'aimèrent dans le paradis terrestre, un ami, un époux! Ne dites plus, Marie, ne dites plus que vous voulez mourir! Si vous pouviez lire dans mon cœur, si vous pouviez y voir les ineffables tendresses qui le remplissent pour vous! Vous le voyez, Dieu ne vous a pas abandonnée, car je vois bien pourquoi il m'a conduit ici, ici où avant que vous vinssiez, j'avais votre image devant les yeux! Je vous aime, Marie!

Et Charles pressant la jeune fille contre son cœur, prit Dieu à témoin de son amour et de son chaste dévouement.

— Nous ne les verrons plus, ces méchants, dit la jeune fille.

— Non, vous ne les verrez plus, vous ne parlerez plus d'eux. Je suis auprès de vous, maintenant, je vous ai sauvée, car vous ne voulez plus mourir.

Marie, suffoquée par les larmes, tomba à genoux, la main dans celle de Charles et dit :

— Mon Dieu, vous me l'avez envoyé, bénissez-nous, protégez nous et pardonnez-moi mon désespoir!

Jamais plus fervente prière ne monta vers Dieu. Qui n'aurait été ému à l'aspect de ces deux beaux enfants qui mêlaient tant de chastes pensées à l'effusion de leurs amours, et dont la voix s'élevait vers le ciel, dans le silence de la nuit!

XVII

Quand onze heures sonnèrent au clocher de l'église de Saint-Martin, les époux Saumon qui attendaient leur fille, comptèrent les coups de l'horloge et le vieux soldat dit:

— Dix heures, nous avons encore une heure à attendre!

— Que dis-tu, dix heures! J'ai bien compté onze coups!

— Comment, onze coups! Je frappais du pied à chaque coup, et je t'assure que je n'en ai compté que dix.

— Tu es sourd, mon vieux, il y en a un qui t'a échappé, et puis je sens à mes yeux qu'il est au moins onze heures, je ne puis plus tenir mes yeux ouverts.

— Eh! bien, dors, j'attendrai, moi!

— L'égoïste, tu veux savoir, avant moi, ce qui s'est passé au dîner.

— Avoue que M. Vernet et sa sœur sont de bien braves gens, et Marie qui se fait toujours prier pour aller avec eux! Elle est sauvage comme une biche, notre Marie.

— Moi, j'ai quelquefois des idées que je te dirais, si tu n'étais pas si bête!

— Merci, ma bonne Jeanne, et quelles sont ces idées?

— Eh! bien, ce M. Vernet regarde beaucoup Marie, quand il vient ici; je n'aime pas à le voir regarder Marie, comme il fait.

— Qu'y a-t-il là? C'est que toi, tu as toujours eu l'esprit tourné à la défiance.

— Moi, j'ai toujours été une femme sage!

— Voilà que tu te fâches!

— C'est que j'y vois plus loin que toi, et je te dis que M. Vernet ne vient pas ici pour tes beaux yeux, ni pour les miens.

— Oh ces femmes! M. Vernet est un digne homme qui aime les vieux soldats!

— Tu en es coiffé de ton M. Vernet, pour moi, je crains que quelque malheur n'arrive à Marie.

— Marie est une fille sage et retenue, ainsi, qu'y a-t-il à craindre?

— En attendant, il est plus de onze heures, et Marie ne revient pas!

— J'ai compté dix coups; encore une fois, il n'y a pas de quoi s'alarmer!

— Si tous les locataires n'étaient pas couchés, j'irais demander l'heure à un voisin, et tu verrais s'il n'est pas déjà plus de onze heures. Il n'y a plus de bruit dans la rue. Rentrer après onze heures, une fille surtout, c'est un peu fort!

— Mlle Vernet l'accompagnera, elle a un peu de beau temps, notre fille, lui en voudrais-tu pour cela?

— Moi, lui en vouloir, la pauvre enfant! Mais ces gens

là sont trop riches pour nous. Mlle Vernet ressemble à une déesse de la liberté, à cette danseuse qui s'appelait, je crois, Bellerose et qui s'habillait si peu, quand elle fesait la déesse, pendant les fêtes de la République.

— Ah! Je me la rappelle, Mlle Bellerose! Elle venait de Paris; c'était, je crois, la maîtresse du général Quétin, de ce farceur qui disait: Allons, saute Quétin, tu étais caporal et te voilà général!

— Elle était bien indécente, Mlle Bellerose.

— C'était le costume obligé, nous savons ça, nous; les femmes allaient comme ça, en Égypte et en Grèce. Je crois la voir encore sur son char. Tiens, c'est vrai, Mlle Vernet lui ressemble, ces ressemblances se voient quelquefois. C'était tout de même une belle femme que cette Sophie Bellerose.

— Allons, ne voilà-t-il pas qu'il s'enflamme, en pensant à une danseuse! Tu prends encore vite feu, mon vieux?

— C'est que nous en valions un autre en 1793, quand j'étais en garnison à Marseille; tu te rappelles, Jeanne, le jour, où je te vis pour la première fois, aux repas civiques?

— Oui, sur les allées où j'avais accompagné Mlle Clary, maintenant, reine de Suède, rien que ça!

— Nous nous sommes frottés, tout de même, à des rois, à des reines, à des empereurs, à des maréchaux, à des généraux. Moi, j'ai tutoyé Bonaparte.

— Ah! pour celui-là, c'était un bien galant homme, et la jolie main qu'il avait!

— Ce que tu as remarqué, le jour où cette main te donna des tapes.

— Fi, le vilain jaloux, qui a des idées pareilles !

— Moi, que diable te prend-il, est-ce que je t'ai jamais fait du bruit pour ces tapes? Napoléon aimait à gesticuler : à moi, il a, un jour, tiré l'oreille, en me disant : « grand imbécile, tu as mis ta guêtre de travers. » Il avait de ces façons là avec ses soldats.

— Qui m'aurait dit qu'il deviendrait empereur, un jour ! S'il eût au moins répondu à ta lettre ?

— Oh ! Je sais, à la lettre où je lui disais :

« Sire,

Votre camarade Saumon a attrapé un rhumatisme, en traversant le désert ; il a épousé, à Marseille, Jeanne, la gavotte, celle à qui vous avez donné des tapes; il ne se permettrait pas d'en faire autant, parce que, voyez-vous, Jeanne est bien fière depuis ce jour-là. N'oubliez-pas le maître-tambour de la 32me demi-brigade et Jeanne sa femme. A la vie, à la mort. »

— C'était un ingrat, ton Empereur !

— Moi, j'ai idée qu'il n'aurait pas fallu lui parler de tes tapes, dans la lettre, mais tu l'as voulu ainsi, est-ce qu'il se les rappelait, tes tapes ? Je n'ai jamais su te contredire, et tu vois où nous en sommes pour t'avoir cru.

— Oh ! pour le coup, tu me ferais monter le sang à la tête ! Des soldats comme toi, dont il a tiré l'oreille, il en a eu des milliers, et des femmes comme moi, à qui il a donné des tapes, crois-tu qu'il en ait compté par centaines ? Il vaut mieux croire qu'il aura eu honte de m'avoir oubliée, et qu'il aura dit : Tiens, cette jolie Jeanne, c'est vrai, je lui ai caressé le menton ! Mais que dirait l'Impératrice, si elle le savait !

— L'Impératrice!

— Oui, l'Impératrice! Et puis il aura ajouté : Jeanne, ne me l'aura pas pardonné, il vaut mieux ne plus en parler, suffit.

— Donc, j'aurais mieux fait de ne pas lui écrire les tapes?

— Aussi, qui aurait pu croire qu'il eût tant de chagrin de m'avoir oubliée!

— Mais tu n'as jamais jasé comme ce soir! Il t'a donc fait la cour, le grand capitaine?

— Allons, voilà la jalousie qui te reprend! Il m'a donné quelques tapes sur les joues, voilà tout, je ne dis pas que si j'avais voulu l'écouter...

— Est-ce qu'il t'a pris la taille?

— Oh! bien oui! Je lui aurais rendu ses tapes. J'ai toujours été une brave femme, M. Saumon!

— Qui te dit le contraire, mais aussi, tu reviens bien souvent à ton histoire des tapes?

— Et toi à celle de ton Égypte!

— Chut, ajouta Jeanne, l'horloge sonne, comptons: un, deux, trois, quatre, cinq, six, sept, huit, neuf, dix, onze, minuit!

— Minuit, s'écria Saumon! Minuit et Marie n'est pas rentrée! Mon Dieu, qu'est-il arrivé?

— Eh bien, tu as compté comme moi cette fois, lui dit Jeanne; il faut aller voir à la maison de M. Vernet. Minuit, minuit, et Marie n'est pas rentrée! Tu es là comme une statue!

— J'y vais, j'y vais, c'est que je ne sais pas où j'ai ma

tête. Marie a dîné chez la sœur de M. Vernet! Ah! j'y suis, chez sa sœur, à l'hôtel où j'ai accompagné Marie l'autre jour : mon Dieu, j'oublie la rue, ah! j'y suis, j'y vais!

Saumon prit sa canne, se boutonna la redingotte jusqu'au cou, et se rendit à l'hôtel où Amélie Desnoyers demeurait.

Le portier de l'hôtel qui avait ordre d'attendre le retour de l'actrice, pestait dans sa loge, contre Amélie Desnoyers, qu'il envoyait à tous les diables; il baillait à se fendre la bouche et sa mauvaise humeur le rendait furieux. Saumon sonna vivement à la porte.

— Ah! la voici notre belle de nuit, dit le portier, en venant ouvrir.

— Il recula à la vue de Saumon qui lui fit un salut militaire, se cambra et lui dit :

— Pardon, bourgeois, y aurait-il de l'indiscrétion à parler à la sœur de M. Vernet?

— M. Vernet n'a pas de sœur que je sâche, répondit brusquement le portier.

— Excusez-moi, mon vieux, dit Saumon, je veux parler d'une belle dame qui a l'honneur d'être la sœur de M. le docteur Vernet.

— Vous êtes un vieux fou, dit le portier, et allez au diable!

— Bourgeois, je suis calme et honnête et je ne vous dis pas de sottises; ainsi, respect à la consigne. Je vous réitère ma demande : Mlle Vernet, la sœur de M. le docteur Vernet, est-elle visible?

— M. Vernet qui n'est pas docteur, mais rentier, vient voir ici une dame qui n'est pas sa sœur, et qui s'appelle Mlle Desnoyers.

— Une dame de près de six pieds, au moins !

— Oui, une belle dame, qui est sortie, ce soir, en voiture, avec une petite, et que le ciel confonde ! Je l'attends, ici, et cette dame court la pretantaine, je ne sais où, avec la petite.

— Elle est sortie avec une petite?

— C'est ce que je vous dis, depuis une heure, êtes-vous sourd?

— C'est que cette petite qui est sortie avec cette dame, est ma fille.

— Eh bien, tant mieux, pour vous ; elle a d'excellentes amies, votre fille !

— Est-ce que la sœur de M. Vernet ?

— Mais je vous crie, depuis une heure, que cette dame n'est pas la sœur de M. Vernet.

— C'est alors sa cousine.

— Ni sa cousine, ni sa sœur.

— C'est?

— C'est, vous voulez le savoir, c'est sa maîtresse !

— Et ma fille est avec elle ?

— Comme vous dites !

Un nuage passa sur les yeux de Saumon, ses jambes fléchirent, sa main cherchait un appui et la voix s'arrêtait dans son gosier ! Il s'assit sur la marche d'un escalier, et regarda fixement le portier qui tenait une lampe à la main.

— Que me veut ce vieux, disait le portier, en grommelant. Eh bien! Il est muet maintenant. Avez-vous mal? cria le portier à Saumon.

La poitrine du vieux soldat se gonflait, sa respiration devenait haletante, et ses yeux restaient secs, avec une effroyable fixité. Il pensait à sa fille, il se rappelait les pressentiments de sa femme! Il voyait sa misère, sa vieillesse, sa faiblesse! Il comprenait tout son malheur, toute sa honte! On lui arrachait sa fille, on lui déshonorait sa fille. Et de quel droit un homme était-il venu la lui prendre, à côté de lui! C'était un homme riche, quand ils ont dit ça, ils ont tout dit. — « Les filles du peuple, c'est pour eux, pour leurs fétides passions que de pauvres pères, que de malheureuses mères les mettent au monde et les élèvent! Qu'ils nous laissent au moins nos filles, nos enfants avec leur innocence! C'est notre seul bien à nous; nous n'avons aucun des biens de ce monde, et nous ne nous plaignons pas, tant que nos filles reçoivent, sans rougir, nos caresses du matin et du soir, après leurs prières. Une fille comme Marie, surtout, c'est une si grande joie pour un vieux père! Ne nous les flétrissez pas, ne nous forcez pas de les maudire, misérables que vous êtes! »

Saumon se disait cela, immobile sur la marche de l'escalier. Chacune de ces pensées entrait comme un fer rouge, dans sa tête. Le portier se pencha vers lui et dit :

— Est-ce que vous comptez passer la nuit, là?

Tiré de sa rêverie par ces paroles, Saumon se lève en sursaut, et sans rien répondre à l'interrogation du portier, il s'achemine vers la rue. Il avait à peine fait quelques pas, qu'il entend le roulement d'une voiture; il se range contre un mur et comme la voiture s'était arrêtée devant l'hôtel où logeait Amélie Desnoyers, il se précipite vers la portière, au moment même que Vernet présentait la main à l'actrice, qu'une vieille femme se disposait à suivre.

— Ma fille, Marie, où est Marie, s'écria Saumon, en faisant tourner Vernet sur ses talons!

— Tiens, vous voilà, mon brave, dit Vernet? Amélie, le père Saumon qui est là!

— Oui, je demande ma fille, elle est sortie, ce soir, avec cette femme, ajouta Saumon, en montrant Amélie, qui, après avoir franchi le marche-pied, aidait la vieille à descendre.

— Pauvre Saumon, dit Vernet, mais enfin ça pourra s'arranger!

— Qu'est-il arrivé à ma fille, je ne la vois pas, où est-elle, où est-elle, s'écria le vieux soldat, en saisissant la main de Vernet?

— Le diable m'emporte, si je sais où elle est maintenant, répondit celui-ci, qui se dégagea aisément de la faible étreinte de Saumon!

— Mais continue celui-ci, elle était avec vous, ce soir; cette femme, votre maîtresse l'a menée avec elle en voiture!

— Tenez, père Saumon, parlons bas, répondit Vernet, il paraît qu'on a bavardé à l'hôtel. Ce maudit portier vous a fait un conte, je vois ça, il vous a dit qu'Amélie n'était pas ma sœur, je devine ça!

— Qu'elle soit votre sœur ou autre chose, ce n'est pas

mon affaire, dit Saumon, ce que je veux savoir, c'est ce que vous avez fait de ma fille?

— La nuit est fraîche, laissez monter ces dames et je vous dirai tout, dit Vernet, qui invita Amélie et la vieille à aller l'attendre dans l'hôtel.

Quand Saumon et Vernet furent seuls et que la voiture se fut éloignée, Vernet se posa en face du vieux soldat, croisa les bras, remua la tête et dit :

— Pauvre père! Mais aussi, elles sont toutes ainsi dans cette maudite ville!

— Où voulez-vous en venir, dit Saumon?

— Puisque vous le voulez absolument, vous saurez tout. Je sais, maintenant, jusqu'où peut aller une corruption précoce! Combien de fois j'ai été sur le point de vous tout dévoiler, car, dès les premiers jours, j'avais aperçu bien d'adroites manœuvres! Ces ateliers! Ces ateliers! Mais vous me direz: comment pouvons-nous faire? Il faut bien que nous vivions du travail de nos enfants, quand nous sommes vieux, cassés et pauvres. Oui, c'est juste; mais alors les filles vont seules, elles se font des amies, elles les voient bien habillées, avec des chaînes d'or, de belles dentelles, de belles robes! Il y a tant de vanité chez ces petites filles! On veut d'abord le petit tablier de soie, ce tablier qui va si bien, puis on se dégoûte de la robe d'indienne, le mérinos, la soie valent mieux, et ces souliers si bien vernis qui font ressortir un charmant petit pied, et ce bonnet de Valencienne qui s'évase si bien sur le front, et le corset qui assouplit et alonge la taille! Vous comprenez, père Saumon? Alors, toutes sortes de malices et de ruses diaboliques leur entrent dans la tête, à ces petites vaniteuses. Nous, riches et oisifs, nous devenons leurs points de mire! Elles nous nomment leurs fournisseurs brévetés, c'est sur nous qu'elles comptent pour payer toutes leurs fantaisies de toilette, et elles savent quel marché elles font! Ça ne se passe pas autrement; ça m'est arrivé assez souvent, je me suis fait, malheureusement, une grande réputation de générosité! Si vous saviez tous les comptes de modiste que j'ai acquittés, j'en ai quatre tiroirs pleins, c'est curieux, mais c'est diablement cher! La contagion a gagné Marie; aussi, vous l'habilliez bien modestement! Pourtant j'avais meilleure opinion d'elle, et si j'avais pu croire...

— Au nom du ciel, arrivez à la fin, je vous en supplie, dit le vieux soldat, en joignant les mains!

— C'est que, dit Vernet, c'est bien difficile à dire à un père! Car moi, je vous aime, je vous vénère, père Saumon; j'aurais voulu sauver votre fille, j'agissais en conséquence; si vous saviez tout ce que j'ai fait pour la sauver, mais...

— Élle est perdue, ma fille, s'écria Saumon, d'une voix désespérée!

— Allons, mon brave, du calme! Toût peut se réparer. Je suis ici, moi, je n'ai pas complètement réussi, mais enfin, j'en ai assez découvert pour arrêter Marie en chemin, elle ne peut plus me tromper, la rusée, ni vous non plus, pauvre père!

Et Vernet porta le mouchoir à ses yeux.

— Ah! Mon Dieu! Mon Dieu! Expliquez-vous clairement. Quelle torture! M. Vernet, qu'y a-t-il donc, qu'y a-t-il donc?

— Il y a... Mais si ces dames n'eussent pas été là, je vous aurais fait monter dans l'appartement d'Amélie, on est mal dans une rue pour parler de ces choses.

— Dites tout, toujours tout, eh! bien Marie?...

— Une amie de Marie, une *giletière* comme elle, m'avait donné un rendez-vous dans une maison des vieux quartiers, là-bas, près de la *Major*, à dix heures du soir. Voyez le hasard! C'est toujours lui qui vient au secours des pères et des maris, sans lui, le hasard, ils seraient toujours dupés. J'étais, donc, dans un appartement de cette maison, quand par la porte entrebaillée, je vois une jeune fille dans l'escalier, elle montait au second étage, je m'approche et je reconnais Marie. Une vieille femme se disputait, au bas de l'escalier, avec un homme qui avait un régistre sous le bras. Voilà tout. Amélie qui avait dit à votre fille que nous ne la ramènerions chez vous, qu'à onze heures, vous savez que c'était convenu, a fait faire un tour de promenade à Marie, qui a voulu la quitter, un peu avant dix heures, sous un prétexte. La voiture devait m'attendre au Boulevard des Dames. Amélie a bien pleuré, quand elle a tout su. Pauvres parents!

Et Vernet étendit encore le mouchoir sur les yeux.

Je renonce à dépeindre l'horrible désespoir de l'honnête soldat.

Il était là, haletant, les yeux fixés sur Vernet, il étendait la main et la remuait convulsivement.

— C'est... C'est...est-ce ainsi, M. Vernet? Vous dites,

il me semble! Ah! Non, ce n'était pas elle...C'était elle! Vous me trompez, vous mentez.

Et d'une voix désespérée il s'écria :

— Il ment, mon Dieu, vous voyez bien qu'il ment! Ma fille, ma fille, Marie! Elle une sainte, un ange! Vous m'avez parlé de bonnets, de souliers... Que sais-je? Pour cela, on se perd, elle s'est perdue, non, non! Ce n'est pas vrai! Et pourtant, elle n'est pas à la maison! Elle n'y est pas! Lui l'a vue, dans un escalier, vous dites, il y avait une vieille! Un homme avec un papier! Mais, c'est cela! Ils font ces choses là! Alors, par pitié, ayez pitié de moi! Je ne vous ai rien fait. Elle est morte, morte... Marie, Marie, où es-tu? Et si elle vous a vue, elle ne voudra plus me voir, elle sait que je la tuerai, oui, je la tuerai, Monsieur! Je l'aime bien, car c'est mon sang, ma joie, ma consolation, ma seule consolation! Mais si elle est perdue, si elle est déshonorée, si elle est allée là... Vous le sentez bien, un père tue sa fille, alors! Mais non, non, on prend si facilement une autre pour elle! Il y a tant de filles qui se ressemblent! C'est impossible, vous dis-je, m'entendez-vous? Il ne m'entend pas, il ne dit pas qu'il s'est trompé, qu'il a pris une autre pour elle. Ça arrive tous les jours! Ne vous jouez pas de moi! Se jouer d'un père, d'un pauvre vieux, vous ne le feriez pas, n'est-ce pas que vous ne le feriez pas? Vous n'êtes pas méchant, vous! Il est si aisé de dire : Je me suis trompé, tenez, je vous le demande à genoux, j'ai tant besoin que vous me parliez ainsi. Je ne sais pas où j'ai ma tête! Je cherche ma fille, il est plus de minuit, ma femme, ma pauvre femme! Vous saurez qu'à minuit je suis sorti pour venir la prendre ici, ma fille, je ne l'ai pas trouvée, on n'est plus dans les rues à minuit. Qu'est-il arrivé à ma fille? Il lui aura pris mal, ma fille, où es-tu? où es tu?

— Dans tes bras, s'écria Marie qui accourut vers son père, et s'élança à son cou! Charles s'avança vers Vernet!

Charles était transfiguré! Le réverbère qui éclairait l'endroit où il s'était mis, en face de Vernet, permettait à celui-ci de juger, par l'expression terrible des traits de notre héros, les sentiments d'indignation et de colère dont l'explosion approchait.

Saisissant Vernet au collet, comme on fait à l'égard d'un scélérat, pris en flagrant délit, Charles Devilly le pousse devant le vieux soldat, et d'une voix tonnante, il s'écrie:

— A genoux, misérable, ou je t'écrase comme un serpent!

Vernet essaya, en vain, de se dégager de cette invincible étreinte. Son cou était dans un étau de fer.

— A nous deux, poursuit Charles, voici la victime innocente et pure, — et il désignait Marie, — voici le père dont tu as voulu déshonorer la vieillesse, — et il désignait le soldat, — voici le scélérat! et il secoua Vernet, d'une telle force, que celui-ci cédant à tous les mouvements que lui imprimait une main dont la colère accroissait l'énergie, tomba sur les genoux.

— C'est ainsi que je te veux, ajouta Charles, demande

pardon au père et à la fille. Dis au père que tu es un misérable suborneur, que Marie est sortie pure du lieu infâme, où sous un prétexte d'aumônes, toi et la vile courtisanne, que tu fesais passer pour ta sœur, l'avez conduite, dis-le à l'instant!

Vernet avoua tout.

— Oh! cela ne me suffit pas encore, continua Charles, il faut que le millionnaire, que le puissant s'humilie devant le pauvre et le faible. Les rôles sont changés! Que le soldat reprenne sa fierté d'honnête homme, sa fierté de père! Mon brave, votre fille est digne de vous. Sa vertu était le bouclier où s'est brisée la passion bestiale de cet homme, et cet homme n'a pas encore le front dans la poussière, aux pieds de la jeune fille, autour de laquelle rodait sa luxure. Courbe-toi devant elle!

C'est ce qui eut lieu!

La scène avait un caractère antique, elle se rapprochait de l'époque lointaine où les héros, pour mieux exprimer leur douleur, déchiraient leurs vêtements, et répandaient sur leurs têtes les cendres du foyer. De nos jours, on ne s'incline pas devant le malheur et encore moins devant la victime; les mouvements de l'âme ne se manifestent jamais, ou presque jamais au dehors, par ces attitudes sculpturales où se plaisait l'antiquité grecque ou l'antiquité biblique. Mais Charles était poète, et il voulait que l'homme sur qui sa colère, entr'ouvrant enfin le nuage où elle s'était cachée, tombait comme la foudre, reproduisit, dans l'expression de son humiliation, des reflets d'une tragédie athénienne, d'un drame d'Eschyle ou de Sophocle.

Et Vernet était réellement à genoux, ne sachant trop quel rêve il fesait, obéissant aux injonctions tonnantes de notre jeune héros, frottant ses lèvres sur les souliers acculés de Saumon, et appliquant sa bouche sur la mignone chaussure du pied sévillan de Marie.

Vernet s'avisa de dire, d'une voix étouffée :

— Enfin, que voulez-vous de moi?

— Ce que je veux de toi, répondit Charles, la flamme de l'amour sur la tête et les yeux terribles, je veux que tu reconnaisses ta honte, que tu viennes demain avec moi, avouer au magistrat toutes tes abominables machinations, que tu déchires de tes mains le tissu d'iniquités que tu as ourdi, que pas une ombre ne reste sur la vertu de Marie! Je veux une réparation complète et je l'obtiendrai!

Vernet se relève et s'avançant vers Charles :

— Monsieur, lui dit-il, vous êtes un digne jeune-homme. J'ai fait tout ce que vous avez voulu. A votre âge, cette exhubérance vertueuse, je l'avais aussi dans le cœur, mais la société m'a gâté, je l'avoue. Oui, je déclare que Marie est un modèle de pureté, que j'ai échoué contre cette vertu que j'admire, et je vous jure que j'irai demain, avec vous, renouveler cet avœu sincère devant le magistrat! Je garderai le souvenir de cette nuit et je demande à ce brave homme, — il montra Saumon de la main — de me permettre de lui envoyer encore quelques chapeaux à retaper.

Le sang qui bouillonnait dans les veines du soldat, tout entier à l'admiration que lui inspirait la colère de Charles, s'alluma davantage à ces paroles, où l'ironie cherchait un dédommagement à tant d'humiliations. Comme Priam, dans l'Énéïde, Saumon allait joindre aux invectives de Charles, son *telum imbelle sine ictu*, quand sa fille l'arrêtant, dit :

— Il mérite presque notre pitié.

FIN DE LA PREMIÈRE PARTIE.

SECONDE PARTIE

I

Plusieurs mois se sont écoulés depuis l'époque, à laquelle se rattachent les événements que l'on vient de lire. Pendant cet intervalle, Vernet, qui avait tant comploté contre la tranquillité domestique des jeunes personnes, était devenu le point de mire d'une conspiration ourdie, avec un art profond, par l'ex-danseuse Bellerose et sa petite fille Amélie Desnoyers. On se rappelle que la vieille Bellerose avait dû à un hasard, auquel Vernet aida, en partie, l'occasion de reconnaître dans l'ex-actrice Amélie, l'enfant de sa fille Amanda morte en Russie. La vieille expérience de la danseuse émérite ne fut pas d'un médiocre secours aux vues matrimoniales d'Amélie, d'autant plus que Bellerose ne pouvait que trop aisément contraindre Vernet à passer sous les fourches caudines d'une union abhorrée. Jamais l'idée du mariage ne s'était présentée à l'esprit de Vernet; il poursuivait, au contraire, de ses épigrammes, les époux; et, bien que ces épigrammes eussent perdu, si non de leur à propos, du moins de leur fraicheur, il ne se faisait aucun scrupule littéraire d'emprunter à Molière, à la Fontaine et même à Boccace et à la reine Marguerite, les vieux bons mots, les surannées plaisanteries que les infractions au code marital ont inspirées à ces écrivains: le *croissant* de la lune, la végétation du *front* d'un mari, les bois d'un cerf, l'étymologie même du mot dont Molière a fait le titre d'une de ses comédies, et Paul de Kock, celui d'un de ses romans, revenaient dans son discours, toutes les fois que sa verve satyrique s'acharnait sur un époux maltraité. Ainsi, à propos de cette étymologie qui lui était fournie par le nom du coucou, oiseau qui pond ses œufs dans le nid d'un autre, il disait qu'il devait au coucou, en latin, *cucullus,* l'avantage d'avoir découvert la preuve de la manière dont les romains prononçaient l'*u*. Sa manie anti-conjugale lui avait donc procuré une petite satisfaction de pédant; sans elle, il n'aurait jamais su comment les latins prononçaient l'U!

Vernet se proposait de goûter jusqu'à la mort, les joies égoïstes du célibat. Ne comprenant pas autrement la vie, il aurait rompu depuis longtemps avec Amélie, s'il n'avait pas cru trouver en elle, une indépendance d'humeur, un naturel facile, qui, non-seulement ne le généraient pas dans les désordres de sa vie immorale, mais qui lui feraient, même, avoir recours aux conseils et à l'appui de cette actrice, quand les plus coupables fantaisies traverseraient sa tête. Amélie lui paraissait une femme supérieure, inaccessible à un ridicule sentiment de jalousie et ne professant nullement un absurde *exclusivisme* en amour. Aussi, s'était-il montré à elle tel qu'il était, *inconstant et volage*, bien convaincu qu'il la rassurait sur la durée de leurs relations, par les confidences mêmes qu'il lui fesait et la franchise dont il usait envers elle.

Amélie exilée du théâtre, sans appui, sans ressources dans le monde, accoutumée au luxe, folle de dépenses et de toilettes, excessivement adonnée aux plaisirs de la table, s'était vite fait avec Vernet une règle de conduite invariable, en mettant de côté tout ressentiment d'amour propre et en trouvant dans son esprit des arguments, pour justifier la manière avec laquelle elle entendait ses relations criminelles avec lui.

Les rêveries des socialistes modernes, dont elle se moquait intérieurement, lui firent mettre à la hauteur d'un système philosophique, son humeur accomodante, et elle crut qu'elle gardait une apparence de dignité, ou du moins qu'elle sauvait en quelque sorte la honte de son rôle, dans ses complaisances pour l'aventureux libertinage et les errants caprices de Vernet. L'ex-négociant fut tout-à-fait la dupe d'Amélie, dont l'esprit délié, la phraséologie habile expliquaient et défendaient les actions les plus équivoques; il était ravi d'entendre l'actrice s'exprimer ainsi:

— « Mais, Vernet, vous me connaissez bien, maintenant; vous ne pouvez plus croire qu'après avoir rompu, comme je l'ai fait, avec la société, telle que d'absurdes institutions et des préjugés religieux l'ont faite, j'exigerais de vous, une affection exclusive, un dévouement sans partage! Fi donc! volez, adorable papillon, de fleurs en fleurs, contez-moi vos prouesses, électrisez mon imagination par le récit de vos triomphes, et croyez bien que vous ne donnerez pas de ridicules alarmes à mon cœur ou à mon amour propre! J'entends mieux la vanité, je sais que pas une de mes rivales momentanées ne vous fixera pour toujours; ce n'est pas dans cette ville, surtout, que j'ai à craindre de vous voir enchaîné par une femme dont l'esprit et le langage parviendraient, comme je sais le faire, à vous procurer d'intellectuelles jouissances; je suis l'amie de votre âme, là je règne sans partage, c'est encore bien noble pour moi! Dominer un esprit tel que le vôtre, dominer la pensée d'un homme dont la signature était vénérée dans tous les comptoirs du monde, n'est-ce pas une ample satisfaction pour mon amour propre, et devais-je, quand je vous vois si empressé, si avide de m'entendre, vous imposer une vie monachale et donner pour prison à votre essor, les murs de cette chambre? L'aigle ou si vous aimez mieux, le vautour doit être le roi de l'espace! Pourvu qu'au retour de vos longues chasses, vous veniez, heureux oiseau de proie, replier vos ailes à mes pieds, je ne vous demanderai que de me laisser essuyer la sueur d'un front chargé de tant de couronnes! N'est-ce pas que vous m'aimez de vous parler ainsi. Le Saint-Simonisme s'était mis en quête de la femme libre, si les adeptes de ce Saint-Simonisme m'eussent connue, ils auraient vu que j'étais leur fait, et ce pauvre adepte qui disait à Marseille : — quelque chose me fait croire que je rencontrerai la femme libre dans un village du Bosphore, sous les habits d'une lavandière, — aurait pu se dispenser de visiter l'Orient, où la parole du maître l'avait envoyé, pour y chercher ce qu'il aurait trouvé en moi. Comme nous sommes, vous Vernet et moi, au-dessus de ces hommes et de ces femmes, qui ne peuvent se livrer au penchant de leurs cœurs, sans éprouver les intolérables tourments de la jalousie! C'est leur stupidité qui fait leur malheur! Nous, nous n'avons que des jours sereins; la liberté que je vous donne, vous me la donnez, je sais bien que je n'en use pas, j'aime mieux m'occuper de toilette et de gastronomie, mais il me plait de vous voir jeter à tous vos amis une énigme dont nous avons, seuls, le secret, l'énigme d'une union qui survit à vos infidélités multipliées. Et puis, c'est peut-être là une folie, il me semble qu'en agissant ainsi, nous créons un système auquel Platon avait songé : le système de la communauté d'où le bonheur du genre humain sortira, un jour. Mes lectures et mes réflexions m'ont exaltée, au point de me faire croire que j'ai peut-être mis la main sur la future rénovation sociale, et que nous traduisons, tous les deux, en action, deux siècles avant les autres, ce qui sera l'état normal de l'humanité entière. Cela ne vaut-il pas mieux que de faire épier vos démarches, de chercher à lire vos infidélités dans le trouble de vos regards, dans l'hésitation de vos paroles, de vous préparer, à grand renfort d'attaques de nerfs et de spasmes, des scènes étudiées de jalousie, de vous faire voir là où le rire s'épanouit toujours, la trace brûlante des larmes, et de fouiller la nuit, dans vos poches, pour m'assurer si par l'effet d'une distraction maladroite , vous n'auriez pas laissé dans un billet accusateur, la preuve d'une trahison? J'aurais pu créer autour de vous un enfer, j'ai mieux aimé vous faire vivre dans un Eden éternel ! Ma raison et mon cœur m'ont fait prendre le meilleur parti, n'est-ce pas ? Car, en admettant que ces scènes de jalousie eussent d'abord satisfait votre vanité, et exagéré à vos yeux mon affection, le dégoût, l'ennui, le regret de votre liberté perdue, ne seraient-ils pas venus tôt ou tard, et n'auriez-vous pas fini par briser violemment des liens que je vous aurais sottement rendus insupportables? Avouez que les femmes manquent bien d'habileté et que leur niaise vanité les expose à devenir bien malheureuses. Maintenant que vous me connaissez, je sens que c'est, entre nous, à la vie, à la mort! Au lieu d'exercer sur vous un espionnage irritant, je suis devenue votre confidente; aucune action de votre vie ne m'est cachée, j'entre pour quelque chose dans tous vos plans ; je sais que vous êtes le plus habile des diplomates. Quand vous commencez une nouvelle attaque, c'est un germe que nos esprits fécondent ensemble; mes ruses de femmes vous servent; je prévois, avant vous, une chute dont, sans moi, vous auriez reculé la date. Croyez-moi, Vernet, les héroïnes de certains romans ne me vont pas au coude; j'ai vingt pieds de plus qu'elles ! »

Fasciné et rassuré par de tels discours, Vernet se plaisait à reconnaître encore dans Amélie Desnoyers, la preuve de cette obstination que la fortune avait mise à le seconder toujours. On a vu plus haut le parti qu'il avait essayé de tirer d'Amélie, dans sa poursuite d'une jeune ouvrière. Amélie qui, elle aussi, suivait un plan que jamais une de ses paroles n'avait fait, le moins du monde pressentir à Vernet, arriva, enfin, au moment de marcher, à visage découvert, à la réussite de ce plan.

Les hommes comme Vernet, dont les facultés se concentrent dans une triste monomanie d'infâmes séductions, qui, grâces aux loisirs et aux moyens de succès qu'ils doivent à leur fortune, se créent, aux dépens de la vertu et du repos des femmes, un passe-temps perpétuel, ont besoin de certains complices du genre de Bellerose. Toujours servi à souhait par le hasard, Vernet avait rencontré cette danseuse émérite, et n'avait pas tardé à lui trouver toutes les qualités de son ignoble emploi. Cette vieille femme qui avait toujours vécu dans ce monde exceptionnel, où tout est la contrefaçon froide et grimaçante de la nature, où le soleil est le lustre d'un théâtre, où les palais, les maisons, les arbres, les eaux sont en carton peint, où la couleur naturelle du visage disparait sous le fard, dans ce monde de bohémiens et de bohémiennes qui, sauf quelques exceptions, rappelle encore le roman comique de Scarron, et conserve des traces profondes de la vie que menaient jadis les troupes ambulantes, cette vieille femme disons-nous, en qui revivaient les héroïnes de Gil-Blas et du premier époux de Mme de Maintenon n'était nullement répulsive aux exigeances les plus immondes de la séduction.

Mais elle dut, au rôle éhonté que Vernet lui fit jouer, d'entrer si avant dans les confidences de cet homme, que celui-ci, vit avec terreur, ainsi qu'on va le lire, que son honneur, sa liberté, sa fortune se trouvaient à la merci de cette vieille danseuse.

II

— « Tiens, dit la vieille Bellerose à sa petite-fille Amélie Desnoyers, en lui montrant une cassette, nous avons là, dans cette cassette dont je ne me sépare jamais, de quoi supprimer toute hésitation chez Vernet, le jour où tu lui signifieras que tu veux être conduite par lui devant l'officier de l'état-civil et à l'église ! »

La vieille ouvrit la cassette qui contenait des paquets de lettres.

— « Il y a, continua Bellerose, dans tous ces papiers, le moyen sûr de mettre sur les pas de Vernet, des limiers de la justice, des frères énergiques et des époux peu endurants qui ignorent, les uns, le déshonneur de leurs sœurs et les autres celui de leurs femmes. Tu sauras, ma chère enfant, que j'ai toujours eu la manie de classer les lettres et de préparer ainsi les mémoires secrets d'une élève de Vestris, le Dieu de la danse. »

Amélie parcourut quelques-unes de ces lettres, et sa figure, pendant la lecture qu'elle en fesait, exprimait une grande surprise et s'éclairait d'une joie diabolique.

— « Peste! ce Vernet est un grand homme! Je vois qu'il ne me disait pas tout! s'écria l'actrice.

— Pendant dix ans, j'ai été sa seule confidente, dit Bellerose; j'ai joué pour lui les rôles les plus disparates: le plus souvent, je n'étais qu'une revendeuse à la toilette, d'autrefois, je m'habillais en veuve d'un colonel tué sur un champ de bataille d'Espagne ou d'Allemagne; je changeais de costume, de visage, de gestes, selon les exigeances de ses plans; j'avais trois maisons en ville, de ces trois maisons, deux étaient mises sous l'équivoque protection d'une pancarte jaune: cela entrait dans les vues de Vernet; l'autre avait une réputation irréprochable: cela entrait encore dans ses vues. N'ébruitant que ce qu'il pouvait dire sans courir le moindre péril, Vernet couvrait d'un voile impénétrable des infamies qui, divulguées, auraient exposé son courage équivoque à une épreuve difficile ou sa liberté à un danger certain. C'était dans des occasions pareilles que sa ruse devenait infernale, que son esprit déployait sa féconde vigueur. Alors, je le voyais, prodiguant l'or, achetant à force d'argent, un silence longtemps marchandé, et introduisant dans une famille le déshonneur, sans que les membres de cette famille, hormis la victime de ses passions, se doutâssent de l'affront qu'un homme adroit et riche leur avait fait. J'ai été la complice de cet homme que je détestais, que j'aurais pu démasquer. Je pourrais te dire que la pauvreté, la vieillesse, une vie follement dissipée en plaisirs et en fêtes et si tristement éprouvée à son déclin, me fesaient une loi impérieuse de me plier aux caprices nauséabonds de Vernet, puisqu'il me payait ma peine; je pourrais te dire que ma sûreté propre m'imposait le silence, puisque je m'étais associée à ses crimes; mais dans le peu de temps que nous avons vécu ensemble, tu m'as assez connue pour comprendre qu'une vieille danseuse n'a pas besoin de chercher l'excuse de sa conduite, dans l'impossibilité où elle était de choisir un autre métier. Il y a pour nous bohémiennes, un attrait irrésistible dans le vice, jeunes, nous en donnons l'exemple, encouragées par les sourires et les bravos de la foule, la tête perdue dans l'ardente atmosphère du théâtre, amollie par ces toilettes sous lesquelles nous exécutons des pas gracieux; vieilles, notre cœur usé ne se ranime encore qu'à la vue de ce vice; telle devait être ma destinée! Les plaisirs tranquilles que l'on goûte au sein d'un ménage honnête, nous sont interdits; jusqu'au tombeau, il nous faut respirer l'âcre parfum de la débauche; tel est notre sort, on n'a pas été, à quinze ans, danseuse, à dix-huit ans à la cour d'un prince, à vingt ans, la plus jolie femme de Paris, pour devenir ensuite une dame de charité ou une patronesse de jeunes orphelines. Chacun suit invariablement sa ligne; ma vie s'est épanouie aux feux du lustre de l'opéra; j'ai, enfant, traversé, d'un vol applaudi, les bocages de la scène, posé un pied gracieux sur le nuage odorant d'Amathonte; je devais, donc, vieille édentée et ridée, finir par un métier sans nom.

Amélie ne prêtait qu'une attention médiocre à l'apologie immorale de la vieille Bellerose. Ce qu'elle venait de lire, lui ouvrait des perspectives trop séduisantes, pour que son cœur filial, d'ailleurs, bien légèrement remué, accueillit avec tendresse, les tristes et dégoûtants épanchements de la hideuse danseuse.

— Mais ma mère, dit-elle, Vernet cédera, il cédera, vous dis-je!

— Oui, ma fille, et ne dois-je pas m'applaudir de tant de complaisances, de tant de manœuvres coupables, puisque je leur devrai ton bonheur, ta fortune!

— Nous le tenons, cet homme!

— Il faut qu'il t'épouse ou qu'il se brûle la cervelle.

— Il aimera mieux m'épouser, des deux partis c'est encore le plus sage!

— Certainement, et d'ailleurs, tu as quelque amitié pour lui.

— Moi, ma mère, je l'abhorre, mais je le domine; quand je serai sa femme, je lui ferai expier tous ses crimes!

— Allons, tu vas le tourmenter!

— Je vous dis que cet homme aura des liens de fer aux pieds et aux mains, et pas une plainte ne lui échappera; il aura l'enfer dans le cœur et le ciel dans les yeux! Vous verrez; sa chaîne, il ne la brisera plus! O ma mère, merci, merci, ma bonne étoile vous a envoyée à moi.

L'expiation allait commencer pour Vernet!

C'était justice!

Tous ses calculs, toutes ses machiavéliques combinaisons devaient tourner contre lui; cet homme si rusé était pris dans ses propres filets. La belle vie qu'il s'était promis de mener jusqu'à l'âge, où les ressorts de sa machine usée lui auraient conseillé un repos dorloté par une gouvernante, touchait à sa fin. L'immoralité aboutit presque toujours à un mariage indigne et déshonorant, ou à la domination d'une femme qui force le libertin à courber la tête sous un joug détesté.

Vernet avait bien prévu ces tristes dénouements d'une existence corrompue; aussi, se tenait-il en garde contre des séductions qui auraient voulu l'asservir; il n'avait jamais juré à Amélie une foi éternelle, et il croyait s'être mis auprès d'elle, sur un tel pied d'indépendance, qu'il s'imaginait que le jour où il lui conviendrait de rompre complètement, il pourrait lui signifier son congé, en choquant son verre de champagne contre le sien, avec le sourire sur les lèvres. Amélie lui paraissait parfaitement préparée à se voir joyeusement éconduite, il lui semblait impossible que des larmes, que des fureurs tragiques éclatassent au moment solennel d'une rupture, à laquelle cette femme avait mille fois dit qu'elle se résignerait avec un inébranlable stoïcisme.

Le moment lui paraissait enfin venu, de briser avec Amélie, qui avait eu, selon Vernet, le tort d'afficher, d'une manière compromettante, des relations, sur lesquelles la malignité s'était égayée, excitée qu'elle était par le souvenir, encore bien vif, d'une joyeuse soirée, marquée par une chute éclatante, au théâtre. D'ailleurs, la disgrâce ne doit-elle pas invariablement suivre un échec diplomatique, et quel échec plus honteux que celui qu'Amélie avait subi dans le complot tramé contre Marie et Charles? Elle, toujours sûre de vaincre, n'avait pu, un instant, surprendre deux cœurs inexpérimentés et y porter un trouble dont Vernet aurait fait son profit avec la jeune fille, et elle avec le jeune homme! C'était là le plan, le but de leurs démarches froidement concertées. Amélie avait manqué de verve et d'entraînement auprès de Charles; elle n'avait pas su porter des coups décisifs, exalter suffisamment une imagination neuve, et enlacer d'une étreinte invincible, un jeune homme dont elle avait juré la défaite, serment qu'une femme, non pas plus habile, mais sachant mieux feindre la passion, aurait su tenir! Amélie avait trop matérialisé sa vie; les détails gastronomiques l'absorbaient trop; ses résolutions de séductrice éloquente et chaleureuse ne tenaient pas devant les exigeances de son héroïque appétit et de sa sensualité; elle n'était plus bonne qu'à dresser le menu d'un dîner.

— « Je lui donnerai quelque argent, se disait Vernet, et elle ira à Paris tenir un hôtel et veiller sur les fourneaux de sa cuisine. »

Dès ce moment, Vernet se promit de brusquer la rupture.

Il entra dans la chambre d'Amélie et congédia la vieille Bellerose, qui, ainsi qu'elle le déclara plus tard à sa fille, comprit, à l'air légèrement soucieux de Vernet, et à la solennité de son geste, que le moment décisif était enfin venu. Vernet s'établit lentement dans un fauteuil, alongea les jambes, considéra, quelques minutes, le brillant de sa bague, ouvrit sa tabatière d'or, y prit une prise, l'aspira vivement, fit claquer ses doigts, secoua les grains de tabac qui s'étaient éparpillés sur son jabot, et posa l'index sur le front. Amélie avait appuyé les bras sur le haut d'un fauteuil, et se tenait agréablement courbée en face de l'ex-négociant, qu'elle regardait d'une façon fort attentive.

— « Nous, Marseillais, dit enfin Vernet, nous sommes ainsi faits! Nous n'allons pas par quatre chemins. Je viens vous rendre votre liberté, c'est irrévocablement décidé.

— Ma liberté, répondit Amélie, avec une grâce suprême, mais je ne crois pas l'avoir aliénée!

— Ah! Vous m'entendez, je veux dire que nous allons échanger des adieux... éternels.

— Vraiment!

— Je vous reconnais bien là; que ce calme philosophique me touche! Une autre, à votre place, aurait déjà essayé de m'arracher les yeux. Vous, à cette nouvelle, vous me répondez: Vraiment! Vous êtes adorable! Ce que c'est que d'avoir vos principes! Mais vous ne savez pas encore que j'ai songé à votre avenir; avec la somme assez ronde que je vous donnerai, vous irez, si vous suivez mon conseil, vous irez à Paris avec votre grand'mère, et là, vous tiendrez un hôtel! Une table d'hôte à soigner, les meilleurs produits gastronomiques du monde dans vos armoires, un cuisinier, élève de Carême, des mets à surveiller, une réputation de cuisine à fonder! C'est ravissant, n'est-ce pas?

— L'eau m'en vient à la bouche, répondit Amélie!

— Vous voyez tout ça d'ici; on ne dîne bien que chez Mlle Amélie Desnoyers, diront tous les gourmets de la capitale, et cette renommée dont vous êtes digne, fera votre fortune; les étrangers afflueront dans votre hôtel, vous y recevrez tous les princes russes, tous les Lords Anglais, tous les marquis italiens, tous les grands d'Espagne, vous y recevrez des Turcs, des Druses, des Egyptiens, des nababs, des Chinois, que sais-je? Votre hôtel sera le rendez-vous de l'univers, et votre vie ne sera plus qu'un long et délicieux repas!

— Mais, ce Vernet, dit Amélie, en fermant à demi les yeux, comme le fait une chatte qui guette une souris, a une imagination colossale! Les belles choses que vous me dites là!

— Donc, vous acceptez!

— Je le voudrais bien, mais malheureusement, je me suis mis une autre idée dans la tête!

— Une autre idée, voyons-la; pourtant, un hôtel à Paris, je ne crois pas qu'il y ait mieux que cela pour vous.

— Oui, il y a, je ne dis pas mieux, mais enfin, il y a une chose que je préfère.

— Qu'est-ce que c'est?

— Votre main!

— Ma main, dit Vernet, en ricanant, vous plaisantez?

— Oui, votre main, la main de Vernet devenu mon mari devant le ciel et les hommes!

— Ah! ça, vous êtes folle?

— Non, j'ai tout mon bon sens et je veux faire et vous faire faire une bonne fin!

— Vous appelez çà une bonne fin!

— Certainement, en connaissez-vous une meilleure?

— Pour vous, ça se peut, mais pour moi..... Allons donc!

— Oui, pour vous, c'est le seul moyen de vous sauver!

— De me sauver! De me faire aller en paradis! Je ne vous croyais pas si inquiète à l'endroit de mon salut.

— Allons, je vois que vous ne me comprenez pas! Je n'ai pas à m'occuper de votre salut dans l'autre monde, j'aurais trop à faire, c'est de votre salut dans celui-ci que je m'occupe, et vraiment, je puis vous perdre ou vous sauver!

— Quand vous voudrez me parler plus clairement?

— Ah! sur le champ; vous connaissez le mot de ce lieutenant de police, qui disait: « donnez-moi deux lignes de l'écriture du premier venu et je me charge de le faire pendre. Vous savez aussi qu'un magistrat célèbre prétendait que, si on l'accusait d'avoir volé les tours de Notre-Dame, il s'embarquerait aussitôt pour la Chine. Eh! bien, vous avez écrit plus que deux lignes et vous êtes dans le cas d'être accusé d'avoir commis des crimes moins invraisemblables, que le serait celui d'avoir volé les tours de Notre-Dame. C'est clair çà!

— Moi, des crimes!

— Oui, et ce qui est pis, des lâchetés, des turpitudes! Par l'effet d'une manie de stratégiste, vous dressiez, de votre propre main, le programme de vos manœuvres, vous donniez, par écrit, des instructions bien méditées qu'il fallait suivre de point en point! Ah! Vous étiez le plus prévoyant des séducteurs; et puis vous aviez la manie d'écrire; cette fureur épistolaire, si compromettante, vous l'avez poussée à ses dernières limites. Les phrases devaient vous perdre. Que ne sacrifieriez-vous pas, à l'agencement d'une période ! Vous parlez si bien ! Aussi, vos correspondances m'ont bien divertie ; tantôt, vous boursouflez votre style, comme Saint-Preux, tantôt vous lui donnez un petit air cavalier et leste, comme si vous étiez un des héros des *liaisons dangereuses* de Laclos, tantôt vous l'enflez à l'imitation de Sténio de Lélia ! C'était un si délicieux passe-temps, pour vous, homme oisif et riche ! Mais ces lettres, ou sentimentales, ou libertines, ou impies avaient à vos yeux un si beau côté littéraire, que vous les transcriviez dans un cahier soigneusement relié, et comme vous aviez une bonne opinion de l'esprit de Mme Bellerose, et que vous n'aviez pas, vous le croyiez ainsi, à craindre de sa part une trahison, une défection, vous aviez pris cette vieille femme que vous avez tant avilie, pour la confidente de vos œuvres manuscrites! J'ai ce cahier, elle me l'a donné, si je le publiais, une douzaine de maris, une vingtaine de frères, une autre douzaine de pères, irrités par de telles révélations, vous entoureraient d'un cercle de pistolets et d'épées, et vous recevriez une quarantaine de cartels à la fois, à moins que quelques-uns d'entr'eux ne préférassent le procédé napolitain : un petit coup de couteau dans l'aîne, on l'a vu quelquefois. »

« Voilà pour des fredaines, qui ne vous donneraient pas, il est vrai, trop maille à partir avec la justice. »

« Mais le rapt, le viol, pécadilles mal à propos prévues par le code pénal qui s'est si impudemment immiscé dans ces choses là, ne pèsent-ils pas d'un autre poids, d'un poids terrible sur votre conscience? De quelque peu de courage que l'on soit doué, on peut en trouver assez dans une excitation violente, pour aller affronter les chances d'un duel; les poltrons se battent, quand on les pousse à bout et font même bonne contenance, en face d'un pistolet et d'une épée, devant des témoins; ces miracles, on les obtient de l'amour propre; mais autre chose est d'avoir affaire à un adversaire, qui a pris votre heure et accepté ou indiqué une arme, autre chose est de se trouver, entre deux gendarmes, en présence d'inflexibles robes rouges et d'avoir à répondre aux questions d'un président d'assises! Et je puis vous livrer, moi, au ministère public, j'ai en mains, la preuve de quatre crimes bien conditionnés, sans circonstances atténuantes, qui vous enverraient au bagne, s'ils étaient jugés, même par le plus indulgent des jurys. Vous savez, cette lettre à Virginie Gautier, dont vous avez acheté le silence par une somme de vingt-cinq mille francs! Virginie Gautier aura quinze ans dans dix jours! Entendez-vous? »

L'impitoyable Amélie, réveillait dans l'âme de Vernet, en parlant ainsi, un terrible souvenir; il se leva tout pâle et dit :

— Bellerose fut ma complice, je n'ai à craindre qu'elle!

— Bellerose, répartit Amélie, le criera à l'instant même sur les toits, si je lui dis de le faire. Bellerose a quatre-vingts ans, et elle veut, avant de mourir, me faire un sort; c'est une idée fixe chez cette bonne femme, qu'y faire!

— Vous êtes deux démons, ligués contre moi, ajouta Vernet, d'une voix désespérée!

— Ah ! La guerre ou la paix ! La guerre, si vous ne m'épousez pas, la paix, si je deviens Mme Vernet ! Vous me connaissez, Vernet, maintenant ; je ne vous crains pas, j'ai tout prévu, même un acte de violence de votre part. Le bruit, la plainte, les cris, des scènes de scandale ne feraient que précipiter votre perte. J'irai jusqu'au bout, moi ! De gré ou de force, je serai votre femme ou votre accusatrice. Si vous sortez d'ici, sans avoir signé la promesse de m'épouser dans la semaine, je vais chez le procureur du roi et je vous livre à la justice. Il n'y a pas dix jours que vous êtes entré au moyen d'une échelle, car, vous êtes, je crois, le dernier qui fasse encore usage des échelles de nos pères, dans une chambre où une servante vous attendait ; cette servante, par le conseil de Bellerose, a glissé dans votre poche, une lettre que sa maîtresse avait reçue, le jour même, d'Alger, où son mari fait des essais agricoles dans le Sahel. Cette lettre, je vous l'ai prise ; elle contenait, par hasard, une lettre de change de mille francs. Vous voilà voleur et adultère pour le moment ! Bellerose qui commençait avec moi l'instruction criminelle de votre vie me dit : la servante lui glissera une lettre du mari, dans la poche, elle me l'a promis, ça peut toujours servir. Et le tour a été fait.

Vernet prit une plume et écrivit :

« Je promets à Amélie Desnoyers, sauf à lui payer cinq cent mille francs, en cas de non-exécution de ma part, de l'épouser civilement et religieusement dans la semaine.

« Jérôme Vernet. »

Amélie, le corps gracieusement penché vers la table, et le menton soutenu par l'épaule de Vernet, avait elle-même dicté cette promesse; quand Vernet eût signé, il releva la tête et la tourna vers l'actrice, qui partit d'un grand éclat de rire à la vue des traits bouleversés de l'ex-négociant. Vernet était livide!

III

Vernet aurait, au moins, voulu que le plus grand mystère enveloppât son mariage avec Amélie Desnoyers; il consentait bien à subir la loi d'une dure nécessité, à acheter sa liberté et sa sécurité, au prix d'une union abhorrée, mais il lui semblait que l'homme qui se décidait à un si grand sacrifice, avait le droit d'exiger qu'un mariage contracté sous le coup d'énergiques menaces, fut célébré sans apparât et sans bruit. Son orgueil se révoltait à l'idée de s'entendre nommer l'époux d'une actrice, d'une courtisanne; il allait se rendre la fable d'une société railleuse, et devenir, pendant toute sa vie, la victime de la gaîté et de la malignité d'un public avide de scandale, et heureux de faire retentir sur le dos d'un homme riche et si longtemps redouté, les lanières de son impitoyable causticité. C'était là, une pensée qui le torturait au plus haut point! Parfois, il songeait à échapper par la fuite aux matrimoniales poursuites d'une ennemie, car l'avenir avec une telle femme se présentait à lui, sous les plus odieuses couleurs! Mais

Vernet ne ressemblait pas à Bias, qui portait tout avec lui ; sa grande fortune ne pouvait que considérablement souffrir d'un départ précipité; sa réputation qu'il laisserait à la merci de deux êtres armés, seuls, contre lui, d'accablantes accusations, serait perdue, et dans quel coin du monde, lui, habitué au luxe et aux commodités de la vie civilisée et brillante, pourrait-il dérober son front aux stigmates d'une honte hautement dévoilée ? La vapeur, la paix mettent tous les peuples, ou du moins, toutes les grandes cités du monde, en rapports perpétuels ; il était né dans une ville qui est représentée sur tous les points du globe par quelques-uns de ses enfants, et le hasard dont il commençait à avoir tant à se plaindre, —car, Vernet appelait hasard, l'action d'une vengeresse providence, — pouvait bien, au milieu d'une cité américaine, asiatique, ou africaine, amener devant lui un marseillais tout disposé à prolonger les commérages accusateurs de la bourse et du café Casati, dans l'asile, où son compatriote se serait vainement placé sous la sauvegarde de l'incognito. Il fallait donc rester et se précipiter, tète baissée, dans un horrible hymen !

Après avoir pris cette pénible résolution, Vernet ne s'occupa plus que de décider Amélie à entourer de silence, la double cérémonie civile et religieuse. Il comptait avoir pour témoins du sacrifice qu'il se proposait d'accomplir pendant la nuit, deux hommes du peuple, dont il payerait la discrétion.

Vernet trouva Amélie entourée de jeunes ouvrières et présidant, avec la vieille Bellerose, aux apprêts d'une fastueuse toilette de mariée : elle activait le travail de la voix et du geste, dirigeait une coupe, indiquait la place des rubans, donnait son avis, gourmandait la lenteur de celle-ci, et reprenait la pétulance de celle-là, soulevant, à grand bruit, les pièces d'étoffes et prenant la soie à pleines mains. Un caquetage délicieux pour les oreilles d'Amélie, résonnait dans l'appartement ; les ouvrières s'extasiaient sur le bonheur de l'actrice, sur la richesse de sa toilette et sur l'opulent mariage dont les préparatifs les tenaient en haleine, nuit et jour. Une corbeille de noces était posée sur une table, et l'œil en s'y portant, recevait de ces magnifiques écrins, de ces bracelets, de ces chaînes de pierreries, de ces diadèmes, de ces dentelles nuageuses, de toutes ces coûteuses fantaisies d'un luxe princier, un vif et soudain éblouissement. Un livre de messe à fermoirs d'or, à coins d'or, avec le chiffre de Vernet et d'Amélie, en lettres d'or gothiques, sur la reliure élégamment travaillée, étalait sa coquette et somptueuse couverture, à côté de la corbeille ; les gravures de ce livre étaient signées par les plus célèbres artistes, c'était inouï de magnificence ! A un angle de la cheminée, reposait, à côté d'un vase, la fleur d'oranger qui devait relever la noire et lisse chevelure de la mariée ; quel pudique et touchant souvenir !

Vernet devait acquitter toutes les factures.

Quand Vernet entra, Amélie vint joyeuse et empressée au devant de lui, présenta son front aux lèvres de l'ex-négociant et battant des mains, elle dit :

— Eh ! bien, faites-moi compliment ! J'ai prévenu vos

désirs, ces bonnes filles me secondent à merveille, rien ne choquera, je veux éblouir Marseille !

— Eblouir Marseille, dit Vernet, avec une contraction de traits visible et en serrant les dents !

— Eh ! sans doute, ma toilette sera d'un goût parfait, inouï, miraculeux ! Une robe de points d'Angleterre, un voile qui vaut mille écus, et cette petite fleur d'oranger, ce charmant symbole que je ne puis regarder, sans sentir mon cœur se fondre de tendresse et de joie, regardez, Vernet, elle est là, en attendant que votre main l'ait placée sur ma tête ! Le beau jour !

— Vrai, Amélie, il me semble...

— Allons, vous allez me gronder de ce que j'ai voulu vous faire des surprises ; vous autres, hommes, vous avez un amour propre ridicule ; vous vous fâcherez, parce que j'ai fait, moi-même, les emplettes, quelle bêtise ! Est-ce que vous ne payez pas tout, est-ce que tout ne me vient pas de vous ? Allons, de la joie, sinon, je vous boude, heureux mortel !

Bellerose entre à l'instant, et dit de sa voix enrouée :

— Ma fille, je pense que vous n'oubliez pas votre bonne mère, avez-vous donné un coup d'œil à ma robe ?

— O maman, dit Amélie, rien ne m'échappe, je veux que tu sois aussi belle que moi.

— Est-ce que votre grand'mère, dit Vernet, viendra au mariage ?

— Comment, s'écria Bellerose, je ne serais pas près de ma fille !

— Vous y serez, ma mère, dit Amélie d'un ton emphatique !

— Pourtant, dit Vernet...

— Ah, ma mère, ajoute Amélie, a une santé de fer, ne soyez pas inquiet pour elle !

Vernet prit la main d'Amélie, la conduisit dans son boudoir et la regardant en face :

— Puisque nous sommes seuls, lui dit-il, je vais vous faire une prière, Amélie. Voyons, soyez raisonnable et écoutez-moi bien ! Savez-vous que vous préparez votre mariage d'une manière bien bruyante ; ces six ouvrières vont le bavarder partout, et puis, sans m'avertir, vous avez couru tous les marchands ! Et ils savent déjà, tous, que M. Vernet, ancien négociant, épouse Mlle Amélie Desnoyers, ancienne actrice !

— Le grand mal que l'on sache cela, dit Amélie !

— Mais enfin, répondit Vernet, n'est-ce pas que j'avais le droit d'être un peu consulté, dans cette grave circonstance ! Que diable ! Je pouvais avoir de bonnes raisons pour que la chose se fit avec moins d'éclat ; enfin, ne parlons pas de ce qui est arrivé. Mais je venais vous signifier que nous nous marierons sans bruit, sans invités, nous brusquerons les deux cérémonies à l'hôtel-de-ville et à l'église, et le lendemain nous partirons pour ma terre d'Avignon ! C'est irrévocablement décidé. Le bonheur ne se plaît que dans la solitude, vous l'aimerez, la solitude.

— Vernet, la solitude, je l'abhorre. Est-ce que vous me prenez pour une pensionnaire de couvent, qui rêve aux bosquets et aux prairies ? Détrompez-vous, mon ami.

— Enfin, j'ai bien le droit.....

— Voici votre droit : Vous commanderez au Château-vert *, un dîner de cinquante couverts ; je veux une longue enfilade de voitures ; si les dames de vos amis font les rechignées, je consens à n'avoir que des cavaliers, nous serons plus gais ; à neuf heures du matin nous irons à l'hôtel-de-ville, à dix à l'église, à onze au Château-vert, à minuit nous retournerons et vous détacherez, de votre main amie, la fleur d'oranger qui, pendant toute la journée, se sera doucement balancée sur ma tête, voilà !

— Miséricorde ! s'écria Vernet, mais vous êtes folle, Amélie !

— Folle ?

— Oui folle ! Quel esclandre ça va faire ! Mais vous oubliez que vous avez été actrice, qu'on vous a sifflée au Gymnase, que chacun sait sur quel pied j'étais avec vous, et vous voulez me faire chansonner ! Oh ! c'est à mourir de honte !

— A mourir de honte, Monsieur ? Et c'est à moi que vous parlez ainsi, à moi qui vous sauve, à moi qui consens à unir mon sort à celui d'un..... misérable, quand je pourrais vous livrer à la justice ! Il en sera ainsi, Monsieur, que m'importe votre pensée intérieure ! Vous grimacerez la joie, si vous voulez. Notre vie à nous deux sera une longue comédie ! Les fêtes que nous donnerons, étourdiront votre désespoir. Tenez, Vernet, soyons franc

* Célèbre restaurant sur les bords de la mer, à Arenc, près de Marseille, et qui va disparaître, à cause de la création d'un nouveau port.

l'un et l'autre, nous nous détestons, maintenant. J'ai joué au plus fin avec vous ; j'ai voulu qu'un lien de fer vous attachât à moi ; appellez cela le supplice de Mezence, vous en êtes le maître ! Je vous suis supérieure par l'esprit et par le caractère ; peut-être m'auriez-vous échappé cependant, si le hasard ne m'eût pas fait rencontrer Bellerose ; mais, outre que je n'étais pas femme à ne pas profiter de tout ce que vous avez imprudemment confié à Bellerose, je remplis, qui le sait, auprès de vous, une mission vengeresse? La providence que vous niez et à qui je commence à croire, préparait ce dénouement à vos crimes, cette expiation à un scélérat tel que vous ! Je vais être votre femme aux yeux de la loi, aux yeux de la religion. Votre femme, quelle torture pour votre orgueil et votre avarice ! On dira, en voyant mon bras sur le vôtre, aux promenades : tiens, Vernet qui passe avec l'actrice, avec la courtisanne qu'il a épousée ! Et tandis que vous baisserez la tête, moi je relèverai fièrement la mienne, car le sacrificateur ne s'humilie pas à côté de la victime. »

« Voulez-vous tout savoir? Cette union que vous exécrez, je la contracte avec joie, parce qu'elle me venge de la société que je hais, de cette société qui a avili ma grand'mère, tué ma mère, qui m'a écrasée sous le poids d'une infamie, que je vais secouer tout entière ! Elle, la société, se croyait bien forte contre moi, faible femme, femme perdue ! Elle était sûre d'achever sur moi, son œuvre maudite, de me faire disparaître dans la fange où elle me tenait plongée ! Eh bien ! en face de cette société inexorable et faussement puritaine, je prends le titre d'épouse, je force un adjoint à me lire un article du code civil, un prêtre bénira mon mariage, j'y rentre, dans cette société, avec tous les droits qu'elle m'avait déniés ; n'ai-je pas bien lutté, Vernet? Et ce qui ajoute à ma fierté, ce qui ajoute à ma joie, c'est que je me réhabilite, à l'aide d'une main qui se crispe, à l'aide d'un homme qui est tombé dans mes pièges, à l'aide de vous, Vernet, qui voudriez me foudroyer au moment où répondant à l'appel de l'adjoint qui vous demandera : — Prenez-vous pour femme Mlle Amélie Desnoyers, vous direz : oui! »

— Vous savez bien Amélie, dit Vernet, que j'ai consenti à tout, je ne veux plus qu'une chose de vous : un peu de silence et de mystère!

— Ni silence, ni mystère, répondit l'impitoyable Amélie, tout se fera comme je l'entends! Allez vous étourdir par les préparatifs d'une noce magnifique ; je veux voir votre joie, la mienne, celle de nos cinquante convives se refléter dans les cristaux du festin! Voilà mon dernier mot.

Vernet, en quittant Amélie, se demanda s'il ne valait pas mieux mourir! Il sortit la rage dans le cœur! Il ne s'appartenait plus, il n'était plus libre; la chaîne était si bien rivée! Il cherchait à se persuader, dans son désespoir, qu'une condescendance calculée aux volontés impérieuses de cette femme, était, pour le moment, le meilleur parti à prendre; il se dit que plus tard il verrait ce qu'il y aurait de mieux à faire, pour obtenir quelques concessions, en échange de toutes celles qu'il s'imposait le plus stoïquement possible.

C'était là une situation affreuse pour cet homme superbe, à qui la résistance ne s'était jamais offerte que pour accroître son orgueil, en disparaissant devant l'inflexibilité de sa volonté et la puissance de son or! Il commença par annoncer, froidement, qu'il épousait Amélie; ses amis crurent d'abord qu'il avait perdu la tête; mais comme rien ne dévoilait, dans sa conversation ni sur ses traits, la moindre altération du cerveau, ils le plaignirent, en attendant de le railler, de s'être laissé dominer par une pareille femme, au point de lui donner sa main.

Vernet fit marcher ses amis de surprise en surprise; il parla de ses préparatifs de noce, fit ses invitations et annonça qu'il déploierait un luxe étourdissant, le jour de son mariage.

Malgré des exemples de semblables unions, la sienne ne laissa pas que de paraître la plus extravagante de toutes. Vernet qui n'avait jamais exigé d'Amélie, une fidélité sévère, était souvent allé au-devant des remarques critiques de ses amis, en leur faisant connaître la manière extrêmement indulgente dont il entendait ses relations avec l'actrice. Amélie était donc considérée comme une complaisante Aspasie, qui n'était pas même forcée de garder quelque retenue, grace à l'accommodante morale de Vernet. Élever jusqu'à la dignité d'épouse, une telle femme, c'était afficher un révoltant cynisme ou faire preuve d'une débonnaireté, dont Vernet n'avait jamais paru capable; on ne pouvait se l'expliquer que par l'affaiblissement du ressort moral, ou bien par une de ces fascinations malheureuses, qui font ensuite place à un dégoût profond et à un remords éternel.

Quand la première impression, que cette nouvelle étrange avait faite, se fut effacée, et que le côté plaisant d'une pareille union, se fut montré dans tout son jour, quand la surprise eut cessé, les amis de Vernet se rappellèrent toutes les épigrammes dont celui-ci criblait les maris, l'opinion qu'il émettait sur la vertu des femmes, sa résolution bien arrêtée de vivre toujours en joyeux célibataire, et ils s'applaudirent de le voir si niaisement donner un tel démenti à tous ses propos et à toute sa vie.

Exacts au rendez-vous donné par Vernet, ils gardèrent, avec peine, le sérieux devant l'ex-négociant, qui, avant de monter en voiture, pour se rendre à l'hôtel-de-ville, à la clarté du soleil, leur présenta la jeune mariée, baissant timidement les yeux et écartant, modestement, son voile surmonté de la fleur d'oranger. Vernet était en noir, dans toute la rigueur du costume du jour ; il rougissait et pâlissait, et ne savait comment assurer son regard et sa démarche. Amélie jouait à merveille son rôle.

Puis, la porte du fond du salon se rouvrit encore, et l'on vit la plus étrange des apparitions !

Une vieille se montra. Faisant de pénibles efforts pour redresser une taille brisée, et soutenir une tête vacillante, cette femme força les invités à reculer d'étonnement ! Une couche d'un rouge vif et exagéré s'étendait sur les joues d'une figure, où les rides se croisaient dans tous les sens ; au-dessus de ce fard hideux, pétillaient deux yeux sans cils et sans paupières, deux tisons qui se ranimaient avant de s'éteindre pour toujours ! Cette petite face toute grimaçante, coiffée d'un bonnet prétentieusement surchargé de dentelles, de rubans et de fleurs, exprimait un sourire appris aux leçons de Vestris, le Dieu de la danse, un sourire qui n'avait plus ni bouche, ni dents, ni coloris frais et jeune à faire valoir, et qui s'épanouissait sur une tête de momie; une robe d'une étoffe lamée, laissant à découvert deux bras de squelette et un cou tout sillonné, dessinait cette ostéologie ambulante et semblait être le suaire de fantaisie d'une morte invitée à un sabat obcène !

— C'est Mme Bellerose, ma grand'mère, que je vous présente, dit Amélie, en prenant la main du fantôme qui s'était mis à côté d'elle !

Toutes les têtes s'inclinèrent et Bellerose, la bouche en cœur, les mains le long du corps, fit à tous les invités une longue révérence, pendant laquelle on assura qu'on avait entendu le craquement de ses os.

IV

Vernet dut boire jusqu'à la lie, la coupe d'amertume qu'Amélie lui avait présentée. Dans le chemin qu'il parcourut de sa maison à l'hôtel de ville, pendant la cérémonie autour de laquelle une maligne curiosité avait ameuté la foule des spectateurs, de l'hôtel de ville à l'église, où son nom circulait dans tous les rangs, où on le désignait à tous les regards, de l'église au Château-vert, l'ex-négociant rappela la victime antique, conduite, le front paré de fleurs, au sacrifice. La plaie était trop vive, pour qu'il pût la cacher sous l'air d'une satisfaction jouée. Sentant, toutes les fois que son œil tombait sur la *fleur d'oranger* d'Amélie, sur le visage resplendissant de bonheur et de vanité de l'actrice, la colère et la rage prêtes à faire éclater son cœur en lambeaux, il gardait un silence farouche. L'abattement de ses traits, les furtifs monosyllabes qu'il adressait à des protestations amicales, l'air dont il regardait Amélie, ne prouvaient que trop la violence morale, sous laquelle, pour des motifs inconnus, sa volonté, sa liberté, sa fierté avaient dû nécessairement fléchir. Les invités se disaient : — il ne sera pas plus triste le jour de son enterrement. Mais cette tristesse n'était pas contagieuse, grâces au contraste qu'elle fesait avec la gaité expansive d'Amélie. Celle-ci multipliait ses sourires, ses serremens de mains ; du siège qu'elle occupait en face de l'officier de l'état-civil, sa joie rayonnait sur toute l'assemblée. Elle prenait si peu de soin de Vernet, que les invités finirent par céder à un exemple donné de si grand cœur et avec une si grande assurance, et ils se comportèrent, au festin du Château-vert, comme si le héros de la fête eut été, lui aussi, dans les meilleures dispositions d'un entraînement joyeux.

C'était chose merveilleuse à voir que la pétulante gesticulation, les appels à la gaîté, les provocations bacchiques d'Amélie, qui tenant tête à tout le monde, mangeait buvait, lançait des bons mots, envoyait des défis, le verre en main, les acceptait intrépidement et déployait une verve gastronomique, devant laquelle un gros marseillais, surtout, célèbre par son fabuleux appétit, prosternait sa tête enluminée.

Ce gros marseillais, le représentant de la vieille gaîté provencale, s'émerveillait, la fourchette levée, des façons viriles de l'actrice; il bondissait sur sa chaise, et fesait retentir la table, d'un coup de poing, à tous les verres de champagne intrépidement avalés par Amélie.

— Diable! cria-t-il à Vernet, l'admirable femme, que vous avez prise! Vous me l'avez volée! La belle vie que nous aurions menée ensemble. Moi, j'ai une femme maigre, qui a d'éternelles vapeurs, et ne mange et ne boit que du bout des lèvres. Elle voudrait me mettre au régime, la pécore! Elle tient note des verres de vin que je bois! C'est bien triste tout de même! Il faut que je sois doué d'un appétit bien énergique, pour ne pas sentir la faim me rentrer dans le ventre, et le dégoût me monter à la bouche, quand je suis à table, vis-à-vis d'elle. Elle prend, dédaigneusement, la moitié d'une aile de poulet, la tourne et la retourne cent fois sur son assiette, tandis que moi j'entasse ailes, cuisses, carcasse sur la mienne et puis, en un clin d'œil, tout est engouffré. Je suis obligé de tenir les yeux fixés sur mon assiette, de ne pas regarder ma femme qui s'avise à chaque morceau dont j'emplis ma bouche, de me dire: — Mon ami, tu manges trop, tu auras une indigestion, tu as les joues pourpres! Mon Dieu comme tu bois, tu es à la seconde bouteille de Bordeaux! — Si je ne me tenais pas à quatre, je lui casserais les assiettes sur la tête. Oh ! Vernet, si j'avais une femme comme la vôtre ! Parlez-moi de Mme Vernet, je bois à Mme Vernet. »

Et tous, debout, tendirent leurs verres à l'actrice, la saluèrent et burent en son honneur. Amélie s'était tournée vers son mari et lui avait dit :

— Allons, mon ami, choquons nos verres ! A notre bonheur et à notre amour !

Vernet avait l'air d'avaler du fiel.

Après le dîner, Bellerose échauffée par la boisson, excitée par les compliments ironiques de deux gais et jeunes convives, au milieu desquels elle s'était assise, devint la plus hideuse et la plus compromettante des belles mères ! Elle prit le menton de Vernet et dit :

— Mon beau fils est un vrai quaker, n'est-ce pas, mes amis? Il a rapporté du nord cette réserve de manières et ce maintien austère qui cachent toujours un bon cœur et un inépuisable fonds de tendresse. C'est un volcan sous la neige que Vernet ! Que je l'aime ainsi ! Le charmant couple ! Allons, Amélie, tu vas me permettre d'ouvrir le bal avec ton philosophe. M. Vernet, présentez-moi la main.

Vernet, sublime de résignation, bien qu'il n'eût pas mieux demandé que de jeter cette vieille danseuse, par la fenêtre, dans cette belle Méditerannée dont il voyait luire les flots, prit la main de Bellerose. Les violons préludèrent dans un coin de la salle, les convives se mirent sur deux rangs et laissèrent, entre eux, un espace suffisant pour les évolutions du bal. Vernet ne s'occupait de Bellerose que pour remplir machinalement son rôle de danseur. Bellerose inspira une gaité délirante; elle assurait ses pas, en cherchant un appui secourable sur l'épaule de Vernet, et le sifflement aigu qui sortait de ses lèvres, montrait que son corps et que ses membres éreintés succombaient sous le poids de la formidable tâche qu'elle avait entreprise! Elle voulut, encouragée par d'ironiques bravos, exécuter un pas difficile, hasarder une pirouette; la vieille machine parut se détraquer! Epuisée d'efforts, Bellerose chancela, avança les bras, pâlit et vint tomber sur Vernet qui, au mépris de la galanterie française, laissa glisser à terre la vieille élève de Vestris. Amélie et quelques convives se hâtèrent de relever cette victime peu touchante de la chorégraphie, et l'installèrent dans un fauteuil, où l'on crut, un instant, qu'elle allait rendre l'âme.

Il fut décidé que Bellerose resterait spectatrice de la fête. Amélie, la seule femme avec elle de la société, se montra, dans les valses et les galops, aussi intrépide danseuse, qu'elle avait été intrépide convive! Elle valsa, tournoya avec les cinquante invités, et pas un signe de fatigue ne se fit lire sur ses traits, quand elle acheva à près de minuit, sa dernière figure, aux applaudissemens de l'assemblée électrisée. Le gros marseillais n'en revenait pas; il serrait convulsivement la main de Vernet, l'embrassait et lui disait d'une voix, qui avait laissé son équilibre au fond d'une immense quantité de petits verres de rhum:

— Heureux coquin! l'infatigable femme que tu as prise

là! Vous coulerez des jours filés d'or, de soie, de beefteacks, d'andouilles et de galopades! Ta vie sera un diner et un bal perpétuel! Heureux coquin que tu es! Si je veux seulement faire tourner ma femme sur ses talons, elle me tire la langue et reste une heure à souffler sur une chaise! Que je t'envie la tienne! Voilà une femme!

Puis ouvrant démesurément les bras, et se tournant vers Amélie, le gros marseillais s'écria:

— Mme Vernet, Mme Vernet, avec la permission du mari, tenez, il faut que je vous embrasse!

— Volontiers, répondit l'actrice, qui vint présenter ses joues sur lesquelles l'épais convive fit retentir deux sonores baisers.

— Et moi, dit en minaudant Bellerose qui essaya de se soulever de son fauteuil?

— Oh! dit le gros Marseillais, nous savons ce qui est dû aux dames. Et il vint embrasser le fantôme, qui battit des mains à cette marque de galanterie.

Le vin et la bonne chère disposent à l'indulgence et à la franchise; les convives qui avaient respecté la réserve glaciale de Vernet, le trouvèrent enfin bien maussade et bien farouche. Amélie les avait fascinés, il fallut alors que Vernet subit d'étranges félicitations et des apologies d'Amélie, plus étranges encore. La brusquerie marseillaise devint aussi intempérante que cruelle! Un courtier dit à Vernet:

— Eh bien! Vous avez épousé une actrice, est-ce que vous vous en repentez? C'est fait maintenant, vous devez en prendre votre parti en brave! Je n'aurais jamais cru ça de vous ! Mais enfin c'est fait ! Et puis, Amélie a du bon ! C'est une superbe femme, un peu grosse, nous aimons l'embonpoint dans les femmes ! La mienne pèse je ne sais combien de quintaux ! Tenez ! Voyez comme Amélie valse avec Arnaud ! Légère comme une plume malgré son embonpoint ! Allons soyez gai, remuez-vous ! Vous avez eu un sérieux de pape ; n'est-ce pas que Vernet a été bien maussade ?

— Ça lui passera, disait un autre convive, il est étourdi du coup ! Lui se marier !

— Avec une actrice surtout ! C'est tout de même une fin imprévue de la part de Vernet, répondit un voisin.

— Eh bien ! Vernet a pris le bon parti, ajoutait le courtier, Amélie a du bon, je le lui dis depuis une heure !

Le gros marseillais s'avançait et disait :

— Je le lui répète depuis une heure, moi aussi ; il va couler des jours filés d'or, de soie, de Beefteacks et de galops ! Je ne dis que ça, moi ! Ah ! si ma femme était comme Mme Vernet !

— Messieurs, je suis très sensible à vos compliments, répondait Vernet, qui croyait être sur des charbons ardents, et aurait voulu qu'un génie de l'Orient lui eût rendu le service de le transporter à mille lieues du Château-Vert.

L'heure du départ sonna enfin. Il y eût, au moment de se séparer, pour monter en voiture, une incroyable profusion de serrements de mains, d'embrassades, de cris, de vivats. Le gros marseillais avait pris sous son bras Amélie et Bellerose et criait :

Place aux dames !

Il remplit les devoirs de cavalier servant; il ouvrit la portière de la voiture de Vernet et aida les dames à monter, tout en disant:

— Le contraste est frappant! Quelle ampleur et quel vide! C'est décidément une femme étonnante et magnifique. Mlle Georges n'y vient pas! Ah! la mienne, elle est déjà comme Mme Bellerose, sèche comme un hareng saur! Parlez-moi de Mme Vernet! Et il ajoutait d'une voix peu claire, mais forte:

— Vernet, ne va pas chez les Turs, ils te souffleraient ta femme, ces gaillards là! L'heureux coquin que tu me fais! Bon soir et bonne nuit, mes dames, bonne nuit Vernet. Ah! l'heureux coquin! Et dire que ma femme est un hareng saur!

Les éclats de rire d'Amélie retentirent encore aux oreilles des invités, quand la voiture qui l'emportait avec son mari et sa grand'mère, avait déjà disparu! Un dernier *vivat* fut envoyé, du haut du pont d'Arenc, à la merveilleuse actrice.

Vernet gardait un silence farouche et ne répondait rien aux folles interrogations de sa femme qui, tout en roulant vers la ville, disait:

— Le beau jour, c'est le plus beau de ma vie! Les agréables convives! Nous les verrons souvent, n'est-ce pas, Vernet?

Cette question resta sans réponse, comme toutes les autres, et Amélie, sans montrer le moindre dépit et feignant de croire que Vernet s'était endormi, chanta de sa voix fausse.

« Dormez, dormez, chères amours !
« Pour vous, pour vous, je veillerai toujours !

V

Le supplice de Vernet est bien long. A l'heure présente, il continue, sans que l'espérance d'échapper à des regrets cuisants, à des tourments domestiques incessants, à la honte d'une telle union, vienne, un instant, éclaircir la sauvage mélancolie et adoucir le désespoir de l'infortuné.

La mort de Bellerose a été, depuis la noce bruyante du Château-Vert, le seul incident heureux d'une vie abreuvée d'ennuis, d'une vie mal faite et devenue pour l'ex-négociant, le rocher de Sisyphe.

Amélie a exigé que Vernet l'entourât de tous les dehors d'une existence bruyante et heureuse : loge au théâtre, voiture, laquais en livrée, promenades, riches parures, entrée triomphante chez les marchands en renom, sermons courus, fêtes publiques, tout ce qui met une femme en une exhibition perpétuelle de sa personne, Amélie l'a obtenu de la sombre résignation de Vernet, qui voudrait, au moins, trouver dans la puérile éducation d'un serin et d'un perroquet, de solitaires distractions. Ce bonheur stupide, il ne l'a pas même. Amélie dans un état d'agitation perpétuelle, traverse à chaque instant, comme un ouragan, les appartements de Vernet et lui présente à bout portant, avec un flux de paroles retentissantes, d'extravagantes demandes ! Vernet n'a plus d'abri, plus de calme, plus de repos.

Il aimait excessivement l'ordre et prenait des soins infinis, pour que rien, dans ses appartements, ne choquât la vue et le goût. Avant son mariage, le luxe qui régnait autour de lui, rappelait le *comfort* d'une maison de *Gentleman;* mais Amélie était d'un naturel trop bohémien, et avait une effervescence de caractère trop grande, pour se plaire à ces détails minutieux de propreté et d'arrangement. Familière et quinteuse avec les domestiques, elle use envers eux, tantôt d'une condescendance outrée, tantôt d'une sévérité brutale, les querellant, les raillant sans retenue, et ne pouvant plus ressaisir une autorité discréditée, d'abord par les souvenirs de sa vie passée, et ensuite singulièrement énervée par une humeur fantasque et les vains efforts d'une dignité factice et mal jouée.

L'intérieur de Vernet est devenu celui d'une cantatrice italienne ou d'une danseuse de boleros. Les robes, les chapeaux, les écharpes, les manteaux d'Amélie traînent sur tous les fauteuils; les tasses de porcelaine, les théières, les sucriers dorés, les cristaux changent de place à chaque instant, exécutant au milieu des appartements, un va et vient perpétuel, et finissant, grâce à leur course désordonnée, par disparaître dans quelque coin, mutilés et hors de service.

Vernet passe son temps à poursuivre une cravate égarée, un gilet perdu sous un entassement de linges, un brillant relégué dans les ombres d'un meuble où la pétulante Amélie a tout mis sens dessus dessous. Ce désordre domestique aigrit Amélie et rend plus farouche l'humeur de Vernet. La chambre de l'actrice offre un inextricable fouilli; derrière les coussins de sa dormeuse, s'empilent de riches dentelles, des bonnets de prix, qui y prennent les plis les plus bizarres et les aspects les plus repoussants. Toute destination est intervertie: des sucreries, des bonbons, des biscuits entamés ruissellent dans les armoires, et tachent le linge; sur le somno, s'étalent les objets les plus disparates: une bague ornée d'un splendide diamant, à côté d'un éteignoir fumeux et noirci, un bracelet suspendu au bras de la petite statuette qui tient la veilleuse. On m'a même assuré que, surprise par une visite inattendue, Amélie plaça, un jour, un chapeau de velours sur celui de ses meubles qui devait le moins s'attendre, à recevoir une coiffure aussi splendide; le chapeau l'absorba tout entier.

En jetant un coup d'œil sur le secrétaire, la commode, les tables, on croit voir un champ de bataille d'où l'on aurait négligé de relever les blessés: le *lavabo* est ébréché et fendillé, la cuvette crevassée, un biscuit de Sèvres endommagé partout, un groupe de statuettes affreusement mal traité et les couvercles manquent à presque tous ces petits vases de porcelaine, à ces riens frêles et élégants qui encombrent la cheminée et les tables d'une femme riche. Mais l'aspect général est celui d'un incurable désordre: des desks béants, un nécessaire constamment ouvert, d'élégantes malles en bois de palissandre renversées, des tiroirs entre-baillés, des serrures disjointes, des meubles dont la riche marqueterie s'écaille, des angles brisés, et sur le lit, sur les fauteuils, dans les coins, sur les chaises, sur les dormeuses, un inextricable pèle-mêle de robes, de mantilles, de bonnets, de jupes, de souliers dépareillés, de linge, rappelant l'image d'un cahos qu'Amélie ne cherche nullement à débrouiller! Aussi, les dépenses d'Amélie croissent à ravir; car, dans cette inexprimable confusion, les objets qui composent l'éblouissante toilette de l'ancienne actrice, se déforment bientôt et arrachent à Mme Vernet, ces mots qui retentissent si douloureusement dans la poitrine d'un mari : — Ah ! mon Dieu, je ne puis porter cela ! Comme c'est *fripé!* Que dirait-on de moi!

Avant de procéder à sa toilette, Amélie fait subir à la patience du martyr Vernet, la plus rude épreuve ; il faut que l'ex-négociant se mette avec sa femme à la poursuite du moindre objet; c'est alors un branle-bas général! Les armoires, les commodes, les secrétaires versent tout leur contenu sur le sol. Vernet à genoux, le nez à terre, souffle et maugrée en cherchant la bague, le collier, le bracelet qu'un génie malin a nichés, on ne sait où! Pendant ces minutieuses perquisitions, les dentelles s'étirent sous les mains et les pieds de Vernet, un coup de coude s'enfonce dans un chapeau tombé à la renverse, un tiroir fortement amené par la main énergique d'Amélie, roule sur le tapis, et l'actrice impatiente, les mains agitées, bouleversant tout, furetant partout, déplaçant tout, va, vient, frappe du pied et s'écrie : Ce butor de Vernet qui ne saurait rien trouver et qui met le désordre partout!

Vernet est affligé d'un tic nerveux, d'une manie que sa femme exaspère horriblement. Quand il s'asseoit à table, l'ex-négociant ne commence à manger, que lorsqu'il est parvenu à mettre sur des lignes parallèles et savamment étudiées, les fourchettes, les couteaux, les salières, les caraffes et les plats. A un plat, à une salière, à une caraffe, répondent, symétriquement, un autre plat, une autre salière, une autre caraffe ; il ressemble alors à un arpenteur qui, l'œil fixé sur son cordeau, prend les plus exactes mesures ; ses mains avançant ou reculant les objets, corrigent les lignes et cherchent à satisfaire les exigences de son regard géométrique. C'est là une puérilité dont Vernet n'avait même jamais cherché à se guérir. Hélas ! Amélie y a mis bon ordre ; sa gesticulation véhemente, son instinct désordonné ont bientôt tout dérangé, et Vernet pâlit et perd l'appétit à la vue d'une salière cachée derrière une caraffe, d'une caraffe reléguée à un bout de la table, des assiettes qui sont sorties de leur rang et qui vagabondent d'un côté à l'autre.

— Dans quel guêpier j'ai fourré ma tête, pense tristement Vernet !

Ainsi, la honte, la raillerie au dehors, le désordre, les brusqueries, les récriminations sans fin au dedans, devinrent la contre-partie de cette existence libre, savamment débauchée, pendant de longues années, et qui s'achève dans une union maudite, retentissante de querelles et assaisonnées de fantaisies coûteuses et de dédains superbes.

— Diable ! la belle femme que tu as prise, disait dernièrement le gros marseillais à Vernet, la mienne est un hareng-saur !

— Plut à Dieu, lui répondit Vernet, qu'Adam eût toujours gardé ses deux côtes !

— Qu'est-ce que tu me chantes-là ! Est-ce que tu as perdu la tête !

— Ça viendra, je l'espère !

Le gros marseillais le quitta en disant :

— Que dirait-il si sa femme ressemblait à un hareng-saur, à une morue sèche ? Ce Vernet ne connait pas son bonheur !

VI

Marseille a un territoire extrêmement ondulé, surtout à l'est et au nord. Tandis que du côté du sud, la campagne s'étend en plaine vers la mer et les montagnes de Sainte-Marguerite et de Montredon, * ailleurs, elle s'étage, elle se hérisse de monticules, ou se creuse en petits vallons, offrant, de loin, l'aspect d'un amphithéâtre dont les dernières lignes touchent aux âpres rochers du *Pilon du Roi*, de Notre-Dame-des-Anges ** et du féodal village d'Allauch ***. Ces accidents d'un terrain d'une nature abrupte

* Hameaux voisins de Marseille, que le chemin de fer vient de mettre à vingt heures de Paris.

** Montagnes qui forment au nord-est le territoire de Marseille.

*** D'*Allodium*, fief.

et irrégulière, multiplient les points de vue, diversifient les paysages et donnent à notre banlieue, un caractère assez saisissant et assez agréable, pour nous dédommager de la majesté et de la grandeur dont elle est, presque partout, dépourvue. N'avons-nous pas la mer, pour moins regretter ces vastes profondeurs de verdure, ces interminables horizons où l'œil se perd dans l'immensité du ciel et de la terre? Horace l'a dit : le bonheur veut un coin étroit, un *angulus* ; or, les coins étroits, les *anguli* sont singulièrement multipliés dans cette banlieue accidentée, où le marseillais renferme ses joies domestiques entre quelques arpens resserrés par des rochers et protégés par des murs. Je crois que cet amour des champs qui a fait construire tant de *bastides*, * serait moins vif au cœur de mes compatriotes, si la campagne marseillaise eût rappelé celle de Rome! Une étendue de terre, d'une majestueuse uniformité, où l'œil glisse sur une surface infinie, élargit trop l'imagination et la pensée, et réveille certaines idées dont le bonheur domestique ne s'accommode guère! Ce n'est ni sur des cîmes perdues dans le ciel, ni au sein de vastes plaines, que l'on peut éprouver de paisibles et douces émotions! On rêve à autre chose qu'au foyer de la famille, qu'à des causeries sous la treille ou sous les pins, quand on se trouve en face d'un sublime tableau, d'une œuvre immense de Dieu! Les pensées qui s'éveillent alors, dans la tête, participent de la grandeur du spectacle, et se détachent complètement des secrètes et petites

* On appelle ainsi à Marseille les maisons de campagne, à cause de l'air de fortification — bastion — qu'elles avaient, jadis.

jouissances de la vie. La providence, je le répète, a assez fait, pour exalter modérément notre imagination marseillaise, en nous faisant naître sur les bords de la mer ; encore a-t-elle voulu que cette mer ne fit pas avec le sol qui nous entoure, une trop grande disparate. Notre golfe est en complète harmonie avec notre territoire ; resserré au nord par de grises montagnes, hérissé d'un petit archipel, inondé de lumière, se découpant, quand on le contemple de quelques endroits privilégiés, en longues et étroites bandes d'azur, il est loin d'avoir la grandeur triste et solennelle de l'océan ; ce fragment de Méditerranée rit presque toujours au soleil, ou lorsqu'il se voile de vapeurs, la brise soulève bientôt ce léger rideau qui se replie et disparait dans un bleu firmament !

Notre banlieue réunit, donc, toutes les conditions nécessaires au maintien d'une douce et permanente quiétude champêtre ; tout semble y avoir été prévu pour empêcher les grandes agitations de l'esprit : les collines y ont des poses gracieuses, les vallons y sont riants et étroits, les déclivités peu abruptes, rien de sauvage et de solennel ne s'y révèle. Allez aux Aygalades *, vous y trouverez une miniature de paysage : la cascade versant une onde peu abondante, la vallée qui hésiste à prendre un aspect trop sévère et qui se hâte d'adoucir par ses prairies et un petit bois où l'eau gazouille, l'aspérité du mur des rochers qui la borde au couchant. Je ne sais quelle trans-

* M. le comte Jules de Castellanne connu à Paris par ses belles fêtes, possède aux Aygalades, un château que le duc de Villars et Barras avaient habité.

parence marine, quel air de gaîté exhalé par le golfe pénétrent dans le moindre coin de la campagne et y font pleuvoir une riante lumière ! Les sentiers qui s'y croisent ont des marges fleuries, les monticules qui s'y élèvent, portent tous, des panaches de pins ; partout, les tuiles rouges, les contre-vent verts répandent leur teinte joyeuse sur les milliers de toits qui s'y pressent ! Le propriétaire marseillais a des exigences si bornées ! Il ne se plaint nullement de n'avoir pas à parcourir de longues allées, de ne pas posséder ces grands bois aux souvenirs druidiques ; il ne lui est jamais arrivé de regretter la disparition complète de cette forêt sacrée, dont Lucain gratifie l'antique Massilie ; il n'a jamais reproché à Jarret* de montrer parfois un naturel hydrophobe, à l'Huveaune** de rouler souvent de la poussière au lieu de l'eau ; il se contente de si peu ! Avec quatre pins, il se fait un bois, avec un filet d'eau, une cascade, il prend le frais en respirant l'haleine humide d'un puits ou en tournant le dos au soleil. Il vous dira : — Puisque vous êtes là, je vais vous montrer mes grandes eaux, et quand vous cherchez un appareil hydraulique fantastique, il pousse un robinet, et vous voyez une sueur humide ou quelques gouttes perlées, transpirer sur un amoncellement de rochers au fond d'un bassin à sec ; vous tournez la tête, et un jet d'eau s'élance, tout joyeux, d'un petit tube de métal, et s'acquitte de son

* Maigre ruisseau qui coule à l'Est de Marseille. La Durance amenée à grands frais à Marseille, a pris pitié de Jarret et est, enfin, venue lui fournir de l'eau.

** Autre ruisseau plus large.

devoir de divertissement hydraulique, aussi honnêtement que possible. *

Ce ne sont pas là de grands frais d'imagination. ** Le plaisir champêtre est parmi nous, d'une retenue exemplaire, la chasse n'y connait ni meutes aboyantes, ni déchainement de cors, elle s'abrite sous un petit toit de feuillage et y dirige son fusil vers une branche morte qui devient, quelquefois, le perchoir funèbre d'un oiseau patiemment attendu. La promenade n'exige ni longues et verdoyantes pelouses, ni tapis d'herbes à perte de vue, ni sombres et profondes clairières, elle s'y exécute dans les allées étroites et tournoyantes d'un petit parterre, ou sur une terrasse que couvre l'ombre du toit, ou bien encore à travers les sentiers d'une pinède qui fait immanquablement dire au poète de la compagnie:

— « Je retrouve dans le murmure des pins, celui de la mer, n'est-ce pas, Mesdames ?

Dans un territoire où les beautés de la nature champêtre se présentent avec des proportions si réduites, où le sol, les accidents de terrain, les paysages, les habitations, les héritages affectent des prétentions si modestes,

* L'arrivée dans la banlieue de Marseille, des eaux de la Durance, a changé l'aspect de notre territoire, et forcé les propriétaires de se livrer à une véritable orgie hydraulique permanente. Les lacs, les cascades, se sont tellement multipliés, que le soleil, au cœur même de l'été, parvient difficilement à dissiper le voile humide de vapeurs flottant sur nos champs.

** Avec une dépense de quarante millions, Marseille a relégué dans le passé une partie de la peinture que l'on vient de lire. C'est maintenant la ville la plus pourvue d'eau.

on ne peut se livrer, il est vrai, à ce vaste enthousiasme poétique dont l'âme de Châteaubriand fut remplie à la vue des savanes noyées du Meschacebé. Je le reconnais en toute humilité marseillaise : ici, point de ces élans fiévreux et sublimes, tels que le chantre des Méditations en éprouva devant les glaciers des Alpes. Il faut se résigner à ne ressentir que des émotions tempérées, dans le genre de celles que son jardin si bien décrit par Virgile, donnait au vieillard de Galese. Il serait ridicule, souverainement ridicule, de lancer d'ardentes et lyriques apostrophes à ces *pinèdes*, * à ces enclos, à ces sentiers enveloppés de murs et diaprés de bastides ; mais de cette absence de grandeur et de formes imposantes, on aurait tort de conclure que le sentiment poétique ne peut pas naître au sein de ces calmes et riantes retraites. La poésie n'est-elle pas la merveilleuse et inattendue hotesse de la mansarde de la jeune fille, et ne la voit-on pas se jouer dans la petite plante d'un vase placé sur une étroite fenêtre, et dans le rayon du soleil qui vient illuminer une chambre pauvre et nue? La poésie se fait jour partout, et avec bien plus de raison encore sous ces treilles, près du figuier du puits, dans ce salon orné de tableaux représentant les quatre saisons ; elle y arrive, surtout, quand les accords du *tambourin* règlent les pas gracieux et les charmantes attitudes d'une jeune danseuse provençale.

Je sais une bastide adossée à des rochers, entourée de pins et de capriers, et n'ayant pour tout horizon, qu'un

* On appelle, ainsi, en Provence, les petits bois plantés de pins.

rideau de peupliers et une prairie où l'on descend par un côteau tout festonné d'oliviers et de vignes.

A cette bastide nul chemin battu, vicinal ou départemental, ne conduit. Après avoir quitté la route de Saint Just, * pour se diriger vers le château de Bellevue, ** on cotoie, au nord, les vertes croupes qui supportent ce château, et l'on arrive par des sentiers bordés d'aubépines et de thyms, buissons odorants d'où vous faites sortir un murmure d'insectes résonnants, à une maison de campagne qui marque la limite du quartier de la Palud et de celui de Sainte Marthe. On est tout surpris de trouver derrière une barre de rochers que le lierre et le caprier tapissent de leurs feuilles, un petit toît devant lequel on réciterait volontiers ces vers charmants de Lamartine :

Je sais sur la colline
Une blanche maison,
Un rocher la domine,
Un buisson d'aubépine
Est tout son horizon.

Il y a un peu plus qu'un buisson d'aubépine, car un étroit chemin, à peine tracé sur une déclivité assez douce et plantée de vignes, d'oliviers et de figuiers, va aboutir, en face de cette *bastide* si bien cachée au regard, à ce rideau de peupliers et à cette prairie que j'ai déjà mentionnés. Après la prairie, s'élève une longue haie qui forme la limite de la modeste campagne où je vais conduire mes lecteurs. Une vieille femme, parente de Marie, se pro-

* Joli hameau au nord-est de Marseille.

** Ce château a appartenu, autrefois, à la famille de M Louis Reybaud, l'auteur de Jérôme Paturot,

posait d'attendre paisiblement la mort. dans cette bastide. en veillant sur les quatre poules, les deux pigeons, les six canards et la chèvre, qui seuls, peuplaient sa solitude. Servie par une paysanne d'une humeur assez quinteuse, mais d'un dévouement à l'épreuve, *Misé** Aubert, ainsi s'appelait cette bonne et vieille femme, remerciait Dieu d'avoir donné à son mari, qui avait été toute sa vie subrécargue d'un bâtiment marchand, l'heureuse idée de ramasser pendant quarante ans, sou à sou, la petite somme qui lui permit, un mois avant sa mort, d'acheter cette propriété lilliputienne. Misé Aubert ne possédait rien de plus au monde, que cette propriété, qui, resserrée sur trois côtés par des masses de rochers, comprenait une petite éminence, enjambait un ruisseau, dépassait un rideau de peupliers et une prairie, pour s'arrêter au pied d'une longue haie. Ces cinq ou six rangées de vignes, ces trente oliviers, ces rares arbres fruitiers, ce petit pré, où des carrés de salades et d'ognons avaient été soigneusement ménagés et le poulailler suffisaient amplement aux besoins bien limités de la veuve du marin, et la fesaient arriver à la fin de l'année, sans qu'elle eût eu besoin d'entamer le pécule laissé par son mari, et qu'elle grossissait encore par de faibles épargnes. Pendant les vingt années qui suivirent la mort du subrécargue Aubert, sa femme mena une vie paisible et complètement solitaire. Elle se levait avant le jour, allumait un petit feu, et préparait le café qu'elle partageait avec sa vieille servante ; ces deux femmes assises en face l'une de l'autre, dans la pénombre

* En français *Mademoiselle*.

de la cuisine, savouraient goutte à goutte, la boisson dont les grains de sucre, économiquement supputés, ne tempéraient qu'imparfaitement l'amertume. Misé Aubert disait à sa compagne, pour l'engager à avaler avec plus de plaisir sa tasse de café : — « Mon pauvre mari répétait toujours, que le café est meilleur quand il est peu sucré. » Propos que la vieille paysanne accueillait avec cette réponse invariable : — Et puis, cela coûte moins. Ces deux femmes fesaient des repas fantastiques, et réalisaient, sans s'en douter, le plus grand des problèmes, celui de vivre avec des ombres d'aliments, avec des fantômes de mêts ! Nanon, c'était ainsi que se nommait la servante, se dédommageait par quelques salades, ou par des fruits dérobés, de la longue abstinence à laquelle l'avait vouée sa maîtresse, qui, du reste, donnait l'exemple de ce jeûne héroïque. Pourtant, les noms déguisaient la pauvreté des plats, et misé Aubert appelait intrépidement une *bouille à baisse*, une décoction d'herbes dans laquelle trempaient deux minces tranches de pain bis. Elle était tellement parvenue à étendre la puissance alimentaire d'un œuf, que ce produit de son poulailler, géométriquement divisé en quatre parties, quand il avait été cuit à la poële, défrayait, seul, tous les repas de la journée ! Si, un jour de fête, misé Aubert se décidait à acheter une livre de viande, cette inattendue prodigalité n'était qu'un leurre tendu à la crédulité de la servante ; cette livre de viande autorisait la veuve du subrécargue à donner, pendant huit jours, le nom de bouillon, à l'eau dans laquelle elle fesait étuver, pendant cet espace de temps, le morceau de mouton dont elle coupait, à chaque repas, les microscopiques morceaux sur son assiette et sur celle de Nanon. Sans y mettre la moindre malice, elle demandait toujours à sa vieille compagne, si ses digestions étaient faciles et lui proposait, d'un air très-sérieux et avec beaucoup d'empressement, de lui préparer une infusion de thé. Nanon jurait par tous les saints du paradis, qu'elle n'avait jamais eu l'estomac aussi libre, que depuis qu'elle était au service de misé Aubert, laquelle continuait à s'étonner du prodigieux appétit de sa servante.

— « Mais à qui laisserez-vous votre propriété, demandait, parfois, Nanon à sa maitresse?

— « Je n'ai plus de parents, répondait celle-ci; il y a bien une nièce de mon mari, laquelle est, dit-on, fort gentille, mais elle a un père et une mère si pauvres!

— Et pourquoi ne les faites-vous pas venir quelquefois, à votre campagne, ajoutait Nanon, cela leur ferait plaisir?

— Ah! mon Dieu! ici l'air donne tant d'appétit, ils nous mangeraient, dans un jour, toute la provision d'une semaine! Le café, les fruits, les salades, les haricots, la morue, tout y passerait et *puis nous danserions devant l'armoire*. * Ça te remplirait le ventre de danser devant l'armoire, à toi qui a toujours une faim furieuse!

— Je ne dis pas que je manque d'appétit, je mangerais des pierres quelquefois!

— Tu vois bien que nous ne pouvons pas faire manger les autres!

— Mais ils pourraient apporter quelque chose!

* Proverbe marseillais qui signifie un jeûne forcé.

— Écoute ce que disaient les anciens : qui met la table, s'en répent toujours.

— Oui, mais enfin, quand on a des parens, on les voit toujours un peu. Nous sommes toutes seules ici. Moi, ça me réjouirait de parler quelquefois à d'autres ; on dit surtout que votre nièce Marie est si aimable, c'est presqu'une demoiselle !

— Oui, elle se donne des airs, dit on.

— Vous n'avez point d'enfant, eh bien elle...

— Ah ! mon Dieu, elle aura vingt ans bientôt ; y penses-tu, à cet âge on dévore. Qui sait, elle voudrait peut-être me faire mettre au pot une de mes poules. Est-ce qu'un voisin ne vint pas, un jour, me proposer de lui faire manger la plus jolie de mes poules, comme si les poules ne fesaient pas des œufs ! Les gens sont fous !—Nanon qui était la sœur de lait du défunt mari de misé Aubert, se résignait à la triste vie qu'elle menait auprès de cette femme dont la lésinérie était devenue une incurable manie, parce qu'elle avait eu toute sa vie pour le subrécargue, un attachement qu'elle n'hésita pas à reporter sur la veuve. D'ailleurs, misé Aubert traitait Nanon avec assez de bonté et supportait, sans se fâcher, les réflexions piquantes, les railleries et les plaintes à l'aide desquelles celle-ci cherchait à se venger de ses jeûnes intolérables. Mais ce que Nanon acceptait avec le moins de stoïcisme, c'était la solitude et le tête-à-tête perpétuel qu'elle formait avec sa vieille maîtresse. Instruite par sa maîtresse de l'existence de la famille de Marie et de la parenté de cette famille avec la veuve du marin, elle s'était promis de vaincre, à force d'instances, la résistance de misé Aubert et son extrême répugnance à recevoir de faméliques convives. Nanon était une bonne créature ; elle avait voulu connaître la nièce de son frère de lait, et l'excellent naturel, la jolie figure de Marie, la joie que celle-ci montra en recevant des nouvelles de misé Aubert, firent un merveilleux effet sur l'esprit de la vieille servante, et la portèrent plus que jamais à décider sa maîtresse à voir une nièce aussi charmante. Quelques entrevues suffirent pour gagner tout-à-fait à Marie le cœur de Nanon ; celle-ci répétait cent fois par jour à sa maîtresse : — Ah ! Si vous la voyiez !

— Qui, disait misé Aubert occupée à son rouet ?

— Eh ! Mon Dieu, votre nièce, Mlle Marie !

— Ah ! Tu me parles encore de Marie ! Eh bien, dis-lui de se trouver un bon mari !

— Ça viendra, elle est trop jolie pour ne pas en trouver un, de mari. Mais si vous la voyiez, elle a les yeux du pauvre M. Aubert, des yeux bleus et grands comme la moitié de mon doigt, longs comme ça, et puis ce petit nez si bien éffilé, cette bouche si mignonne, ce petit corps si gentil ; ça vous a une tournure de demoiselle serrée, à lui mettre la taille dans les deux mains, ah, si vous la voyiez !

— Mais tu la vois souvent, toi !

— Mais quand je vais vendre vos salades à la ville, je passe toujours chez elle. Tenez, hier, j'y suis allée, son père et sa mère sont bien malades, je ne crois pas qu'ils se relèvent, ces deux bons vieux ! Et puis je les ai tous trouvés bien tristes, Mlle Marie pleurait à vous fendre le cœur.

Nanon essuya ses larmes avec le coin de son tablier.

— Ah ! Ils sont malades, dit misé Aubert !

— Je vous dis, répondit Nanon, qu'ils ne s'en relèveront pas ; et que deviendra, alors, votre nièce ?

— Mais c'est ma nièce, ou du moins celle de mon mari, à la mode de Bretagne ; sa mère était la cousine de ma belle mère, voilà tout.

— Eh ! qu'importe ! Où sont vos autres parents ? Et puis voir ici une si belle personne, ça serait si gentil ! La voir là, assise sous les peupliers, courir dans la prairie, tenez, ça vous regaillardirait ! On s'ennuie, puis ici, avec quelques poules et un chat ! Mais, enfin, si ses parents mouraient, elle, pauvre orpheline, qui la recueillerait ? La laisseriez-vous à la rue ?

— Tu es folle, Nanon, tu voudrais que je m'en charge ?

— Et pourquoi pas, elle est habituée au travail.

— Ces petites filles de grandes villes sont toutes vaniteuses et gourmandes, tu me ferais un beau présent, va !

— Vous n'avez pas de cœur, vous la laisseriez !

— Mais tu extravagues, ma bonne Nanon ; eh bien, je ferais une bonne affaire, ah ! Mon Dieu, nous serions vite sur la paille.

— Et moi je vous dis que je vous la ferai prendre par force, c'est-à-dire, je vous l'amènerai, je vous dirai : ma bonne misé Aubert, voyez comme elle est belle, comme elle est sage, elle est en deuil, elle a fermé les yeux à son père, à sa mère ; elle n'a ni frère, ni sœur, personne, elle n'a que le bon Dieu et vous, allons, laissez vous toucher, tenez, une petite larme, là, une toute petite larme à vos yeux, et j'ai gagné! Eh! pourriez-vous résister à ça?

— Voyez à quel point elle en est coiffée! Si je t'écoutais, j'irais loin avec cette nièce, avec cette petite mijaurée, qui ne voudrait pas manger de ceci, ni manger de cela. Je ne suis pas riche pour nourrir de jolies filles.

— Dites que vous n'avez point de cœur, mais ici ou ailleurs, j'aurai soin d'elle, si le bon Dieu lui enlève ses parents!

Le père et la mère de Marie, dont les terribles scènes racontées plus haut, avaient ébranlé presque la raison, ne purent résister à de si terribles coups; et, ainsi que Nanon ne l'avait que trop bien prévu, Marie ne tarda pas recueillir le dernier soupir de ses parents. Sa mère ne survécut que quelques jours à son père.

VII

Que va-t-elle devenir, maintenant, cette jeune fille dont vous lisez la longue et triste histoire? Ses parents sont morts; elle a pieusement rempli sa tâche jusqu'au bout, c'est elle qui a veillé et soigné de pénibles agonies. Le délire avait envahi, à la fois, les deux vieillards couchés à côté l'un de l'autre, et ne frappant leur sombre alcôve que de ces paroles où éclate le sinistre désordre de la pensée! Aux larmes qu'elle essuyait furtivement du coin de son tablier, les vieillards répondaient par d'épouvantables éclats de rire, mêlés de pénibles hoquets; l'un imitait avec sa langue le roulement d'un tambour et criait : — Battez-moi la charge, en avant contre les Mamelucks ! L'autre, la femme, se soulevait sur son lit, écartait sa coiffe, ramenait sur sa tempe des mèches de cheveux gris, se prenait à sourire et disait :

— « M. Bonaparte, vous êtes bien galant, aujourd'hui !

Le délire augmentait à mesure que la nuit avançait : une lampe éclairait tous ces détails funèbres, ce lit, sur lequel flottait déjà une vapeur de sépulcre, ces deux figures ridées et pâlies par le mal, cette chambre pleine de deuil et de misère. Un seul être était debout, ou assis à côté de cette dolente couche. Marie ne se dissimulait pas l'état désespéré des deux vieillards, mais elle surmontait sa douleur, afin que celle-ci ne paralysât pas les forces dont elle avait besoin, pour exécuter les prescriptions médicales qui, si elles ne pouvaient sauver ses parents, tempéraient au moins leurs souffrances. Elle préparait et présentait la tisanne, soutenait, tantôt, la tête de son père, tantôt, celle de sa mère, réchauffait des pieds et des mains déjà glacés et profitait des moments, où le délire de la fièvre était suspendu, pour adresser à ses parents des paroles consolantes et les faire prier avec elle. Alors, joignant les mains, levant les yeux vers le ciel, elle avait l'attitude et le regard de l'ange que la religion place au chevet des mourants. Ni les secours de l'église, ni ceux de l'art, ne manquèrent à ces deux vieillards, grâce à l'active sollicitude de leur enfant. Le médecin avait été choisi par

Charles Devilly qui l'accompagnait dans ses visites. Charles ne put jamais décider Marie à accepter les petites sommes qu'il avait prélevées sur ses faibles appointements, dans l'intention de venir en aide à cette jeune et intéressante jeune fille. Marie lui permit seulement de venir avec le médecin dont il était l'ami; et jamais une seule parole ne put faire croire à Devilly, qu'une pensée d'amour descendait au milieu des tristes préoccupations dont l'âme de la jeune fille était accablée: ni sourire, ni serrement de main, ni regard trop affectueux ne venaient, un instant, éclairer cette désolante tristesse! Marie se serait reprochée de soulager sa pensée par quelque retour vers des souvenirs trop charmants; sérieuse et mélancolique devant Charles, elle paraissait exclusivement livrée à cette affection filiale qui avait fait la joie et le tourment de sa vie. Charles, debout dans un coin de la chambre, arrêtait son regard sur Marie, s'exaltait à la vue d'une vertu qui s'ignorait elle même, et sortait ensuite, le cœur déchiré et plein d'une amère tristesse. De funèbres pressentiments pénétraient dans son âme, il lui semblait qu'une fois sa tâche accomplie ici-bas, la tâche du long martyre filial, Marie devait s'envoler vers un séjour meilleur.—«Elle est venue sur la terre pour être le modèle de la piété filiale, se disait-il, elle a puisé son héroïsme et sa vertu dans son attachement à ses vieux parents, elle a saintement rempli sa mission, et dès qu'elle n'aura plus un père et une mère à soigner, elle s'endormira de l'éternel sommeil, à la fin de sa longue et pénible journée, la tête appuyée sur l'oreiller où son père et sa mère auront rendu leurs derniers soupirs.»

Le jour où sa mère, qui ne survécut que peu de temps à son mari, mourut, Charles arriva avec le médecin; il trouva Marie plongée dans un morne abattement. Elle ne tourna pas la tête au bruit de ses pas, une vieille femme était assise à côté d'elle et lui tenait les mains. Cette femme était Nanon, la servante de misé Aubert.

— La pauvre Marie est tout-à-fait orpheline, dit Nanon en fondant en larmes.

Le médecin se retira sur un signe de Charles, et celui-ci, s'approchant de Marie, lui dit:

— Moi aussi, j'ai le désespoir dans l'âme! La jeune fille tourna ses yeux pleins de larmes vers Charles et dit:

— Ah! Nous sommes bien malheureux; vous n'avez pas oublié notre entrevue au bord d'un précipice; je voulais mourir cette nuit! Dieu a puni ce désir criminel, il m'a enlevé mes parents et me laisse seule sur la terre. Ces jours-ci, je ne devais avoir qu'une pensée, celle d'adoucir les derniers moments de ces pauvres parents qui ont tant souffert pour moi; vous n'avez pas fui cette triste chambre, et rien ne vous disait combien j'étais touchée de vos visites! Si vous n'étiez pas venu, je me serais tout-à-fait désespérée, j'aurais cru que la main de Dieu se retirait entièrement de moi. C'est peut-être mal que de dire cela? Mais Dieu nous défend-il de montrer son cœur tel qu'il est? Qu'ai-je à craindre? Vous ne voyez plus qu'une figure creusée par les larmes, amaigrie par les veilles et je vous parle, ô Charles, à deux pas du cadavre de ma mère! Cela s'est-il vu? Pardonnez-moi, ma mère, il est toujours bon, toujours tendre pour nous! Vous le disiez: — C'est notre bon ange! N'est-ce pas qu'on ne cherche pas à tromper dans de pareils moments ! Cette brave femme qui est étonnée de m'entendre parler ainsi, n'aura pas de mauvaises idées. Nanon, je le dirai devant tout le monde, ce que vous entendez maintenant. Ce bon jeune homme dont vous me demandiez le nom, que vous preniez pour l'élève du médecin, c'est... C'est mon Charles, mon ami... Il sera peut-être...

— Ton époux, s'écria Charles, en se précipitant aux genoux de Marie, dont il prit et serra avec tendresse la main.

La servante de misé Aubert pleurait et s'essuyait les yeux avec son mouchoir. Marie, toujours les mains dans celles de Charles, dit:

— C'est dans une chambre de morts que je vous parle ainsi; telle est notre destinée, le çiel nous l'a ainsi faite. Vous m'avez dit que vous m'aimiez, quand j'avais la mort devant moi, quand elle me poussait vers l'abîme et qu'elle m'appelait dans les grandes eaux ! Eh! bien, mon ami, je vous dis que je vous aime, ici, à côté du cadavre de ma mère !

Mais tant d'émotions avaient agité le cœur de Marie, qu'elle sembla, en ce moment, céder à une exaltation terrible: ces images de deuil et de joie, ce cadavre et cet amant, cette main froide qui avait laissé dans la sienne la dernière empreinte de l'adieu suprême, cette autre main fiévreuse et amie qui répondait par de convulsifs serrements à ses paroles, une vieille femme qui sanglotait, les teintes effacées d'un jour de pluie, répandues dans l'étroite chambre, la couche funèbre, les enchantements de l'amour auprès d'une bière, c'étaient là, une épreuve, un contraste au-dessus de la raison d'une jeune fille frappée au cœur par un double trépas et troublée par l'amour! Marie dégagea ses mains de celles de Charles, et s'avançant vers le milieu de la chambre, elle remua la tête d'une manière sinistre et dit :

— Oui, l'autel sera la pierre d'une tombe, on ne les fait pas autrement, les autels, ils ressemblent tous à des tombes! Nous irons de l'église au cimetière, le matin, fiancée, épouse, et le soir morte; on ne changera pas les fleurs. Eh! puis, nous avons bien souffert, Charles! Tout ce qu'ils m'ont fait les méchants, tout ce qu'ils t'ont fait, je vais te le dire, te le redire! Il y a un homme qui a souillé les cheveux blancs de mon père, qui est entré ici avec une pensée de démon, cet homme voulait m'avilir, me mettre la honte dans l'âme et sur le front. Le vent de la débauche m'a touchée, et cela, parce que j'étais pauvre, parce qu'il me croyait jolie! Mais, tu ne l'as pas tué, cet homme, Charles, mais tu n'as pas été jaloux de cet homme, voyez comme je suis humiliée! On est jeune, on a de la piété, on ne veut que gagner son pain honnêtement, et l'on ne sait pas quels infâmes désirs on réveille chez ces libertins qui vous voient passer dans les rues! Je l'ai su, moi, et dans cette horrible nuit, j'ai reçu au cœur, le coup dont une jeune fille sage et pieuse ne se relève plus!

Charles essayant de calmer sa fiancée devant Dieu, lui disait :

— Oublie tout ce passé funeste, Marie, nous vivrons

pour Dieu et pour nous ; écoute, Marie, ne détourne pas les yeux, n'es-tu pas ma fiancée ? Je t'ai voué un amour éternel, tes parents voient mon cœur et nous entendent dans le ciel, ils nous béniront. Cette bonne Nanon, qui t'aime tant, te mènera demain avec elle, chez ta tante que j'irai préparer à te recevoir. Bientôt, au violent chagrin que tu éprouves, succédera un pieux souvenir de tes parents, et des jours heureux luiront enfin pour nous.

Charles ne partageait pas les tristes pressentiments de Marie ; il recueillait, maintenant, le fruit de son dévoûment, de son amour ; il restait chargé d'un précieux dépôt. Marie n'avait plus que lui au monde, sainte tâche que l'amour lui rendait plus chère encore ! Peu-à-peu cette agitation fébrile se calmerait : les soins de Nanon, l'air pur de la campagne, la vue des arbres, des fleurs et des purs horisons, ramèneraient la paix dans cette âme et le repos dans ce cœur si cruellement éprouvés ! Il avait à faire le bonheur d'un être aimé, quelle douce mission sur la terre ! L'âme délicate et élevée de Charles s'échauffait à cette idée. Il cacherait sa joie et son amour dans un asile voilé d'arbres et défendu par des rochers ; car il connaissait la bastide de misé Aubert, et il avait, les jours précédents, formé avec Nanon, le projet d'y conduire Marie ! La bonne servante ne lui avait pas caché l'excessive lésinerie de la vieille tante, et Charles savait comment s'y prendre, pour faire accueillir Marie à bras ouverts, par l'avare misé Aubert ; tout marchait à un dénouement heureux !

Charles obtint de Marie la promesse de suivre la vieille

servante, chez sa tante, que les infirmités de l'âge empêchaient, à ce qu'assurait Nanon, de venir elle-même chercher sa nièce. Il quitta Marie, le cœur satisfait, et alla tout disposer, pour que le lendemain, sa jeune amie ne fut plus entourée de ces lugubres objets qui lui rappelaient une vie si triste et deux pénibles agonies. La vieille misé Aubert, à laquelle Charles se présenta comme le fils d'un ancien camarade du père de Marie, chargé par celui-ci de pourvoir aux besoins de sa fille, pendant les premiers mois de son deuil, trouva que le jeune parisien avait un bon sens infini et des manières fort agréables. Charles remit à misé Aubert une somme assez ronde, ce qui détermina une telle joie chez la bonne femme, qu'elle resta, quelque temps, les bras tendus, avec un large rire de satisfaction sur sa figure ridée, puis, rompant le silence, elle s'écria : — « Mon brave fils, allons, embrassez-moi! » Ce que Charles fit de bonne grâce.

VIII

Depuis quinze jours, Marie demeurait avec misé Aubert, dans la bastide de la *Palud*. Tous les soirs, dès que l'on fermait son bureau, Charles montait à cheval et se rendait à cette bastide.

L'idylle que la sombre élégie devait, hélas, bientôt suivre, avait, enfin, commencé ! Les soirées étaient admirables de fraîcheur et de sérénité. Charles descendait de cheval, à l'entrée d'un petit sentier dont les thyms et les genêts embaumaient les marges ; à l'autre extrémité de cette route fleurie, ne tardait pas à se montrer la jeune orpheline que l'on eût volontiers prise pour la douce et timide nymphe de ces lieux charmants. Un peu de joie, beaucoup d'amour énivraient Marie. Elle entrait dans une vie nouvelle. Tout avait pour elle des attraits jusqu'alors inconnus. Que n'eût-elle pas donné pour rester avec Charles, cachée dans cette solitude où les arbres, les fleurs, la tendre prairie, le ruisseau gazouillant, le pin incliné, les haies parfumées arrêtaient et charmaient ses regards ! Après le repas du soir, commençait la longue promenade de l'amour. Les deux beaux enfants étaient servis à souhait par le ciel et la campagne. A l'atmosphère nauséabonde de l'atelier et de la mansarde, succédaient, enfin, les énivrantes senteurs des prés et des collines ; les murs tristes et les plafonds bas et sales étaient remplacés, sur la terre, par de verdoyantes rangées d'arbres, dans le ciel, par les beaux nuages où palpitait encore l'adieu du soleil ! C'était féérique ! Dieu leur tenait toutes ses promesses ; nul regard envieux, nulle parole importune ne troublaient cet ineffable bonheur ! Charles le bras autour de la taille de Marie, conduisait sa fiancée dans une de ces prairies qui rappelle ce mot d'une femme d'esprit : « Je ne regrette, de ma jeunesse, qu'une rêverie dans un pré, au clair de la lune ! » Assis au pied d'un arbre, les pieds dans l'herbe, le visage rafraîchi par la brise de la nuit, ils prolongeaient les mains réunies et les têtes appuyées sur les épaules de l'un et de l'autre, de délicieux silences ! La suavité de la nuit serait devenue bien dangereuse, sans la chasteté du regard et de la pensée de Marie ! Charles n'était pas moins livré à tous les enchantements de la passion ! Le monde avait disparu pour lui. Un étroit coin de terre, plein d'ombre et de feuillage, avait pris, à ses yeux, de célestes aspects, Marie, seule, le peuplait, elle était l'Ève de cet Eden inconnu.

Rien ne saurait donner une idée de la félicité de ces deux amants. Jeunes, beaux, enivrés d'amour, ils plongeaient avidement leurs lèvres dans la coupe, sitôt tarie, du bonheur terrestre ! Peu à peu, toutes les tristes images de leur passé, s'étaient effacées, il leur semblait qu'ils n'avaient plus à craindre des retours funestes. Quels étaient les témoins de leurs amours ? Un ruisseau où tremblait un rayon d'étoiles, de longs peupliers aux draperies flottantes et azurées, une prairie que la lune blanchissait de ses molles lueurs. Ces doux et charmants objets ajoutaient à l'ivresse de leurs cœurs ! Parfois, un bruit d'insecte, une feuille remuée par un souffle d'air, le tintement d'un *angelus* lointain, la clochette d'une brebis égarée, le chant du coq d'une ferme voisine, le vol d'un oiseau regagnant son nid, leur donnaient de longues rêveries ; car l'amour est ainsi fait, l'amour n'a pas le bonheur égoïste, il associe à ses joies tout ce qui l'entoure et grave sur les moindres détails, sur les plus fugitives impressions, ses délicieux souvenirs.

Marie dit, un soir, à Charles :

— Notre bonheur est trop grand, pour qu'il dure. Je

ne doute pas de ton cœur, mon Charles, tu ne peux pas douter du mien, et cependant quelque chose me dit que nous n'avons encore que quelques moments de joie à goûter sur la terre!

— Mais, répondait Charles, d'où te viennent ces affligeantes idées? Nous demandons si peu à Dieu: vivre toujours avec toi, me vouer, pour satisfaire à nos besoins si bornés, à un travail obscur, n'avoir que Dieu pour témoin de notre félicité, n'est-ce pas à cela que s'arrêtent nos vœux? Les méchants ont agité, d'abord, notre vie, nous les avons fuis; cette retraite nous cache à tous les yeux malfaisants! D'ailleurs, puis-je exciter l'envie? Va, ne crois pas que dans ce siècle, où la fièvre des honneurs et des richesses brûle le sang de chacun, on soit tenté de venir troubler notre existence si modeste et si bien cachée! Nos goûts sont les mêmes, nous n'irons jamais à la recherche de ces distractions bruyantes qui étourdissent plutôt qu'elles ne charment. Le monde est, pour nous, entre ces collines et ces arbres; il faut si peu au bonheur. Ainsi, rassure-toi, et ouvre ton cœur à de douces espérances.

Ces paroles ne dissipaient, que faiblement, la tristesse qui avait succédé, chez Marie, à ses premiers et vifs élans de bonheur. Une ardeur fébrile allumait son sang, sa main était humide et brûlante, de subites rougeurs éclataient sur ses joues qui pâlissaient, ensuite, et dans ses yeux brillait un feu extraordinaire. C'était, surtout, pendant la nuit, après avoir reçu l'adieu de Charles qui venait de reprendre le chemin de la ville, que la pauvre et malheureuse enfant s'étonnait du trouble de son âme, et des émotions qui écartaient le sommeil de sa paupière. D'étranges pensées, à peine tempérées par des retours vers Dieu, des pensées fiévreuses exaspéraient sa tête; l'air qu'elle respirait était du feu. Se soulevant sur son lit, écartant les mains, elle tendait l'oreille vers la mélopée caressante qui résonnait pour elle, sur un mode amollissant; la douce et fascinatrice musique s'insinuait dans son âme et la jetait dans un ravissement inexprimable: des désirs inouis, des défaillances prolongeaient le dangereux spasme de l'amoureuse fantaisie. C'était la voix timide de Charles qu'elle croyait entendre, une voix de plainte et d'imploration. Oui, alors elle allait presque jusqu'à se reprocher tant de chaste retenue. Cette résolution trop bien arrêtée de reconnaître par une réserve sévère, cet immense dévouement d'amour, lui pesait comme un remords. Charles avait tant fait pour elle! A ce nom, à ce souvenir aimé, Marie n'était plus la fille pieuse qui demandait pardon au ciel d'un serrement de main; elle se levait, ouvrait la fenêtre et attendait, en vain, de ce firmament étoilé, le souffle qui devait la calmer. Hélas! La nuit, le silence, la solitude, les mystérieuses clartés, l'encens des fleurs, les senteurs des collines tournaient contr'elle; le fantôme adoré était invoqué par des mains suppliantes, c'était vers lui que cette belle et ardente figure se penchait, dans tout le désordre de sa chevelure dénouée; la tête en avant, les pieds nus, pareille à une blanche statue antique, Marie rappelait, dans toute sa personne, la victime foudroyée d'une inexorable passion; les heures s'écoulaient, l'aube commençait à blanchir le ciel, sans que le sommeil fût descendu sur les yeux de la jeune fille; jamais on n'aima comme elle!

Hélas, un mal implacable la consumait; déjà une toux sèche, des couleurs violacées sur les joues, des douleurs opiniâtres dans la poitrine, lui révélaient cette maladie qui frappe de préférence les créatures d'élite. Tantôt elle se réjouissait d'échapper, ainsi, aux mécomptes de la vie, de pouvoir mourir, la main dans celle de Charles, les yeux sur les yeux de Charles; tantôt, elle aurait voulu se rattacher à une existence qu'un amour partagé lui rendait si chère; aussi, allait-elle du désespoir à l'illusion, de la résignation à la confiance. Par moments, il lui semblait que sa jeunesse, dans cette sourde lutte contre le mal, l'emporterait, et qu'elle reviendrait à la vie; alors, plus calme et presqu'heureuse, elle souriait moins tristement à Charles, et elle consentait à reprendre, avec lui, les doux rêves d'avenir qui enchantaient leurs entretiens! C'était dans une disposition d'esprit pareille, qu'un soir, Marie appuyée sur le bras de Charles, suivait l'étroit ruisseau qui bordait la prairie. L'espérance renaissait dans son cœur, ils échangeaient des paroles joyeuses, et Charles qui n'osait encore soupçonner le malheur dont il était menacé, croyait Marie sauvée. Ils revenaient sur les événements de leur vie, afin de mieux savourer le bonheur que le présent leur donnait, et que l'avenir leur tenait en réserve. Mille projets d'une réalisation facile, causaient à ces deux enfants, un attendrissement inexprimable; ils se promettaient de ne jamais quitter la solitude, où ils avaient enfin trouvé une félicité inespérée. Charles n'avait point d'ambition, il partagerait son temps entre les devoirs de sa place et les soins de sa jeune famille. Hélas, la fable de *Perrette et du Pot au Lait* est au fond de toutes les conversations des amoureux ! Quel bonheur d'entendre du sommet de la colline, les voix joyeuses qui annonceraient l'arrivée de Charles, de recevoir de douces caresses, de voir grandir sous ces arbres, de beaux enfants, de soigner un petit parterre, de sabler des allées ! Marie voulait un bosquet près du ruisseau, non pas précisément un bosquet, quelques arbres qui formeraient une belle voûte de verdure, et sous lesquels elle viendrait s'asseoir, avec sa corbeille de travail, pour y respirer le frais. Marie aura le bosquet, Charles choisira des arbres qui croissent vite, afin de ne pas lui faire attendre trop longtemps l'ombre rêvée. Le dimanche, on irait à la messe, à l'église du village, et puis, des lectures, des promenades, des causeries avec de bons voisins, de charmants repas sur l'herbe, leur feraient agréablement achever la journée. On ferait, un jour, un voyage à Paris, — non pour y rester, disait Marie ; — ce n'était pas l'intention de Charles, il obtiendrait un congé, afin d'aller présenter sa gentille femme à ses parens ; puis on reviendrait à la *bastide* et là, sous les saules, on parlerait de Versailles, des Champs-Elysées, des revues du Caroussel, des Tuileries, des belles rues de la capitale ! Tout cela était si aisé à faire. — Ah ! Oui, disait Marie, nous aurons un avant-goût du ciel.

Charles avait passé son bras autour de Marie, et le doux poison de l'amour coulait dans leurs veines, quand l'horrible toux vint à éclater. Charles pâlit, Marie s'asseoit, brisée, son mouchoir a essuyé du sang sur ses lèvres. A ces indices d'un mal sans remède, Charles se trouble, et le muet désespoir qui altère son visage, n'a été que trop bien compris par la jeune orpheline.

— Ah ! dit-elle, c'est notre dernier soir de bonheur, je le sens, toutes mes illusions s'en vont, mon bon Charles ! Prends courage, tu auras une bonne amie auprès de Dieu.

Ce fut une pénible agonie !

Charles restait toujours auprès de Marie à qui Misé Aubert et sa bonne servante Nanon, prodiguèrent des soins touchants. Charles eut autant d'héroïsme que d'amour. Hélas ! ses yeux suivaient la marche rapide du mal. Marie gardait une sérénité céleste ; elle voulait que l'air de la colline, que le parfum des fleurs arrivassent à son lit de mort ; un rayon de soleil ranimait sa figure et la brise rafraichissait un peu son sang plein de fièvre.

— « Dieu ne l'a pas voulu, disait-elle, j'ai fait le sacrifice de ma vie, je l'ai dit au bon prêtre, ce matin ; je suis heureuse de te voir là, mon doux ami ! »

Charles sentait quelquefois son courage faiblir et sa douleur tourner au désespoir. Il aurait voulu encore se flatter de voir Marie sauvée par une crise inespérée ; mais, autour de lui, personne ne lui aidait à se créer une illusion aussi chère ; l'art avouait son impuissance, et les ravages du mal étaient si graves, qu'il fallait courber la tête sous l'arrêt de Dieu. Marie suivait la voix douloureuse qui mène à la mort ; chaque aurore semblait devoir être la dernière pour elle ; familiarisée avec sa fin prochaine, elle essayait de calmer son ami et de l'engager à chercher dans l'espérance d'une vie meilleure, un adoucissement à son désespoir.

— Ne murmurons pas contre Dieu, lui disait-elle; peût-être aurait-il mieux valu que tu ne m'eusses pas connue; au reste, Dieu seul sait ce qui nous convient, il m'a montrée à toi, pour que tu eusses toujours dans le cœur le souvenir d'un chaste amour. Je puis tout te dire maintenant; Dieu m'a épargné un grand trouble, dans mes derniers moments, c'est une mourante qui te parle! Mon amour égalait le tien, s'il ne le surpassait pas, tu ne sais pas, ô Charles, combien j'étais faible! Tu écoutais des prières que mon cœur séduit démentait tout bas, Dieu t'en tiendra compte. Ici, dans cette chambre, je t'ai demandé, ô mon Charles, aux nuages que le vent de la nuit fesait passer devant mes yeux, je me suis énivrée de toi, j'ai oublié, un instant, Dieu pour toi; si, dans ce moment, tu étais venu à moi, toi, si beau, si bon, si tendre, j'étais perdue, et je mourais criminelle. Je t'aime tant, ô Charles! Eh! bien, maintenant, je te dis tout, Dieu ne me le reprochera pas, il a vu mes luttes et mes faiblesses, il prend ma vie en expiation, mais je puis porter jusqu'à lui, sans remords, ton souvenir; nos âmes ne se quitteront plus. Voilà notre dernier rendez-vous!

Et la jeune chrétienne lui montra le ciel!

Charles suffoqué par les larmes, hors d'état de répondre, baisait la main de Marie, et voyait, avec désespoir, tant de bonheur, tant de vertus disparaître dans des ombres funèbres. Heureux ceux qui n'ont jamais veillé dans les alcôves des mourants!

Quand un mourant, jeune encore, vous tient par des liens chéris, que de sa vie dépend presque votre vie, que votre bonheur, votre avenir, vos joies de ce monde reposaient sur sa tête, il y a dans ces longs moments passés à côté de son lit, une amertume, un désespoir, une tristesse qu'aucune parole ne peut rendre. Toute espérance est éteinte dans votre cœur, on ne peut plus faire briller un rayon consolateur, devant des yeux qui vont se fermer pour toujours; la chambre du malade revêt une teinte sépulcrale! On cache ou l'on refoule ses larmes dans son cœur, on essaie, d'une voix tremblante, de simuler une espérance que le mourant lui-même repousse; lui vous parle de son trépas prochain, il vous parle de Dieu, du paradis, il demande des prières, et ces prières, lugubre et sainte psalmodie, semblent déjà être murmurées sur les bords d'une tombe béante! L'écho qui leur répond vient d'un autre monde. Et puis, ces apprêts de viatique, ces pieuses cérémonies qui marquent la fin de notre pélérinage, achèvent le deuil suprême du trépas! Dès ce moment, tous les liens qui attachent à la terre sont brisés, l'immortalité commence!

Charles avala le calice de mort, il para l'autel où le saint viatique fut placé, il alluma les cierges, s'agenouilla au pied du lit et crut voir un rayon céleste illuminer le front de Marie, quand elle eût reçu, sur la langue, le pain de vie.

Le lendemain, des glas résonnèrent dans le clocher du village; de jeunes filles voulurent porter leur compagne à sa dernière demeure. Marie avait une couronne de fleurs autour de la tête, une palme, emblême de sa pureté, était déposée sur son cercueil. Les funérailles furent bien simples. La journée touchait à sa fin ; tout éclatait encore, cependant, de lumière et de joie autour du cortége, qui suivit les mêmes sentiers, par où passent les saintes et touchantes théories des rogations. On marcha sous des arbres, au pied des collines, le long des moissons mûries, dans des chemins de campagne. Les jeunes filles vêtues de blanc, qui portaient le cercueil, répondaient en pleurant aux chants du prêtre ; quelques paysans courbés par l'âge s'étaient joints à elles, ils avaient la tête nue et le vent agitait leur chevelure blanche.

La nuit, un jeune homme pria, à deux genoux, dans un coin du cimetière, sur un peu de terre fraîchement remuée.

FIN DE LA SECONDE PARTIE.

ARCHÉOLOGIE

I

UNE EXCURSION

A LA VILLE DES BAUX, EN 1856.

Les ruines antiques sont dédaignées ; l'industrie triomphante étale de telles merveilles, que le nombre des personnes, qui professent un culte secret pour les monuments du passé, diminue de jour en jour. Dans cette Provence où les plus anciennes civilisations ont laissé des vestiges éloquents, l'industrie moderne est venue semer ses prodiges, et l'œil sollicité par des aqueducs géants, par des conquêtes faites sur la nature à l'aide de la pioche et du marteau, se détourne de quelques pierres d'un vieil édifice écroulé, pour se reposer avec délices sur l'œuvre jeune et superbe qui s'est dressée, tout-à-coup, sous le souffle créateur du génie moderne. Mais, nous n'avons pas, tous, répudié cet érudit enthousiasme que l'œuvre antique éveille, encore, dans quelques âmes. Pour moi, je me hâte de le dire, j'ai eu, un jour, l'audace de quitter, pendant une heure M. de Montricher qui me fesait visiter son canal, pour aller, comme un dévot intrépide, prosterner mon front et ma pensée devant les vieux arceaux de l'abbaye de Silvacanne. Ce trait d'indépendance artistique me valut bien de spirituelles épigrammes ; j'avais le courage de préférer ce cloître âgé de plusieurs siècles à un aqueduc jeune de quelques semaines ; je détournai les yeux de cet aqueduc, pour traverser, en toute hâte, la plaine mélancolique au bout de laquelle, non loin de la Durance, s'élèvent les murs de l'abbaye. Une abbaye qui semble avoir gardé le souvenir d'un sermon de saint Bernard, dans les vieilles voûtes de l'une de ses chapelles, avait bien plus d'attraits pour moi. D'ailleurs, un monument ne me dit rien, quand il se rattache à une idée industrielle, à une idée prosaïquement financière. Quelque fièrement que soient assises les pierres qui entrent dans la structure d'un pont-aqueduc, je n'y vois qu'une pensée utile sans doute, mais dépourvue de toute poésie. Ces eaux de la Durance triomphalement portées par le pont de Roquefavour, obéissent à l'impulsion d'un calcul ; elles vont augmenter, dans les jardins marseillais, le chiffre des laitues et des oignons et faire tourner la roue d'une prosaïque usine. Tout cela se résout bien, je le sais, en écus de cinq livres, et c'est la raison qui fait que je ne sens ni mon âme s'agrandir ni mon cœur s'émouvoir, quand un monument me force de songer à l'argent qu'il rendra ; derrière ce monument, je vois toujours un grand livre de caisse, et un livre de caisse n'a rien de commun avec l'Iliade et l'Énéide. Aussi moi, un des plus grands déshérités de cette époque enfiévrée par l'amour du gain, je fuis les cités où les cœurs ne battent que pour le veau d'or, afin d'aller, quand les vacances arrivent, m'ensevelir dans un asile enveloppé de rochers et de bois de pins. Là, je reprends mes songes qui, tous, ne veulent visiter que les domaines du passé, je m'y fais une société de morts, de chevaliers depuis longtemps devenus les hôtes de la tombe, et j'oublie, dans les murmures de l'air et dans les bruits de la montagne, mon époque desséchante.

J'habitais, donc, il y a quelques mois, un château qui s'élève sur une terre baussenque. Le lecteur sait-il ce que veulent dire ces mots : une terre baussenque, un *coussou des Baux*. Ces mots ont perdu leur saisissante signification. J'ai toujours eu un faible pour les Baux ; je rêve aux Baux, je les évoque partout, ces hommes de guerre et d'amoureuses folies, dans mes promenades solitaires ; je les vois dans tout l'éclat de leurs armures, exécuter de longues chevauchées à travers nos terres provençales ! Comment ne les aimerais-je pas ? Ils avaient accueilli des légendes radieuses sur leur origine, des légendes qui fesaient le charme des veillées ; seulement ils devaient être un peu embarrassés pour les concilier, puisqu'on leur disait, tantôt, que leur nom venait d'un mot grec signifiant un casque, puisqu'un casque avait été trouvé dans le mont qui porte la féodale cité des Baux, tantôt que ce nom *Balthus* en latin se lisant dans celui de Balthazar, un des rois mages, ils avaient l'honneur de descendre, en ligne très directe, de ce Balthazar, tantôt, enfin, que ce même nom *Balthus* prouvait qu'ils appartenaient incontestablement à la famille des Balthes, à la royale famille des Goths et qu'ils avaient le droit de compter au nombre de leurs ancêtres ce grand ravageur des peuples, nommé Alaric. Les Baux pouvaient choisir, comme vous voyez, mais ils ne choisissaient pas, et satisfaits de voir ce que les étymologistes faisaient avec cinq lettres *Balth*, ils consentaient à regarder comme leurs aïeux à la fois le roi Balthazar et le roi Alaric.

Pourtant la descendance des rois mages leur plaisait mieux et ce qui le prouve, c'est l'étoile * de ces rois qui figura toujours dans leurs armes et s'attacha à leurs pennons. Leur nom ne leur serait-il pas venu du château même dont j'admirais naguère les imposantes ruines? *Baou* est un mot celtique qui désigne tout sommet escarpé, et cette opinion paraîtrait démontrée, si on ne lisait pas dans de vieilles chartes les mots de *Balthio* et de *Batio*, qui s'écartent assez de l'appellation celtique de *Baou*.

Je savais leur histoire, j'avais trouvé un Raymond des Baux en 1105, auprès de Raymond V, comte de Toulou-

* Ils plaçaient cette étoile à seize rayons d'argent dans un champ de gueules.

se, en Palestine; j'avais vu les Baux prenant parti tantôt pour, tantôt contre la maison de Barcelone, quand celle-ci cherchait à faire valoir, par les armes, ses prétentions sur la comté de Provence. Mais toutes ces guerres où ces princes des Baux figurèrent, soit en Provence où ils furent, un moment, par la permission d'un Conrad, rois d'Arles, soit en Italie où ils devinrent comtes d'Aveline, capitaines-généraux du royaume de Naples, et même un peu empereurs de Constantinople et de Trébizonde, ne me plaisaient pas autant dans la vie de ces guerriers indomptables, de ces hommes de fer, que certaines anecdotes glanées çà et là, qui me les montraient sous des aspects plus poétiques et plus chevaleresques.

Un prince des Baux tenait toujours de la nature du roc qui portait sa haute tour; les femmes de cette maison ne cédaient pas aux hommes, en énergie, en fierté et en courage. C'étaient des héroïnes de tragédie féodale. Nos vieilles chroniques se sont lamentées sur le triste sort de ce jeune Guilhen de Cabestaing dont le sire de Roussillon fit manger le cœur à sa femme, pour punir celle-ci d'avoir lu, avec un peu trop d'émotion, les vers que le page amoureux adressait à la dame de ses pensées. Quand Guilhen de Cabestaing fut accueilli par Raymond de Seillans Sire de Roussillon, il avait déjà donné des preuves de son caractère assez inflammable dans la haute tour des Baux. Une Berengère des Baux s'était mise à l'aimer, mais sa passion tint bientôt de la frénésie; les femmes de cette maison n'aimaient pas autrement. Ce drame qui s'est passé au milieu de ces fortes murailles maintenant écroulées, eut une excellente physionomie de moyen-âge ; la sorcellerie en devint un ingrédient nécessaire. La nuit, une magicienne fut appelée dans la chambre de Berengère et la princesse lui demanda un breuvage qui verserait dans les veines du jeune troubadour un poison subtil, un terrible poison d'amour. Ce philtre porta le trouble dans le cerveau de Cabestaing, qui guéri par un médecin de ses amis, comme dit la chronique, eut peur de cette femme dont la main offrait des boissons dangereuses. Cabestaing était un poète élégiaque qui redoutait les éclats d'une passion trop peu contenue, et il quitta cette tour sévère, où Bérengère pratiquait l'amour d'après les procédés des sorcières antiques.

Déjà une Adéline des Baux avait inspiré la verve trop mondaine de Folquet qui fut plus tard évêque de Marseille et qui mourut archevêque de Toulouse.

Un Béral des Baux cherchait à deviner l'avenir à l'aide de l'astrologie ; c'était un savant qui épelait assez couramment l'alphabet peu connu d'un livre écrit dans le ciel, avec des étoiles pour caractères. Un jour, il se rendait à Avignon, suivi de ses gens, quand il aperçut, aux lueurs de l'aube naissante, une vieille femme qui ramassait des herbes mystérieuses et suspendait, de temps en temps, sa tâche, pour regarder tantôt le ciel, tantôt la terre. L'air de cette femme annonçait la profession de devineresse. Béral des Baux fait à sa vue un grand signe de croix et lui demande si elle n'avait pas aperçu quelque oiseau de sinistre augure, un corbeau, par exemple ? — « Oui, répond la vieille femme, je l'ai vu sur le tronc d'un saule mort. » — Béral n'oublia pas ces tristes paroles, et quelque temps après, tandis qu'il dînait, il vit des oiseaux noirs qui étaient venus se poser sur un toit voisin. A cet aspect, il se rappelle la phrase patibulaire de la sorcière, et éprouve une émotion telle qu'il rend le dernier soupir.

Une princesse des Baux, Cécile des Baux, avait une si grande beauté, que ses contemporains émerveillés la surnommèrent *Passe-Rose*.

Aux cours d'amour, tenues à Signe en 1270 et en 1275, brillèrent Clarette des Baux que Pierre d'Auvergne a chantée et Alasie des Baux qui fut fiancée à Rambaud de Simiane, dans la salle peinte du château de Meyrargues.

En 1372, une Antoinette des Baux épousa Frédéric III, roi de Sicile.

C'est par les femmes que le sang des Baux, après avoir coulé dans les veines des comtes de Châlons, a passé dans celles des princes de la maison de Nassau.

On ne fesait pas un tournoi, on ne livrait pas une bataille en Provence, sans qu'un Baux ne s'y distinguât. En Italie, un prince des Baux se battit à côté de Charles d'Anjou, dans la journée décrite par Dante, dans la journée de Benevent où Mainfroy fut tué, Mainfroy le brillant et beau bâtard de Frédéric de Souabe. Un Hugues des Baux qui exagérait encore l'humeur farouche des princes de sa maison, s'était tenu dans un état de révolte permanente à l'égard de son souverain Raymond-Béranger. Celui-ci alla se plaindre à l'empereur Frédéric-Barberousse qui avait, alors, sa Cour à Tunis. La suite du comte de Provence était brillante et lettrée; les troubadours y foisonnaient. Frédéric se piquait de faire des vers provençaux ; il y eut assaut de poésie, l'empereur débita son célèbre dixain qui fut très applaudi ; on parla ensuite d'affaires, Raymond-Béranger s'indignait de ce qu'un vassal, Hugues des Baux, osât lui disputer son titre de comte de Provence ; l'empereur le confirma dans son fief et lui promit de le secourir contre l'insolent Hugues des Baux.

Hugues des Baux apprend qu'on le perdait dans l'esprit du redoutable Empereur. Il se couvre de fer, couvre de fer ses hommes et arrive à Turin, sans qu'il y eût le moindre jongleur dans son cortége ; il ne récita pas la moindre *retroensa*, il parla fièrement, et Frédéric touché de cette audace et de ce courage, le reconcilia avec Raymond.

Ce fut sur les énergiques représentations d'un Bertrand des Baux, grand justicier et grand amiral du royaume de Naples, que la reine Jeanne se décida à poursuivre les meurtriers d'André de Hongrie son époux.

Mais, je ne veux point refaire, ici, les nombreux chapitres de l'histoire de Provence où ces princes jouent, toujours, un grand rôle. Ces quelques traits rapidement mis sous les yeux du lecteur, peuvent suffire pour restituer à ces imposantes figures provençales, leur caractère de grandeur et de fierté. J'ai une tâche plus facile et plus modeste à remplir, c'est celle de vous décrire un pélerinage que je fis à la vieille résidence, qui n'a survécu, que par ses belles ruines, à la race qu'elle abrita.

Depuis longtemps, je songeais à réaliser ce pélerinage, et peut-être ne l'aurais-je pas encore fait, sans l'obligeance de trois jeunes amis qui, dans leur retraite châtelaine, gardent, eux aussi, un culte pieux pour les beaux noms de notre histoire. Leur délicieuse solitude, aux pieds des collines où renaissent peu-à-peu les bois druidiques dont l'imprévoyance de nos pères les avait dépouillées, ne les dispose que mieux à interroger, dans le silence du désert, les échos rarement troublés de nos vieilles légendes. Là, près d'une tour massive qui conserve encore un air vénérable dans sa forte vieillesse, près d'une tour contemporaine des Baux et protégeant, de son ombre, le château moderne, j'évoquais, moi aussi, bien des souvenirs. Tout m'y invitait : l'aimable société qui m'entourait, les sites que je voyais et des lectures où une érudition locale se pare de tout le charme d'un style contenu et coloré à la fois. Avec quel plaisir j'oubliais et mon siècle et le monde dans cette retraite si bien cachée entre les grands bois et les hautes collines ! Nous parlâmes des Baux, tandis que du lieu même où nous étions, nous pouvions, au Nord-Ouest, vis-à-vis de nous, dans les teintes douteuses de l'horizon éloigné, distinguer les rochers où ces Baux posèrent leur nid d'aigle. Aussi fut-il décidé que nous irions visiter ce nid.

Le moindre voyage à travers un coin de ma chère Provence, me cause toujours une véritable émotion filiale. Nous partîmes à midi, et nous suivîmes le chemin qui des landes caillouteuses de l'antique *Pisavis*, le long de la sévère voie aurélienne si dédaignée par les agents-voyers, conduit d'abord à Salon, la partie problématique d'Adam de Crapponne, et dont les travaux historiques sur les Nostradamus, par mon savant ami M. Norbert Bonafous, vont bientôt accroître l'illustration un peu cabalistique. Pourtant, Salon n'a nullement une physionomie astrologique ; elle se rafraîchit avec ses eaux jaillissantes et ses beaux ombrages, au pied du château archiépiscopal qui, avec la belle église de Saint-Laurent, fait ressortir la riante physionomie de cette gracieuse ville, par le contraste des grands airs féodaux. Nous traversâmes Salon, Eyguières au vol de l'excellent cheval qui emportait la voiture, et bientôt nous vîmes se couvrant de teintes ferrugineuses, par l'effet du soleil qui, à mesure qu'il baissait, incendiait les vapeurs de la Crau, ce désert où Hercule fut secouru par Jupiter. Celui-ci lui envoya pour qu'il pût ombattre Alb et Ligur, une planète réduite en petits cailloux ; les débris de cette planète recouvrent encore la Crau. Je vous donne l'explication d'Eschyle.

Ensuite, la route se précipite vers Mouriès, où la nuit nous surprit. Mouriès a un air d'opposition puritaine ; cet air, je le retrouvai dans l'auberge dont l'hôte, en m'offrant la plus belle de ses chambres, me dit que les nôces de Mlle Revoil avaient été célébrées sous son toit. Ce toit s'illumina tout-à-coup de grâce et de poésie, à ces paroles de l'hôte.

Par ce côté, les sites vous préparent à la contemplation de la Pompeïa féodale, comme un de mes aimables compagnons de route appela la cité des Baux. A gauche s'allonge, ainsi qu'une immense plaque métallique, d'où le soleil tire des paillettes de feu, l'étang des Baux aux meurtrières exhalaisons. Tout ici est sévère et triste. A droite, quelques arbres indiquent le château où s'écoula l'enfance poétique de notre muse provençale, Mme Louise Collet; on arrive ensuite au village de Maussanne, aux rues espacées, à la large place, dont le curé occupe le plus vaste presbytère que l'on puisse voir. Nous dinâmes dans un salon d'auberge où se trouve une tapisserie qui vous montre huit cents fois au moins un chevalier, un Baux probablement, agenouillé devant une dame. Une porte de ce salon où l'on nous servit des anguilles pêchées dans l'étang des Baux, s'ouvre sur un cirque.

Un véritable cirque solidement bâti, avec ses gradins et ses faux airs d'arênes impériales, était là et donnait lieu à des doléances sur la susceptibilité de l'autorité qui a supprimé les assauts de l'homme et du taureau. Ce fier divertissement est ici l'objet d'énergiques regrets.

Nous trouvâmes aussi un cirque dans la cité-fantôme des Baux.

On arrive aux Baux par un chemin qui s'enfonce d'abord dans les gorges de la montagne entr'ouverte, et s'élève ensuite en rampe, au revers septentrional de cette montagne. Du seuil d'une maison cachée dans un ravin où luit un peu d'eau et rit un peu de verdure, on lève la tête et l'on est surpris par la plus étrange des visions.

— Allons à la vision, dîmes-nous.

Et une voie en partie couverte de cailloux très indépendants les uns des autres, une voie se déroulant aux flancs sombres de la haute colline qui semblait, de son sommet, secouer sur nos têtes des haillons, des grappes fétides de masures trouées et branlantes, nous conduisit devant une porte où s'attachent encore des restes de moulure, un chambranle écorné et des pilastres fendus. Nous allions bientôt voir des prodiges d'équilibre exécutés par les pierres. Tout a l'air, aux Baux, d'avoir été agité par un tremblement de terre. Jamais la désolation ne s'est présentée aux yeux d'un voyageur, avec un plus lugubre aspect; ici, dans cette désolation, pas la moindre dissonnance. La première personne qui se présenta à nous, était une vieille femme, une ruine ambulante, dont les vêtements étaient, eux aussi, des ruines, s'appuyant sur un bâton son contemporain, et nous tendant une main décharnée pour recevoir notre aumône. Elle nous fit l'effet de la triste gardienne de ces tristes lieux.

Je la choisis pour guide, elle nous fit glisser entre des murs qui poussaient des ventres énormes, le long de maisons prêtes à se jeter dans les bras les unes des autres, de trous profonds qui s'évasaient sous ces maisons, avec des airs de prisons féodales. Nous enjambions des seuils disjoints, nous faisions, nous aussi, des efforts d'équilibriste sur de larges pierres qui tressaillaient, surprises, sous nos pieds; par fois, un haut mur semblait vouloir nous barrer le passage, et ce mur pesait de son poids de huit siècles sur nos poitrines oppressées! Il fallait monter, toujours monter, tourner, toujours tourner, et les maisons muettes étaient tellement penchées, que je me surpris cherchant à empêcher par le faible secours de ma main, la chute imminente de l'une d'elles. Ajoutez à cette impression sinistre, je ne sais quelle odeur de plusieurs siècles en décomposition cadavereuse, des senteurs de pierres moisies, de morts putréfiés, de vivants moisis aussi. Mais ce qui accroissait le sentiment de la compassion pénible que nous éprouvions, c'était que sur toutes ces ruines, sur ces maisons aux toits branlants, sur ces murs fendillés, couraient, interrompues par places, mutilées, de singulières prétentions architecturales : ainsi, une porte s'ornait souvent d'un couronnement finement travaillé ; ainsi, autour d'une fenêtre qui ressemblait à un œil crêvé, des rosaces, des moulures s'étalaient avec une coquetterie qui vous aurait presque arraché un sourire, tant cette toilette monumentale sur tous ces décombres, vous faisait songer à une femme septuagénaire qui peint ses joues et ses rares cheveux !

La vieille nous mena vers une place qui avait l'air de glisser au bas de la montagne, car dans cette cité des Baux, le sol lui-même aspire à descendre. Cette place était ornée d'une croix qui s'élevait au-dessus d'un piédestal portant une inscription émouvante parmi les ruines: *Stat Crux*, et se terminait à une église extrêmement basse, d'une construction lourde et écrasée. Une sorte de tribune en pierres, gracieusement évidée sur toutes ses faces, nous parut une énigme indéchiffrable placée à un des bords du toit modeste de cette pauvre chapelle.

Deux processions d'enfants et de bien jeunes filles, conduites par des sœurs, vinrent tout-à-coup défiler devant nous ; ils marchaient la tête basse et l'absence de toute gaîté, de toute curiosité éveillée, sur leur traits, nous serra le cœur ; ils chantaient un cantique mélancolique ; on eût dit des soupirs d'anges affligés, sortant de toutes ces crevasses et donnant une voix lugubre et doucement plaintive au cadavre de la noble cité.

N'étions-nous pas servis à souhait!

L'enfance elle-même offrait une image qui remplissait l'âme de sombres pensées; elle avait pris un air de tristesse prématurée au contact de toutes ces ruines, au milieu de ce silence qui pèse sur la cité chevaleresque, où des cris de guerre, des chants d'amour, des strophes de poètes, retentissaient jadis. Il paraît que, même quand Louis XIII eût donné ce marquisat des Baux à la famille des Grimaldi de Monaco, la cité, quoique bien déchue, était encore un séjour aimé des seigneurs provençaux. L'architecture de quelques-unes de ces maisons prouve qu'on y avait construit, à une époque peu reculée, d'élégantes et somptueuses demeures. Il y a une rue bordée d'hôtels dont quelques-uns ne remontent pas au delà d'Henri III. Nous visitâmes l'hôtel de cette illustre famille arlésienne, de la famille des Porcelets; il sert d'école. Il y a là des fresques bien conservées, avec des peintures mythologiques et allégoriques; l'escalier en colimaçon n'est pas sans élégance, les petites poutres des plafonds ont retenu quelques dorures. La vieille femme nous avait quittés, après qu'elle eût reçu notre obole.

Nous la retrouvâmes dans une immense chambre dégarnie, avec un hideux lit, dans une des maisons qui avaient dû abriter de nobles familles. C'était la chambre de cette mendiante.

J'hésite à vous décrire les ruines du château. Ce château s'était singulièrement mis à l'aise! Il ne renfermait pas seulement des appartements construits par la main de l'homme, avec du ciment, il avait, aussi, ses grandes salles, ses vastes chapelles, ses longs corridors creusés dans cette roche énorme, friable, qui s'était entr'ouverte sous le pic de l'architecte féodal. Souvent au haut et autour d'un mur qui est la roche elle-même, des guirlandes admirablement découpées, courent comme de gracieux encadrements ! Ici tout est confusion, c'est un cahos inexprimable de salles éventrées, de corridors qui aboutissent maintenant à des abîmes, de chemins de ronde suspendus sur des précipices vertigineux, d'éboulements de maçonnerie, de terrasses qui pendent en partie et se couronnent d'une pâle et tremblante végétation. On saute de pierres en pierres, de degrés en degrés, on monte et l'on arrive près les ruines d'un vaste hospice dont le cloître est encore debout en partie, sur une immense plateforme où la beauté du spectacle vous arrache un cri d'admiration.

Ici, tout est grand, l'homme et la nature!

Tournez la tête vers le nord, une tour portée par toutes ces ruines, comme si elle était une végétation puissante de la montagne elle-même, une tour carrée, vaste, se perd à une hauteur qui vous donne le vertige. C'était là le manoir des Baux, c'était la tour des guerres et la tour des fêtes. On pourrait croire que l'œil du noble seigneur distinguait, du haut de cette tour, les soixante dix-neuf villes, bourgs ou châteaux, dits places baussenques, qu'il possédait en Provence. Quel immense paysage s'offre à votre regard : la grande Crau au mirage lybique, traversée par une ligne miroitante, la ligne du Rhône, et finissant à une autre ligne qui flamboie, la Méditerranée ! Partout foisonnent des villages et se dressent les clochers des villes ; à droite la cité romaine, la ville chère à Constantin, se voile des vapeurs de son fleuve ; à gauche, à l'extrémité de l'horizon, se dresse un autre témoin de la gloire romaine, le mont Sainte-Victoire ! Au reste, tous les âges, toutes les traditions historiques et poétiques, aux époques les plus diverses de civilisation, sont réveillées par la contemplation de ces magnifiques ruines. Une grotte nommée Enfer, — *patet atri janua ditis,* — vous conduit dans une autre grotte où, à la place des fées gracieuses qui lui donnèrent leur nom, tournoyent dans l'ombre, des chauves-souris. Une roche à pic dont une partie s'est écroulée, avait été, près de là, la page qu'un artiste inconnu choisit pour y représenter des figures dont quelques-unes se laissent encore voir, avec les restes d'une inscription latine. On vous montre, aussi, des hypogées à l'imitation de celles des Égyptiens, dans les flancs du mont, de sorte que ce mont des Baux, travaillé par le ciseau romain, la pioche et le marteau féodal, couvert de figures sculpturales, creusé pour recevoir des cadavres, couronné de fortifications, chargé de maisons groupées autour de ces fortifications et surmonté d'une tour gigantesque, est resté un livre où notre histoire provençale se lit encore à tous ses premiers chapitres.

La colère de Richelieu s'est abattue, un jour, sur cette cité des Baux. Des révoltés provençaux, en 1631, à la suite d'un mouvement à Aix, se réfugièrent dans le château de cette ville; un sieur de Soyecourt vint s'en emparer, et bientôt, par ordre du cardinal, arrivèrent des soldats qui se mirent à attaquer le géant de pierre, avec des pétards et des coups de pioche; on fit jouer des mines et l'œuvre de destruction s'accomplit.

Au reste, ce fût pour ce château une digne mort; lui, aussi, était un énergique représentant de la force féodale, il eut la gloire de périr de la même main qui fit tomber la tête d'un Montmorency.

II

Canourgues — Salon — Constantine. — Rognac.

A Madame NORBERT BONAFOUS.

5 Juillet 1852.

MADAME,

JE viens tenir la promesse que je vous ai faite sous vos beaux ombrages de Canourgues, lorsque les yeux et l'esprit ravis par tant de charmants aspects de verdure et de collines, je m'engageai à décrire les merveilles réunies par la nature et l'art dans le délicieux coin de terre, où deux amis intimes de votre savant et spirituel époux, Horace et Virgile, auraient retrouvé, l'un, son frais Tibur, l'autre, ses rives aimées du Galèse. Je suis autorisé à vous nommer Virgile et Horace; je pourrais même, bien que j'écrive à une dame, me permettre la citation grecque et latine, sans m'exposer à manquer aux égards dus à votre sexe. Les deux belles langues antiques sont si bien connues sous votre toit, que vous êtes dans l'heureuse obligation d'en apprécier au moins l'euphonie et le charme musical; et s'il m'arrive, en écrivant cette lettre, d'emprunter à l'une d'elles, quelques phrases, je trouve d'avance ma justification de ce léger pédantisme, dans le plaisir que votre oreille trouve à cette mélopée antique, où, à défaut du sens des paroles, vous saisissez, cependant, cette belle harmonie due à un heureux accouplement de syllabes.

Je vous dirai d'abord que je suis mieux traité que bien d'autres hommes d'imagination. Sans doute, dans ma vie solitaire et studieuse, je me délasse souvent de mes austères travaux, par des rêves que j'accueille avec bonheur; mais si je ne les réalise pas, j'ai au moins le plaisir de voir mes amis le faire pour moi. Ainsi, il m'est arrivé bien souvent de me construire en imagination, une charmante résidence voilée d'ombres et rafraîchie par des eaux limpides; je la plaçais non loin d'une colline dont les roches dépouillées ou à peine vêtues de quelque verdure, opposaient leur nudité peu voilée aux tapis de gazon, à la fécondité touffue de la plaine. Là, je disposais tout à merveille pour l'enchantement de mes regards: la maison suffisamment spacieuse, une maison pareille à celle qu'aimait J.-J. Rousseau, parce qu'elle avait des contrevents verts et un toit égayé de tuiles, s'élevait en face d'une terrasse bien sablée, entourée d'une balustrade en pierres supportant des vases où les fleurs prisonnières exhalaient leurs senteurs et inclinaient leurs tendres feuilles sous l'haleine de la brise. Après la terrasse ornée de son bassin, d'un bassin auquel des rocailles humides de goutellettes d'eau, tapissées d'une verdure flottante procuraient le doux aspect d'une grotte retirée, s'ouvrait en alcôves, s'enfonçait en berceaux, se déroulait en allées sombres et fraîches, un petit parc où le lierre semblable aux liannes américaines, se livrait à tous les caprices de sa vagabonde fantaisie; favorisé par la vigueur du sol, il déployait partout les jets noueux de sa verte spirale; partant du pied de l'arbre, il embrassait le tronc, il atteignait les branches et se glissant à travers le luxe des feuilles éployées, il parvenait à la cime de cet arbre sur lequel il déroulait toute l'opulence de son tissu éclatant et serré. Après une haie touffue, une haie sur laquelle, grâces à des ruches voisines, je croyais entendre murmurer ces vers de Virgile:

Hinc tibi quæ semper vicino ab limite sepes
Hyblæis apibus florem depasta salicti,
Sæpe levi somnum suadebit inire susurro,

s'étendait le jardin potager où la fraise rougissait à mes pieds, tandis que ma main atteignait la cerise aux premières branches de l'arbre de Lucullus. La maison, la terrasse, le parc, le jardin potager, la pinède qui se déroulait ensuite, avec une ceinture de chênes druidiques, étaient bordés par un long canal plein d'eaux vives et murmurantes, dont les marges gazonnées se décoraient d'un double rang de peupliers, d'ormes, de platanes, où se cachaient les nids harmonieux d'une colonie ailée, tandis que dans les concerts aériens, le rossignol jetait les fusées de sa gamme, comme le chef d'orchestre de cette troupe de musiciens échelonnés sur les verdoyants gradins d'un amphithéâtre tout résonnant de mille bruits.

Tel était le rêve de mon imagination ; mais la fée bienfaisante qui le soufflait à mon oreille charmée, n'avait pas une baguette assez puissante, pour qu'elle pût le réaliser. Ces sortes de bonheur, je vous le repète, n'arrivent qu'à mes amis, et je remercie le ciel de ce que dans la distribution de ses dons, il n'a jamais tenu en réserve pour moi que ceux qu'il fait pleuvoir sur l'oreiller des songes, tandis que sa main libérale les prodigue dans leur vérité, aux personnes que j'aime. Vous connaissez la campagne de mes rêves, et je devais à l'hospitalité de votre époux et à la vôtre, de pouvoir un jour dire à l'aspect de Canourgues : « Cette maison si charmante, si bien ombragée, sur le toit de laquelle le tulipier de l'Amérique du Nord avance ses grands bras chargés de feuilles, cette terrasse où l'eau du bassin gazouille sans cesse, ce parc dont les arbres, comme le fesaient nos anciens chevaliers, se sont tous donné une cuirasse aux mailles étroites, grâce aux lierres qui les couvrent ; ce jardin potager dont les légumes et les fruits savoureux attestent, par leur beauté, la vigueur du sol noirâtre qui les nourrit, ce canal que la Durance emplit de ses eaux sorties du vaste réservoir des

Alpes, ces collines aux molles inclinaisons, tout cet ensemble de choses douces et gaies, que je composais, dans mes heures solitaires, pour réjouir et rafraîchir mon âme, vous me l'avez montré, non pas à travers les brumes de l'imagination, mais sous les rayons de notre beau soleil, à la lumière du ciel de Provence, à côté de vous et de votre époux. »

Je poursuis l'histoire de mes rêves, puisque j'ai toujours vécu dans le pays des songes :

> Car que faire en un gîte, à moins que l'on ne songe !

Or, j'avais donc bâti ma maison de campagne, je l'avais placée au milieu de grands arbres, sur les bords d'une petite rivière, à peu de distance d'une colline, en face d'un charmant horizon, mais je voulais plus encore. Quelque charme que la solitude ait pour moi, je ne méprise pas la petite ville, d'autant plus que les commérages dont elle retentit quelquefois, ne sauraient altérer ni troubler le calme de mon cœur. Quelle prise les hommes peuvent-ils avoir sur moi ? Je ne leur demande ni leurs joies, ni leurs honneurs, ni leur or. Je ne suis pour eux ni un obstacle, ni un sujet d'envie ; leurs louanges n'effleurent pas même mon âme et je céderais volontiers à la tentation de leur dire que le vers d'Horace que je me répète sans cesse est celui-ci :

> Oblitusque meorum, obliviscendus et illis !

Avec une pareille disposition d'esprit, on ne redoute pas, on aime même la petite ville. Voici celle que je rêvais :

Au milieu d'une campagne entrecoupée de canaux,

plantée d'arbres ployant sous le poids des fruits, attestant par l'abondance des récoltes, la vigueur de son sol et l'industrie du laboureur, entourée de vastes horizons qui auraient permis à l'œil de découvrir de riants villages, des vergers réjouissants par leur fertilité, des prairies parcourues par de nombreux troupeaux, tous ces paysages qu'adorait Claude Lorrain, au milieu de toute cette magnificence d'une culture soignée et d'une lumière éclatante, je plaçais une petite ville retirée sous ses ombrages et rafraichie par ses eaux, une petite ville aux aspects féodaux et religieux, puisque j'y introduisais un château aux tourelles devenues pacifiques, et un clocher aux pierres dentelées.

N'est-ce pas là à peu près et même tout-à-fait cette charmante ville de Salon, si voisine de votre château de Canourgues ? J'ai toujours eu une prédilection particulière pour Salon, à cause de ses trois *Nostradamus*. En la parcourant ces jours-ci, en visitant l'ancien château des archevêques d'Arles, où j'ai admiré une cheminée qui est un chef-d'œuvre de maçonnerie gothique, en entrant dans l'observatoire du célèbre astrologue qui a tout prédit, grâces à l'obscurité de ses Centons, je me reportais à l'époque où cette ville prit ses plus beaux habits de fête, pour recevoir Charles IX. Charles IX n'était pas alors le roi sombre et atrabilaire, qui fit sonner le beffroi de sa paroisse, comme le signal d'un massacre épouvantable, c'était le jeune Valois plein de grâces, d'esprit, adressant des vers délicieux à Ronsard et ne faisant pas soupçonner à travers les charmes de sa nature moitié italienne et moitié française, le futur bourreau de ses sujets. Il arrivait à Salon avec sa cour brillante, avec sa mère, la florentine rusée, avec le jeune Henri de Navarre âgé à peine de sept ans.

Voici ce que fit Nostradamus. Ses compatriotes connaissaient la réputation qu'il avait acquise à la cour et ils auraient voulu lui donner une place d'honneur en tête du cortége municipal; Nostradamus répondit sèchement *qu'il voulait mener son petit train à part.*

Ce sont là ses paroles, l'histoire qui ne pouvait pas faire mieux pour un pareil personnage, les a recueillies et elle a, cette fois, bien fait.

Nostradamus connaissait les secrets d'une science assez bien cultivée de nos jours, celle de se faire valoir et de se ménager un succès, tout en affectant les airs d'une modestie bien jouée.

Or, s'appuyant sur un long bâton, vêtu d'un costume qui était un peu celui d'un nécromant considéré, il se tint à l'écart, pendant que commençait à défiler le cortége royal, mais pas assez pour que Catherine de Médecis, dont le regard était, comme l'est celui de tous les princes, excessivement inquisitorial et circulaire, ne pût pas l'apercevoir. La chose réussit comme le grand magicien l'avait prévu. La Reine Mère saisit d'un coup d'œil cette belle barbe blanche, cette attitude assurée, ces traits qui lui montraient un de ces hommes en présence desquels toute sa glace royale se fondait et son cœur avide de lire dans l'avenir, ressentait une indescriptible émotion. Un astrologue à Salon, quelle bonne fortune pour cette reine qui passait de si longues heures à Paris dans la compagnie de son sorcier Ruggieri ! Salon devenait pour elle une des plus intéressantes cités de son royaume. Elle connaissait d'ailleurs Nostradamus, et celui-ci se vit, par un geste gracieux et par un sourire charmant de la Reine, invité à venir se mettre à ses côtés. Nostradamus avait donc eu raison de *vouloir mener son petit train à part*. La foule émerveillée s'écarte devant lui, et son bâton à la main, il s'avance, s'incline et se place près de la Reine qui l'accable de questions et de compliments. Salon dut voir ce jour-là quel incomparable éclat donne aux regards d'un homme, l'orgueil pleinement satisfait. J'ai salué l'endroit précis où les yeux de Nostradamus s'illuminèrent de cette joie vaniteuse !

Mais si Nostradamus était volontiers courtisan, il n'oubliait jamais les devoirs de sa profession d'astrologue et savait au besoin les remplir, de manière à prouver qu'il ne les fesait pas plier aux exigeances des princes. C'est ce qu'il fit dans cette grande salle du château de Salon, dans cette salle où l'on voit maintenant s'aligner les lits de la garnison. Je vais vous raconter cette scène incroyable et par conséquent vraie.

Cette salle plus longue que large, mais très longue et très large, éclairée au midi par de grandes fenêtres qui s'ouvrent sur une plate-forme d'où l'œil voit au loin la ligne du Rhône se trahir par une trainée de vapeurs, offre, à l'une de ses extrémités cette belle cheminée travaillée par l'ouvrier inconnu avec un soin dont les moulures, le chambranle, les volutes, les pierres percées à jour dévoilent l'art ingénieux. La reine Catherine, Charles IX, le jeune Henri de Béarn étaient assis près de cette cheminée, en compagnie de Nostradamus qui tenait des discours cabalistiques, selon son usage. La Reine pousse entre les genoux de l'astrologue le petit Henri et lui dit : « Voyons, que deviendra cet enfant ? » Nostradamus répondit qu'il ne pouvait le savoir qu'après avoir visité le corps du petit prince. Or, comme on se mit en devoir de déshabiller Henri, celui-ci qui crut qu'on allait lui donner le fouet, et que troublaient grandement la longue barbe, les yeux, le visage de Nostradamus, se prit à crier et à pleurer. On ne tint aucun compte de sa peur, et l'astrologue après avoir considéré le corps de Henri dit : cet enfant sera roi de France. La prédiction fit descendre sur les traits de Catherine, un nuage de mécontentement et de dépit ; elle dut, malgré sa foi dans l'astrologie, se rassurer, cependant, en songeant que Charles IX avait encore deux frères, celui qui régna sous le nom de Henri III et le duc d'Alençon.

J'ai recueilli ces intéressants souvenirs dans votre ville de Salon où, tandis que j'admirais cette belle fontaine aux conques superposées, toute verdâtre de mousse et fesant couler ses eaux comme des pleurs qui inonderaient la barbe vénérable d'un patriarche, de Nostradamus, puisqu'elles filtrent le long des plantes effilées, un aimable et savant docteur, M. M*** me dit : j'ai vu M. de Chateaubriant, humecter, un jour, ses lèvres avec l'eau de cette fontaine et s'interrompre pour vanter la charmante physionomie de notre ville. En effet, cet éloge est mérité

Fesons des vœux pour que les traits les plus originaux de cette physionomie ne disparaissent pas trop vite. Parmi ces traits figure la coiffure anubienne ou égyptienne de ces jeunes filles dont la tête est ceinte de gracieuses bandelettes de dentelles et de rubans. Pourtant si j'avais l'honneur d'être maire de Salon, je prendrais un arrêté, d'après lequel il serait interdit aux femmes âgées de conserver cette coiffure, qui, si elle a l'avantage de faire mieux ressortir la fraîcheur des joues, la délicatesse des traits, la pureté des lignes d'un jeune front, l'éclat de deux grands yeux noirs, met dans un triste relief les ravages que le temps imprime sur les visages. A quelle époque remonte cette coiffure qui d'Arles où on l'admire sur les têtes d'une foule de statues vivantes taillées dans le moule de la Vénus de la ville de Constantin, se retrouve en tant d'autres lieux de notre Provence? Je l'ignore. Puisque les souvenirs antiques abondent dans cette contrée où l'on peut passer rapidement de la contemplation des arènes d'Arles et des ruines gracieuses de son théâtre, à celle de l'arc de triomphe, de l'élégant mausolée de *Glanum Livii* (St-Remy) et des admirables portes triomphales du pont Flavien, j'inclinerais à croire que cette coiffure a été coupée sur le patron des ornements de tête qu'étalait la jeune patricienne dans la cité où elle repose depuis dix-huit siècles, sous la terre d'*Eliscamp*.

J'avais oublié bien des choses sous les voûtes de verdure où une tendre amitié m'avait accueilli; j'y avais goûté seulement les plaisirs et les joies d'une douce et familière hospitalité, n'ouvrant l'oreille que pour écouter les chants des oiseaux ou le bruit de l'onde, ne regardant que pour contempler le jeu de cette lumière tamisée par les branches ou miroitant sur l'eau, m'abandonnant à cette rêverie charmante où vous plonge l'aspect d'un beau lieu, me sentant vivre comme se sent vivre la plante au bord du ruisseau, l'arbre sur la colline, et ne prenant pas même un livre de peur d'interrompre ces mystérieuses communications que notre âme établit avec tout ce que Dieu a revêtu de grâces et de beauté. Mais il fallut quitter cette délicieuse retraite où votre époux écrit une œuvre charmante partout, une œuvre dont les fleurs et les arbres sont les caractères, et qui contient déjà les plus fraiches idylles ; et puisque la voiture qui m'emportait, traversait des plaines où l'antiquité grecque et romaine respire à chaque pas, je dus me rappeler qu'un caprice ministériel avait, un jour, fait de moi un inspecteur des monuments historiques du Midi. Vous l'ignoriez, Madame, et je me prends souvent à l'oublier moi-même.

Pourtant, en touchant cette Crau visitée par Hercule et mentionnée par Eschyle, en devinant sous les vapeurs de l'horizon la ville romaine célébrée par les empereurs Honorius et Arcadius, en lisant sur le poteau d'une gare où j'attendis plus d'une heure le lent wagon d'Avignon, le nom de *Constantine*, en passant dans mon vol vers Rognac, à côté du pont antique de St-Chamas, en apercevant les campements de Marius sur cette terre où le nom du vainqueur des Kimris et des Teutons se laisse si aisément découvrir dans les Martigues et Marignane, je me serais reproché d'avoir si peu justifié la bienveillance du gouvernement, qui m'avait chargé de veiller sur tant de belles ruines, si vous ne m'en aviez pas dégoûté. Je ne veux plus associer ma pensée à celle des temps écoulés. Je suis las de remuer des pierres muettes et des cendres stériles. Que m'est-il advenu de ces inféconde sétudes? J'aime mieux sentir sur ma tête flotter la cîme d'un arbre plein de vie, voir sauter de branches en branches l'oiseau agile, écouter le gazouillement du ruisseau jaseur, admirer des fleurs et m'ensevelir dans des retraites pleines de fraîcheur et d'ombres, que de reconstruire à l'aide de trous une inscription latine ou grecque, travail desséchant pour l'âme et pour le cœur!

Aussi je ne veux pas même vous dire qu'en décomposant le nom de votre terre, on y trouve à côté d'un nom provençal, un nom grec. C'était cependant l'indice d'une union qui me montre la science de l'époux associée à l'amabilité d'une charmante provençale. Appelez cela du pathos ou un madrigal grec, comme vous voudrez, je ne l'efface pas, enhardi que je suis par le crime que j'ai commis à Canourgues le jour où j'y rimai en votre honneur un acrostiche! Ce qui prouve qu'à Canourgues il faut y sentir l'amitié, le bonheur d'y vivre, et n'y pas écrire, quand on a le malheur d'être un inspecteur des monuments historiques.

MARSEILLE ANCIENNE ET MODERNE.

MARSEILLE ANCIENNE & MODERNE.

Le 6 septembre 1846, l'Académie de Marseille dont j'étais le vice-président, fit, dans la belle salle Boisselot, aujourd'hui remplacée par un passage, les honneurs littéraires de la ville aux membres du Congrès scientifique. L'assemblée était nombreuse et brillante : j'ouvris la séance par le discours suivant :

MESSIEURS,

L'Académie de Marseille aurait méconnu l'esprit de son institution, si, en présence du Congrès qui vient de s'ouvrir parmi nous, elle n'eût pas donné dans une séance publique, la mesure des sentiments dont elle est animée envers les membres de cette savante réunion. Elle a pensé qu'elle pouvait réclamer l'honneur d'accueillir avec quelque solennité ceux que le goût des lettres et la culture des choses sérieuses de l'intelligence, unissaient déjà à elle par cette confraternité qui a depuis longtemps réalisé, dans le domaine des sciences, l'alliance des esprits vainement cherchée encore dans celui de la politique. Seulement, il me sera permis, plus qu'à tout autre, de regretter que la voix toujours applaudie qui devait, aujourd'hui, nous servir d'interprète, n'ait pas pu se faire entendre, et que le hasard n'ait pas complété l'œuvre qu'il avait heureusement commencée. Nos suffrages avaient élevé à la présidence celui qui pouvait si bien répandre, par son éloquence et le rang qu'il occupe dans la hiérarchie sociale, un vif éclat sur notre réunion *. Après avoir entendu son élégante parole, nous aurions regardé comme dignement payée notre dette d'admiration et de sympathie. Momentanément éloigné de nous, il m'a légué une tâche sous laquelle je sens fléchir mon insuffisance; mais ce qui pourrait me rassurer, c'est que notre vieille urbanité française sait tenir compte des bonnes intentions, et que, dans notre pays, on éprouve plus que de la pitié pour le courage malheureux.

Il y a quatorze ans que la France a vu naître, sous l'impulsion d'une volonté ferme et éclairée, une institution qui ouvre, tantôt dans une ville, tantôt dans une autre, les assises solennelles de la science. Le rayonnement n'est plus concentré sur un point privilégié, il s'étend du centre aux extrémités du pays; la vie intellectuelle

* M. Réguis, président de l'Académie pendant l'année 1845-46.

circule comme une sève généreuse; et ce n'est pas un des moins intéressants spectacles de notre époque, que celui qui nous montre des hommes de fortes et patientes études, venant de divers lieux, pour établir entre eux, par la parole, un échange animé d'idées. La science a toujours senti en elle l'instinct providentiel de l'association; elle n'a jamais cru qu'elle devait garder son trésor avec l'inquiétude jalouse du dragon antique; quand elle était pauvre, elle taillait un bâton et s'en allait à travers les peuples, sous les traits de Pythagore, par exemple, pour consulter les sages. La civilisation, sa fille, lui gardait des jours meilleurs.

Maintenant elle ne se présente plus à nous sous la figure d'un rhapsode errant ou d'un voyageur épuisé de fatigues. Ce n'est plus un pélerin maigri par des veilles solitaires, qui vient heurter à la porte des villes, pour réciter des vers harmonieux ou expliquer un nouveau système du monde, à l'ombre gratuite d'un portique de marbre, devant des auditeurs drapant mal leur nudité avec une tunique écourtée ou un manteau beaucoup rapiécé; elle a des allures plus brillantes; ses pieds ne se blessent plus aux pierres du chemin, et ses vêtements ne s'accrochent plus aux ronces des sentiers. La lutte pénible du savoir et de la misère qui a laissé sur les pages de l'histoire de si douloureuses empreintes, a cessé d'être un de ces spectacles fréquents, qui autrefois, accusaient encore plus l'ignorance que l'insensibilité de la foule. Recherchés et fêtés par un monde brillant qui les apprécie, les hommes instruits convient maintenant de grandes villes à leurs solennités ; Marseille est devenue, cette année, une des étapes de leur itinéraire à travers la France ; le choix de notre cité leur a été peut-être inspiré par un retour vers cette antiquité, dont la plupart d'entre eux, leur chef surtout *, ont si bien étudié l'histoire et les monuments. Le nom de Marseille tomba un jour de la bouche de Cicéron, aux rostres du Forum, Aristote l'écrivit dans un de ses livres, il retentissait sous les portiques d'Athènes et de Corinthe, sur les quais de Carthage et de Tyr ; autour de ce nom brille une de ces auréoles qui rend encore chères et illustres tant de cités mortes. Ils avaient sans doute retrouvé les vestiges de Rome sur le vieux sol gaulois, mais l'œil ébloui par les merveilles architecturales du moyen-âge, ils ne durent souvent accorder qu'une attention distraite aux exhumations de l'antiquité latine. En entendant prononcer le nom de Marseille, ils ont eu devant eux comme une grande perspective grecque et romaine. La nature et l'histoire n'ont-elles pas fait la moitié des enchantements du génie antique parmi nous? Le voyageur arrivé de la Grèce ne croit-il pas retrouver, dans la configuration même de notre sol, une image de la Messénie, et quand il s'asseoit le soir, sur une de nos grèves, ne lui semble-t-il pas qu'un reflet du ciel ionien palpite dans les couches enflammées de notre horizon ? Sous ce ciel splendide la révélation antique est admirablement préparée : le sol, le firmament, la mer ont fourni les décors de la fête olympienne ; les acteurs manquent encore ; une trirème, avec une tête de taureau sculptée à

* M. de Caumont, l'honorable président du Congrès.

la proue, sort du port de Phocée et va nous les amener; Diane chasseresse les accompagne!

Vous qui, sur la foi de poétiques récits, vous vous êtes acheminés vers une ville presque contemporaine de Rome, vers une ville dont Strabon a compté les temples, dont les navigateurs corinthiens saluaient de loin l'*Ephesium* aux blanches colonnes, vous avez dû sentir votre ardeur d'antiquaire se réveiller, plus vive, à ce nom de Marseille, qui semblait vous tenir en réserve quelques rares surprises d'archéologie! Pourtant des doutes devaient parfois vous assaillir; il suffisait d'ouvrir un guide de voyageur, ou d'interroger la renommée pour s'attendre à bien de cruels mécomptes. Tandis que Arles, notre voisine, montre avec orgueil ses arènes impériales et le gracieux péristyle d'un théâtre romain, tandis qu'un arc-de-triomphe, élevé peut-être par Marius, nous fait voir encore frémissant dans leurs liens de pierre, les Kymris battus aux pieds du mont de la Victoire, tandis qu'un tombeau, chef-d'œuvre d'élégance désigne la place de *Glanum-Livii*, près de Saint-Remy, tandis qu'un pont où se relève Rome, se courbe, à peu de distance de Marseille, sur un torrent; ici, rien ne rappelle, pas même dans le tronçon mutilé d'une colonne, la sœur d'Athènes, l'amie de Rome. Rome oublia Marseille dans les largesses architecturales qu'elle prodiguait aux provinces conquises; un cirque lui aurait si peu coûté! Nous n'avons pas même un cirque! Aussi, dès que l'amour des études antiques se réveilla parmi nous, il y eut chez nos savants un désappointement touchant et des efforts inouïs pour essayer de reconstruire quelques pans de la cité phocéenne écroulée. Ils se permirent intrépidement d'ingénieux mensonges. Peu éclairés par les lumières d'une critique encore à son début, ils firent à nos pères les Phocéens, gens de goût, puisqu'ils étaient du pays de Zeuxis et d'Appelle, l'affront de les regarder comme les architectes de notre mesquine cathédrale ; à la vérité, ils se contentèrent de leur attribuer un mur de cette cathédrale, ce legs presque honteux du moyen-âge ; c'était beaucoup qu'un mur ! Une statue grossière qui représentait une sainte inconnue, devint pour ces savants naïfs, la déesse protectrice de la colonie ionienne. Reléguée maintenant dans une cour où les pluies la lavent, où le soleil l'incruste de tons brillants, cette Diane apocryphe continue à être appelée par ses voisins : l'*idole* ou *la mauvaise sainte*, *la marido santo*.

Une fois lancés dans cette voie hardie et périlleuse, nos premiers archéologues firent bien du chemin. Ils croyaient avoir retrouvé la statue de Diane, celle même qu'Aristarché transporta d'Ephèse à Marseille ; encouragés par ce premier succès, ils voulurent faire d'autres trouvailles. En archéologie, comme en bien d'autres choses, il n'y a que le premier pas qui coûte. Un buste en pierres noires, avec les mains jointes et une face d'un saint du moyen-âge, était placé contre le mur d'une vieille maison d'une de nos plus vieilles rues. Un baldaquin surmontait ce buste, qui s'appuyait sur un piédestal rongé par le temps et écorné aux angles. Si tous nos livres ne l'attestaient, on croirait difficilement qu'on ait pu se décider à voir dans cet ouvrage d'un ciseau grossier, la figure d'un de ces brillants patriciens, que Cicéron comptait dans son opulente clientèle. Mais Milon avait été exilé à Marseille, il s'était félicité dans une lettre écrite à son éloquent défenseur, de pouvoir manger nos *pisces barbatos* : plus de doute, le buste en pierres noires était celui du célèbre meurtrier de Clodius ; c'était évident. N'avait-on pas remarqué, au milieu du piédestal, la figure d'une louve et une tête de louve n'est-elle pas la signature obligée de tout monument romain? L'audace archéologique ne connut plus de bornes ; le mur qui retenait ce buste fut déclaré un mur romain, la maison dont ce mur fait partie fut aussi déclarée maison romaine, et l'on pria les voisins de ne plus appeler le portrait en pierre de Milon : le *saint de pierre*. Ces voisins persistèrent à voir un *ecce homo* dans l'image du client de Cicéron. Il se peut qu'ils aient eu raison.

On est cependant forcé d'avouer que nos premiers archéologues ont su se contenir, car, avec le procédé qu'ils avaient imaginé, ils auraient aisément retrouvé toute l'antiquité marseillaise.

Enfin, ils finirent par avoir sous la main un véritable monument, seulement il est à demi enfoncé dans la terre et n'est composé que de voûtes où l'architecture romaine se révèle dans l'appareil des pierres et la solidité du ciment. Quelle était la destination de ce monument? Un savant antiquaire, M. Grosson, trancha la difficulté; son imagination s'exalta, et dans un corps-de-garde qui ressemble parfaitement à celui de la *villa Adrienne*, il vit des bains antiques. Ces prétendus bains s'appellent les *Caves de Saint-Sauveur;* M. le ministre de l'Intérieur en a décidé depuis six ans l'acquisition. Ce sont les seules pierres encore debout qui témoignent de notre antiquité.

Tandis que nos devanciers étaient ainsi à la recherche de nos ruines ; ils durent éprouver un vif sentiment de joie devant une gracieuse colonne où un amour ailé se joue dans des feuillages finement sculptés. Pour le coup, cette colonne et cet amour ne pouvaient être que d'une origine grecque; il n'y avait point à s'y méprendre; aussi, nos archéologues approchèrent-ils respectueusement leurs lèvres de ce précieux débris où ils croyaient retrouver la trace de la fumée d'un sacrifice antique; la colonne et l'entablement qu'elle supporte avaient indubitablement appartenu au temple de Diane, à ce temple de Diane qui fait le désespoir de tous les antiquaires marseillais depuis trois siècles. Or, tandis qu'ils échangeaient des phrases d'admiration sur cette colonne, un malencontreux critique arrivé de Paris, M. Millin, parut au milieu d'eux comme un véritable trouble-fête. — « Vous appelez cela une colonne grecque, mais vous n'y êtes pas, mes amis, leur dit-il avec un sourire légèrement railleur! »

Comme ils avaient tous, avec raison, une grande confiance dans l'érudition de M. Millin, ils se transmirent leurs pensées dans un regard désespéré qui semblait dire : vous verrez qu'il ne nous restera rien. En effet, M. Millin leur prouva que cette colonne avait été taillée par un artiste florentin, dans le quinzième siècle. Elle décore un autel de notre cathédrale.

Au moins cet impitoyable critique aurait dû ne pas contester l'origine de laporte de la Joliette, de cette porte qui s'émiette au vent rongeur de la mer. Il n'avait pas fallu un grand effort d'étymologie pour découvrir le nom de Jules-César dans celui de *la Joliette;* de vieux documents attestent que l'anse, ainsi appelée, a été le port militaire des Romains avant qu'elle devînt le port de l'Évêque. Toutes les fois qu'un agent-voyer amoureux de la ligne droite et peu touché de la majesté des ruines, toutes les fois qu'un ingénieur qui voyait avec dépit cette porte s'élever au milieu des constructions projetées, ont proposé de l'abattre, l'archéologie locale s'est indignée et a fulminé ses imprécations. L'autorité municipale a presque dû couvrir de sa protection ce monument romain, qui fut construit sous François Ier, au commencement du seizième siècle.

De tout ceci résulte que Marseille est une ville antique, et qu'elle n'a rien d'antique.

Mais cette ville, qui a eu son nom noblement mêlé aux débats de César et de Pompée, qui a vu, un jour, rentrer dans son port, toutes mutilées, les galères qui avaient affronté les proues de Décimus Brutus, dont les murs furent ébranlés par le bélier de Trébonius; cette ville qui a peut-être, dans des moments d'exaltation religieuse, renversé de ses propres mains les monuments qui décoraient ses places, qui reprend aujourd'hui sur les eaux le sol où s'élevèrent les premières maisons phocéennes; cette ville qui n'a pas su, dans des jours de troubles politiques, soustraire à une démolition sacrilége l'église gothique de *Nuestra-Senhora de las Accuas*, qui, sous la domination de ses vicomtes, avait mérité le surnom de Ville-des-Tours, *Villa Turrium*, parce que les formidables forteresses de Saint-Victor dont il ne reste plus qu'une tour, de *Croch*, de *Rocca-Barbara*, de *Rostagneriis*, de l'Inquisiteur, de l'Évêque, de *Babon*, de *Sainte-Paule*, aujourd'hui coupée au pied, couronnaient ses hauteurs et lui donnaient un grand aspect militaire; cette ville si souvent assiégée, saccagée, brûlée une fois par Alphonse d'Aragon, déchirée par des guerres intérieures, n'a point disparu sous l'herbe des champs, et ne s'est point fait un linceul du sable de la mer. Elle a toujours grandi au souffle puissant du commerce et de l'industrie. Les monuments que Rome lui a déniés, elle se les est donnés sur la route qu'elle ouvre à un fleuve voisin, à travers les montagnes ou dans les entrailles de la terre; elle a sculpté son noble blason et gravé son nom vieux de plus de deux mille ans sur une des pierres de cette succession étagée d'arc triomphaux, qu'on appelle le pont-aqueduc de Roquefavour, et qu'un jeune ingénieur* a lancé dans les airs. Depuis qu'une paix profonde pousse dans les belles voies de l'industrie l'activité humaine, elle respire la poussière des chantiers, en assistant à tant de travaux exécutés au milieu d'elle: ses quais s'élargissent; la mer lui restitue les plages qu'elle avait dévorées; des bras de pierre, s'allongeant sur les flots, s'évasent autour d'un

* M. de Montricher.

nouveau port; le travail est partout, dans son sein, autour d'elle; le rocher se fend en éclats, la montagne est éventrée, la colline s'abaisse, le vallon est comblé; car Marseille a voulu aussi rayonner à l'extrémité de cet immense réseau qui va couvrir la France, et rattacher notre ville à Paris et à nos frontières. Nulle part ne se manifeste avec plus d'énergie que chez elle cette ère nouvelle de paix, ère de luttes industrielles pendant laquelle, abjurant d'anciennes haines, des jalousies heureusement décriées, tous les peuples cherchent à féconder par le travail, sous l'œil de Dieu, la terre où les épées se sont trop longtemps croisées, où trop longtemps a retenti le canon des batailles.

Marseille a-t-elle besoin, pour flatter son orgueil, de remuer des poussières et de disputer au temps des ruines équivoques? Ce sont là les légitimes délassements des cités où peuvent s'abriter dans un calme studieux, sans que le bruit de la rue et les cris des chantiers viennent les troubler, les savants voués aux longues veilles. Mais ici le travail, la loi suprême des civilisations, a la voix puissante et dominatrice. Le travail qui veut non pas rétablir des textes altérés, fixer la science sur l'origine d'un monument, mais le travail fécond qui fait gémir la machine de l'usine, qui attelle la vapeur au navire et au wagon, qui renouvelle la face de la terre, qui échange les produits des nations, qui déplace les lits des fleuves, qui rend, l'air, l'eau, le sol, ses vassaux, éclate ici sous mille formes et se présente sous mille aspects. C'est là la véritable gloire de Marseille, c'est celle dont nous sommes justement fiers pour elle, puisque cette gloire qui ne crée pas une grandeur momentanée, est due à la paix, à une activité intelligente, et qu'elle disparaîtrait si l'humanité avait encore à gémir des excès qui l'ont souvent déshonorée et toujours affligée.

COUP D'OEIL SUR MARSEILLE.

III

COUP D'ŒIL SUR MARSEILLE

1857

Presque tous les savants de la France et de quelques contrées voisines s'étaient donné, en 1846, un rendez-vous à Marseille. On ne coudoyait dans nos rues que des archéologues, des botanistes, des géologues, des minéralogistes, des entomologistes, des astronomes, des astrologues, des chimistes, des alchimistes, des pépiniéristes, des horticulteurs, etc. Les figures couvertes de ces rides et de cette belle couleur jaune que le savoir répand, d'une main libérale, sur des traits usés par de laborieuses recherches, foisonnaient partout. Ces savants avaient, la plupart, le nez chargé de lunettes et se servaient de mouchoirs constellés de grains de tabac. C'était imposant! Nos marseillais purent, enfin, voir la science de près, et un naïf étonnement se peignait sur leurs faces, à l'aspect de ces hôtes nouveaux qui leur apprenaient que leurs aïeux, les Phocéens, avaient publié une édition de l'Iliade, très recherchée et très goûtée, dans le temps, à Athènes et à Rome. Il me fallut haranguer, à la mode antique, ces savants tous fort estimables et qui, dès le premier jour de leur arrivée, cherchaient avec cette obstination que l'érudition donne, les ruines de l'*Ephesium*, du temple de Neptume et du gnomon de Pytheas dont parle Strabon. Dans leur touchante naïveté, ils s'attendaient, d'après Scymnus de Chio, à trouver la forme d'une lyre à l'entrée de notre vieux port. S'appuyant sur César, ils voulaient que la mer baignât notre ville sur trois côtés. Mais leur désappointement était au plus haut point, et aurait tiré des larmes à l'homme que touchent le moins les rêves décevant de l'archéologie. Je me rabattis sur les emplacements, je leur montrai l'emplacement des temples de Diane, de Neptune *Possidion*, d'Apollon et du gnomon à la rue *Pierre qui Rage*; on peut toujours montrer des emplacements. Je leur fis voir celui de la forêt chantée par Lucain, en leur disant que le temps, ce grand ravageur, avait aussi peu respecté les arbres que les colonnes qui ne sont, au bout du compte, que des arbres en marbre ou en pierre. En fait d'antiquités, je leur montrai le vieux port que nos pères les Grecs appelaient Lacydon. Ce mot de *Lacydon* eut du succès ; il fit éclore un sourire sur ses figures attendries et désappointées ; j'ajoutai au *Lacydon* les caves de *Saint-Sauveur* qu'un ministre, M. Duchâtel, m'avait autorisé à acheter, pourvu que Marseille payât la moitié des frais de cette première acquisition ; cette moitié s'élevait, à la verité, à la somme de cinq cents francs ; cette affaire est, depuis quinze ans, soumise à la discussion d'une commission municipale ; cette commission est un peu lente.

Enfin, le grand jour arriva, l'Académie de Marseille que j'avais l'honneur de présider, avait réuni les savants dans la défunte salle Boisselot — un autre monument qui a disparu — je lus un discours destiné à venger Marseille du mépris de la science. Je fis la longue énumération de tous les monuments que le temps et les barbares nous ont enlevés, et comme je me suis toujours piqué de sincérité, je soutins que le buste de Milon était celui d'un *Ecce Homo* du moyen-âge et que la porte de la Joliette, sous laquelle on assurait que Jules-César avait passé, avait été construite du temps de François Ier ; mais j'insistai sur les merveilles que Marseille avait eu le bon esprit de répandre dans des déserts voisins, à plusieurs kilomètres de son enceinte ; je fis allusion aux ponts-aqueducs de Roquefavour, de Valmousse, de Jacorelle et au percé commencé de la Nerthe, et j'aurai pu ajouter que la ville d'Aix avait déclaré, dans un de ses journaux, qu'elle était justement fière de ce pont de Roquefavour.

Les savants avouèrent que Marseille poussait bien loin

la modestie, qu'elle aurait pu se donner la satisfaction d'élever quelque beau monument dans ses murs, et ils déclarèrent qu'elle était une ville antique sans *antiquités* et une belle ville sans *beautés*. On sait que par *beautés*, les savants n'entendent que les monuments en pierre et en marbre. Je devais cette explication à mes lectrices marseillaises qui ont, toutes, le type Grec. C'est un fait acquis à la science.

Pourtant, je refoulais en moi bien des réflexions que mon amour-propre marseillais m'empêchait de faire connaître.

On commence à se raviser. Des monuments comme la Bourse, comme la cathédrale sortent de terre. Qu'il me soit permis, à ce sujet, de dire que je suis forcé de regarder comme une vérité, ce qui, lorsque je l'avançais devant quelques amis, faisait l'effet d'un paradoxe. J'ai toujours soupçonné les Marseillais de se croire, malgré tant d'exemples qui devraient ébranler, à ce sujet, une foi bien enracinée, de se croire, dis-je, sinon immortels, du moins tous possesseurs d'un élixir de longue vie. Paracelse, Cornaro et M. Flourens doivent avoir bien des partisans dans notre ville. On s'y imagine volontiers, à ce qu'il paraît, que la vie humaine atteint à Marseille les limites les plus reculées. Ce qui me le fait penser, c'est qu'on n'y est jamais pressé d'y faire les choses dont le besoin se fait le plus sentir. Et d'abord le Musée! Quelle ville ayant un budget de plus de dix millions, se résignerait à loger ses toiles dans une salle sans lumière, où le jour n'arrive que par trois fenêtres? On dit qu'il y a là d'assez belles toiles. Comment la rougeur ne monte-t-elle pas au front de mes compatriotes, quand ils entrent dans une salle obscure — une ancienne chapelle, — et qu'ils voient les ombres non prévues par le pinceau de l'artiste, descendre, comme un voile jaloux, sur des tableaux plongés dans une nuit permanente ! Il y a, à côté, une vaste campagne plantée de vignes et de quelques arbres fruitiers. L'emplacement d'un Musée est là. Qu'attend-on pour le bâtir ? Mais que deviendrait l'équilibre des recettes et des dépenses ? Voilà cette raison fort bonne dans un petit ménage domestique, qu'on vous oppose, toutes les fois que l'on voudrait que Marseille se mit, un peu, par le nombre de ses monuments, au niveau de sa fortune commerciale.

Napoléon III a le bon esprit de ne pas s'arrêter à de pareilles craintes, lui qui a achevé le Louvre, ce Louvre que ses prédécesseurs laissaient interrompu, parce que les ministres des finances voulaient toujours équilibrer les recettes et les dépenses.

L'élan est donné, Marseille le suivira-t-elle ? Lyon se renouvelle ; il vient de créer la belle rue Impériale et deux autres magnifiques rues, Bordeaux se couvre de constructions somptueuses et se bâtit un palais des arts. Sans l'impulsion du gouvernement et sans un décret signé à Marseille, nous continuerions encore à offrir, comme point de mire aux épigrammes des voyageurs, cette *Major,* qui enfonçait dans la terre tant qu'elle pouvait, — et elle avait raison, — ses hontes architecturales. On a fini aussi par rougir un peu de cette barraque moresque, où le commerce s'abrite encore, et l'on fait sortir de terre un monument où l'on dépensera plus de trois cent mille francs en moulures, C'est bien. Mais est-ce là tout? On aura dans quelques années un hôte impérial qui transforme Paris, qui y sème à profusion le jour et l'air, qui en élargit les rues, qui y multiplie les décorations monumentales. Faudra-t-il affliger ses regards par la ligne disgracieuse de nos maisons, le long des deux quais de l'ancien port? Ces purulents domaines qui s'étendent à l'extrémité de la Rive-neuve continueront-ils à montrer leurs hideuses façades? Et la rue Noailles sera-t-elle toujours ce boyau étroit où la police, empiétant sur les attributions de la Providence, veille sur la vie des passants qui s'y engagent avec une héroïque assurance?

A Gênes, quand on s'éloigne de son port caché par une longue muraille, on voit se déployer une des plus belles rues de l'Europe, une rue bordée de palais et qui fait retrouver l'air de l'opulence, l'air de la distinction dans une cité commerçante. Cet air, hélas, manque encore à Marseille. Marseille a trop de traits de ressemblance avec ces petits ports méditerranéens comme Cassis ou La Ciotat où tout atteste forcément la parcimonie des idées et des écus. Je sais bien que cela tient beaucoup à ce que le marseillais est assez rare à Marseille, il y passe à l'état de mastodonte. On le trouve quelquefois dans les couches du quartier de Saint-Jean. Les étrangers qui viennent de l'Orient, surtout, dans Marseille et qui y font fortune, n'ont pour notre vieille cité, qu'une médiocre affection. Si tous les Marseillais étaient Marseillais, voudraient-ils que l'entrée de leur ville s'anonçât par ce précipice assez étroit qu'on appelle la rue d'Aix? Avant de creuser des ports, il aurait fallu songer à faciliter l'approche de ces ports !

A la vérité disons, pour être juste, que Marseille a été prise à l'improviste, par l'accroissement d'une prospérité qui ne pouvait entrer dans les prévisions de nos pères. Les allures commerciales ont bien changé depuis l'époque où le négociant allait attendre à sa bastide le retour de son navire. Armé d'une longue vue, il braquait pendant six mois d'un repos forcé et agréablement accepté, son instrument télescopique sur la Méditerranée voisine, comme si cette persistance à interroger l'horizon, dans le but d'y découvrir une voile, pouvait hâter l'arrivée du *Trois-mâts* patiemment attendu. Alors, les marchandises étaient portées par des cariatides ambulantes qui inclinaient le cou et la tête, à la façon antique et à l'aide d'une barre, sous le poids de la barrique ou du boucaut. Alors, quand le soir arrivait, notre cours arrosé et orné d'un double rang de chaises et de petites tables rondes, devenait le lieu où les cavaliers poudrés et les dames poudrées, se réunissaient pour échanger des œillades assassines. Sur les mollets de nos négociants se rendant à la *Loge*, l'épée inoffensive battait en mesure et le commerce exhalait à la fois un air mercantile et aristocratique. Mais tout est bien changé, le monde entier nous visite, notre port ancien est devenu insuffisant, l'audace parisienne sous les traits d'un véritable Protis, de M. Mirès, s'est élancée sur Marseille et l'étreignant de sa main puissante, elle a dit : —

là où quelques années avant, la mer frappait de sa vague les rochers de la Tourette, des ports s'évaseront, des terrains conquis sur les eaux recevront, au signal de la main de M. Bordes, une rangée de palais; et cet élan et ces créations sont venues tout à coup se produire au sein d'une ville qui, il y a trente ans, n'avait à la rue Saint-Ferréol, que la librairie silencieuse de M. Sube et le magasin de croutes de M. Moulet.

Puisque j'ai eu l'honneur, aidé par Vauban, de donner à M. Bernex — un excellent citoyen — l'idée réalisée du Prado, idée beaucoup gâtée par les équivoques constructions qui en enlaidissent tant l'entrée jusqu'au Rond-Point, qu'on me permette, comme fantaisie, sans que cela tire à conséquence pour l'équilibre des recettes et des dépenses, d'esquisser la Marseille des rêves d'un écrivain n'entendant rien à l'économie politique.

Marseille, avouons-le, en famille, Marseille manque un peu de distinction. Ne riez pas de cela, la vie sociale est incomplète, sans la distinction dans les manières et dans le langage, et celle-ci ne se trouve que là où les monuments, l'aspect grandiose des rues l'impriment dans les cerveaux. Ceci est incontestable. On sera toujours un peu trop sans façon à Marseille, tant qu'elle ne se donnera pas un air distingué. Aix a cet air, Lyon et Bordeaux l'ont aussi. Cet air, Marseille l'obtiendra, le jour, où la Canebière sera continuée jusqu'aux Allées, où les rues Paradis et Saint-Ferréol atteindront le boulevard des Dames, en s'avançant à travers ces hideux quartiers où se trouvent les rues déshonorées de *Gamboni*, de *Requis novis*, et bien d'autres, le jour où M. Mirès fera disparaître ces vieux quartiers d'un coup de sa magique et dorée baguette.

Mais j'oublie que le Marseillais se croit à peu près immortel, aussi ne montre-t-il aucune émotion, quand on lui dit que la cathédrale sera finie dans dix ans! Oui, il nous faudra attendre dix ans l'achèvement de cette cathédrale, les entrepreneurs, les architectes l'ont déclaré, et personne ne s'insurge contre ce fatal arrêt. Dix ans seront consacrés à un édifice qui aurait été achevé, à Paris, dans cinq années, au plus! Avec les moyens que l'art possède maintenant, on ne devrait pas imiter le patient moyen-âge qui nous a légué encore imparfaits le *Duomo* de Milan et la cathédrale de Cologne. Le moyen-âge fesait des miracles, malgré une lenteur dont on se rend parfaitement compte. Mais à l'époque qui a vu le Louvre terminé en un clin d'œil, qui a vu la rue de *Rivoli* grandir dans moins d'une année et couvrir de ses édifices plusieurs kilomètres d'étendue, à une époque où des prodiges éclosent en un jour, on se trompe de date, on nous recule au XIIe siècle, quand on ne nous promet une cathédrale qu'après la fiévreuse attente de dix années!

Car enfin, nous sommes mortels et il serait assez agréable d'avoir, grâces à un peu plus de célérité apportée à la confection des travaux, la chance de pouvoir contempler ce que la mort nous empêchera d'admirer, si l'on ne tient pas compte de la loi inexorable à laquelle nous sommes, les Marseillais comme les autres, tous soumis.

Puisque je suis en train de démolir et de réédifier, je me permettrai de désigner à mes chers et peu pressés compatriotes, quelques embellissements qui complèteraient les améliorations indiquées plus haut.

Le chemin de la Corniche qui s'est arrêté brusquement devant un petit vallon sur lequel on a beaucoup hésité à jeter un pont *, sera, probablement, conduit jusqu'à la résidence impériale. Ce chemin aura aussi, dit-on, son pendant, de l'autre côté de l'Huveaune, et par ce côté il se déploiera autour de la plage de Mont-Redon et atteindra l'extrémité occidentale de cette plage. On ne perdra pas de vue, aussi, le château Borelly, puisqu'il est devenu la propriété de la ville, et si à cause de l'air marin, on renonce à y établir le Jardin des Plantes, on pourra, en le joignant par de larges allées et un pont sur l'Huveaune, au Prado, y créer un lieu de promenade d'une beauté remarquable. Trente ou quarante années suffiront, je pense, à ces divers travaux projetés. Que ne sommes-nous nos fils ?

* On va commencer le pont.

Mais ce que l'on veut faire de ce côté, on devrait aussi, songer à le faire de l'autre, après Arenc. Un chemin spacieux qui, du port Napoléon s'avancerait jusqu'à l'Estaque, un chemin dont je donnais, il y a peu de temps, — il y a vingt-cinq ans, style marseillais — l'idée à mes compatriotes, un chemin qui côtoierait un rivage si accidenté, et remettrait au jour une voie qui existait il y a quelques années — du temps de César — permettrait, plus tard, de mettre en communication avec Marseille, un point ravissant de notre golfe, où la civilisation arriverait enfin. Ce point, c'est un village noyé dans les pins, tout resplendissant de l'éclat méridional que lui jette la Méditerranée, où les Phocéens avaient leurs villas et qu'ils appelaient *Incarrus,* aujourd'hui Carry.

Depuis que Jarret reçoit de la Durance l'aumône de quelques flots, il est devenu une charmante petite rivière. Mais qui se hasarde à faire une promenade le long de ses rives, maintenant? Tout est noyé, coupé par des fondrières, embarrassé d'arbres croissant dans un désordre inextricable et couvert d'un sol spongieux qui rappelle les *campi fallaces* dont parle Tacite. Si la ville voulait, ou si les propriétaires riverains s'entendaient, la physionomie des lieux serait bientôt changée. Sur les deux rives du Jarret coulant, enfin, à pleins bords, on établirait deux longs boulevards depuis la Rose jusqu'au Prado, deux boulevards avec des allées pour les voitures et les piétons, qui offriraient pendant les chaleurs caniculaires, surtout, une promenade inappréciable sous notre ciel du Midi, une promenade rafraîchie par les eaux, voilée d'ombrages, sur laquelle s'ouvriraient les grilles d'une foule de *villas*. Car, enfin, la *villa*, comme on la trouve à Auteuil, à Bougival, à Chatou, à Asnières, doit, un jour, remplacer la bastide marseillaise. Des tentatives, en ce genre, ont été heureusement faites sur les rochers lavés par la mer, à Endoume et à la Madrague; d'autres, plus grandioses, sont réalisées à l'extrémité du Prado. Il faut qu'on les multiplie, il faut que la *villégiatura* marseillaise s'abrite coquettement, dans ces *villas*, où sur un espace de terrain circonscrit, on amasse autour de soi assez d'eaux et d'ombrages, assez de silence pour se dédommager de la poussière et du bruit des rues. Le long des boulevards du Jarret, ces *villas*, pourvu que l'industrie ne vînt pas les coiffer de sa fumée, et les étourdir de son tapage, seraient les délicieuses retraites de l'épicuréisme dominical du commerçant marseillais.

Si l'élan qui se manifesta à Marseille, sous Louis XIV, s'était maintenu, Marseille serait une des plus belles villes du monde. Certes, quand on vit s'élever les quelques maisons de la Canebière et du cours Saint-Louis, où se trouvaient enfin des lignes monumentales, on dût croire que ce goût architectural allait se montrer partout. Hélas, il n'en fut rien. On se ravisa, on aurait pu, après le côté oriental du cours, établir des rues larges, on y ouvrit des ruelles. Aux Allées, on pouvait ne former qu'un grand parc et on laissa les maisons s'allonger, comme un cap disgracieux, entre les mesquines rangées d'arbres des allées de Meilhan et des Capucines. Ces maisons dont la ligne à l'ouest a une basse étendue, finissent brusquement en une pointe, où malgré toute son habileté, l'architecte qui a dirigé les travaux de la Faculté des Sciences, n'a pu, à cause d'un défectueux emplacement, lutter toujours avec succès, contre tous ces angles contournés dont la vue est choquée. Plus tard, M. Bernex voulait donner à Long-Champ la largeur du Chapitre, une somme de vingt mille francs que la ville lui refusa, l'empêcha de doter Marseille d'une belle promenade. Appliquer à une ville les sages calculs qui assurent l'avenir d'une famille, c'est confondre ce qui meurt avec ce qui ne meurt pas. Si les Romains eussent ainsi agi, rien ne serait resté d'eux. Marseille est surprise par une prospérité qui n'est pas encore ce qu'elle sera le jour où l'économie politique française s'inspirera de celle des Anglais; cette prospérité fait qu'elle se trouve à l'étroit dans ses rues, et qu'elle comprend que rien, si ce n'est ce que le gouvernement y a fait, n'est au niveau de sa renommée. Il faut qu'elle se hâte pour que l'étranger ne soit plus choqué de la petitesse de ses maisons, de la mesquinerie avec laquelle elle loge ses collections de tableaux, de livres, etc., de l'absence d'un quartier vraiment aristocratique, où le commerce qui a succédé à la noblesse, pourrait enfin, se loger aussi splendidement que celle-ci le faisait. C'est ainsi que les choses se passent à Liverpool, à Bristol.

Mais, on me répondra, que pour se donner le grand air architectural de Liverpool et de Bristol, on aurait plus à dépenser que ne l'ont fait ces villes qui, surprises aussi tout-à-coup par une prospérité inouíe, n'eurent qu'à bâtir, sans être forcées de démolir. Là le village éclata en ville.

Mais si l'on veut se borner, dans l'enceinte de l'ancienne ville, à l'élargissement ou à la prolongation de quelques rues, un vaste emplacement que la mine et le pieu de l'ouvrier déblayent incessamment, ne pourrait-il pas, en face de la vieille cité, recevoir cet aspect monumental que nous n'avons encore que bien médiocrement ici. La colline où le connétable de Bourbon avait planté les tentes de ses lansquenets et où le marquis de Pescaire égayait par ses bons mots les ennuis du siége, la colline du Lazareth disparaît sous les efforts heureux d'une véritable armée d'assiégeants qui ont raison de ses rochers et de ses bancs argileux. Quelle magnifique situation ! A l'œuvre, nos savants et ingénieux architectes, le bloc va leur être livré, qu'ils le taillent dans des proportions et avec une beauté digne de la reine des mers du midi et de l'Orient ! N'introduisez pas dans ce vaste espace la maison séculaire à trois fenêtres de façade, cette maison qui rappelle l'éternel boston à cinq centimes, la partie, des rues de la Plaine ! Donnez-vous carrière, vous qui tenez le ciseau, le marteau et le compas. Déjà M. Pigny commence à réaliser un magnifique rêve architectural, en face de nos nouveaux ports ; que ce rêve s'étende et s'allonge sur ce terrain immense encadré par des bassins magnifiques. Après l'espace consacré aux édifices réclamés par les besoins du commerce, je voudrais que des rues larges et bordées de superbes maisons, s'étendissent de la Joliette à Arenc et que le négociant put voir des fenêtres de son palais le navire où la fortune lui arrive sous la figure bien appréciée à Marseille, d'une *couffe* de café et d'un ballot de coton. C'est sur un sac de coton, *woollen sack* que s'asseoit le président du parlement anglais.

Je le répète, quel lieu serait mieux choisi pour y ériger de vastes et brillantes habitations ! Quel superbe quartier que toutes nos villes nous envieraient, on pourrait y élever ! Ces ports animés, cette mer se confondant avec l'horizon, les grises et sévères collines du golfe, la campagne marseillaise où la Durance abreuve enfin les arbres et le gazon, ces beaux aspects de terre et d'eau éclairés par le soleil, tout se réunirait pour offrir aux heureux habitants de ce quartier, le spectacle continuel des plus ravissantes œuvres de Dieu et de l'homme!

Est-ce qu'on ne peut pas être à la fois une belle ville et une ville commerçante? Gênes, Venise, Florence n'ont-elles pas été l'une et l'autre. Un jour, à Gênes, la marquise de Serra dépensa un million en dorures dans son palais; nous ne sommes pas encore là, mais qu'on soit convaincu que l'alliance entrevue du commerce et des arts ne sera vraiment réalisée à Marseille, que lorsque notre ville aura pris les parures et la couronne d'une reine de la Méditerranée. On ne croira bien à sa royauté, que lorsque celle-ci se sera fait une toilette princière. Il faut qu'elle en prenne son parti.

FIN.

TABLE DES MATIÈRES.

RÉCITS ÉPISODIQUES

PREMIER RÉCIT.

ARCHÉOLOGIE.

FIN.

Aix. — Typ. Nicot.

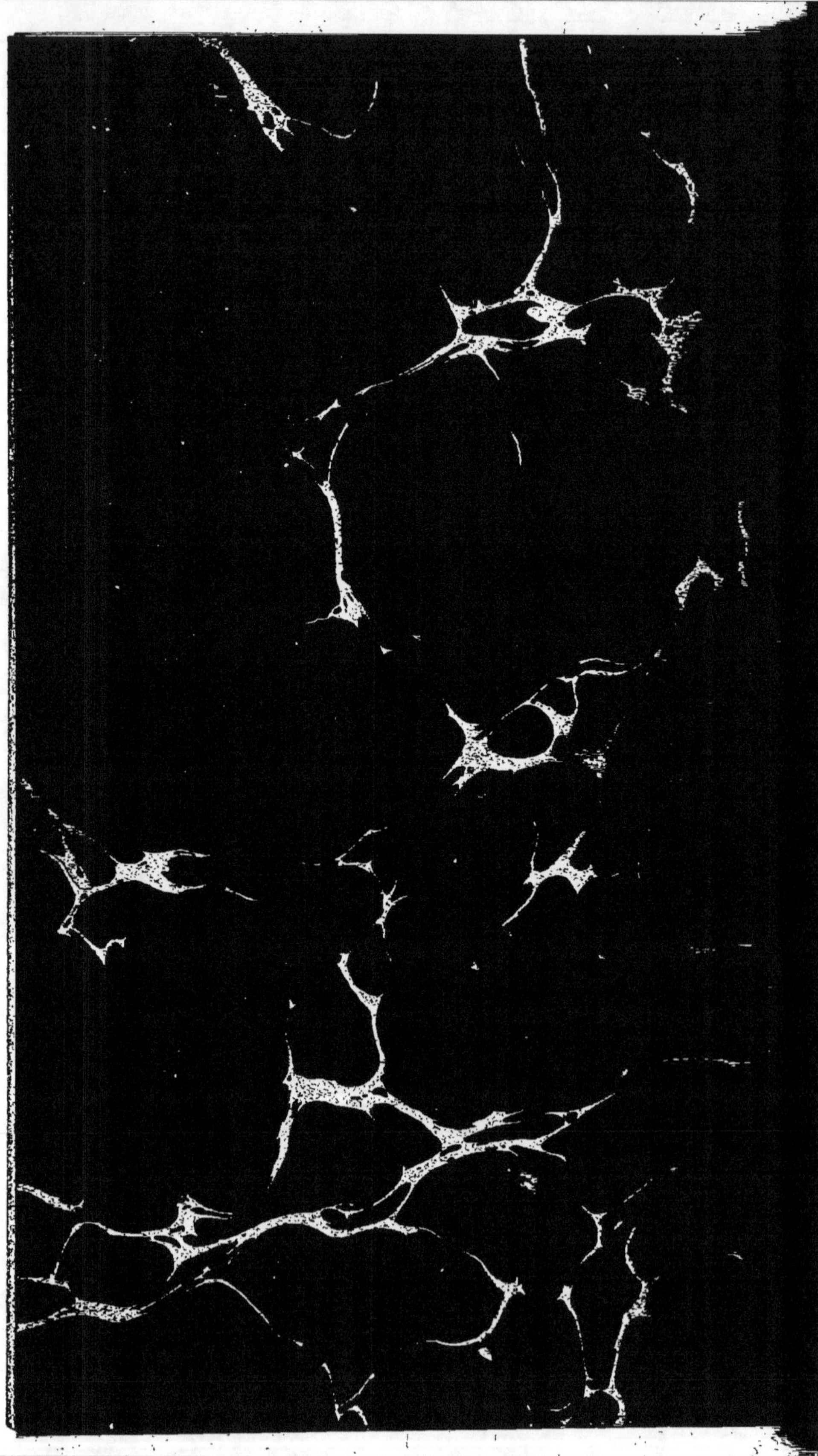

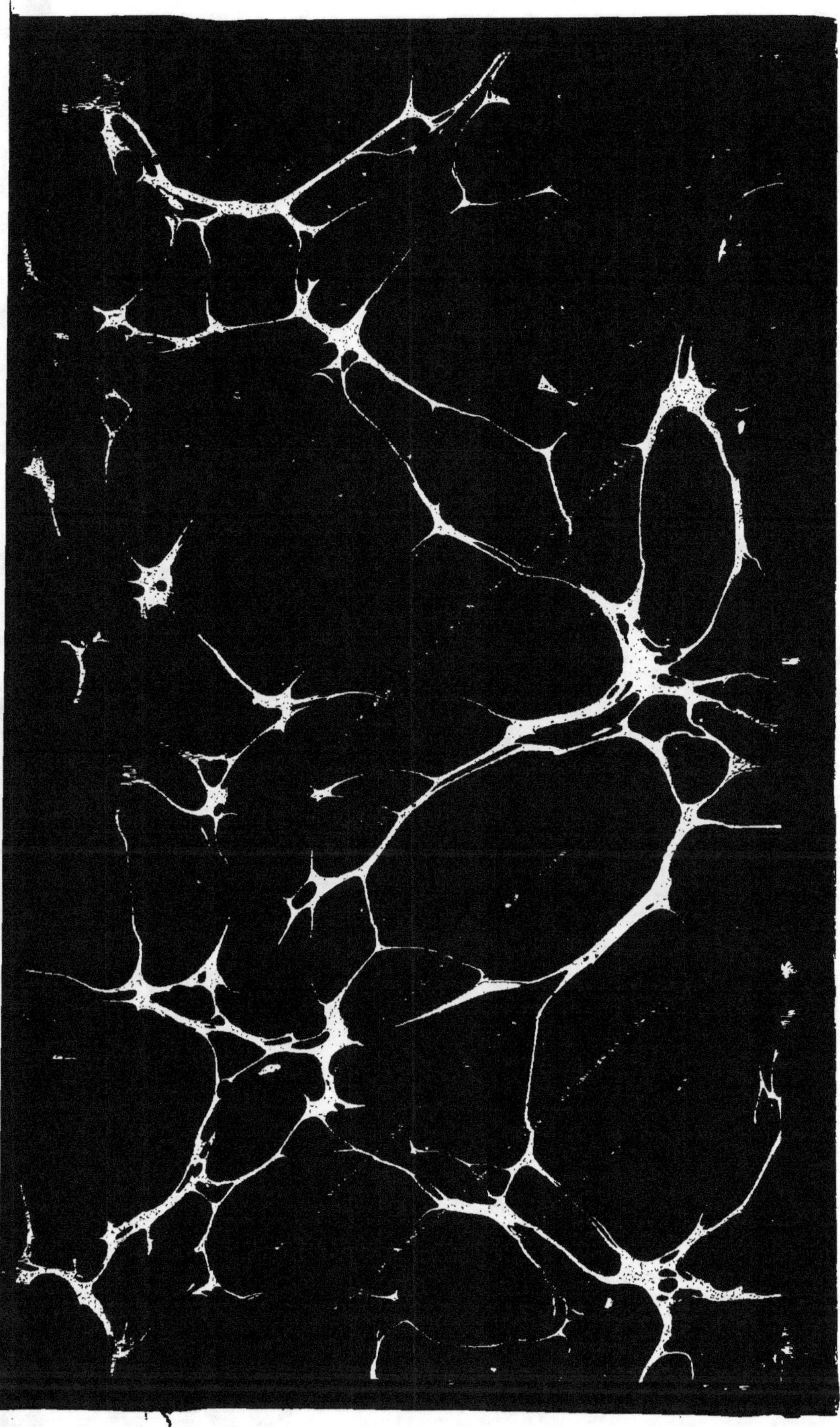